KB235166

서재 채워 드릴가요

서재 채워 드릴까요

신복룡

철학과 현실사

머리말

　참으로 허둥지둥 앞만 보고 달려온 인생이었다. 문득 돌아보니 살아온 날에 비하여 살아갈 날이 너무 짧다. 내가 학문을 접어야 할 때가 저만치 다가오고 있다. 인디언들은 말을 타고 달리다가 잠시 멈춰 뒤를 돌아본다고 한다. 자신의 영혼이 잘 따라오는지를 보기 위해서이다.

　나도 이제 내 살아온 인생을 되돌아보며 글로 정리할 때가 되었다는 생각과 함께 문득 처연(凄然)한 생각이 머리를 스친다. 그렇다고 해서 내가 살아온 삶이 한 편의 회고록을 쓸 주제도 못 되고 딱히 내세울 것도 별로 없다. 그러나 살아온 얘기를 글로 남기고 싶은 충동은 오래 전부터 가지고 있었던 꿈이었다.

　그러던 차에 철학과현실사의 권고가 있어 이제까지 써둔 글을 정리하여 수필집을 내기로 마음을 먹었다. 수필을 전문적으로 쓰는 문인도 아닌, 그저 평범한 한 사회과학의 서생으로서 글이 빼어날 리가 없음에도 불구하고 출판을 격려해 주신 지인들에게 고맙고 송구스럽다.

　나는 대학에서 강의를 하면서 사회과학의 강의는 모름지기 인생을 실어야 한다고 생각했다. 그러기 위해서는 전공 강의를 훼손하지 않는 범위 안에서 수없이 많은 예화가 필요했다. 그 예화는 내 인생의 체험일 수도 있고, 고전에서 인용한 것일 수도 있고, 견문한 것일 수도 있다. 나는 이러한 예화의 수집에 결코 소홀하지 않았다.

그러던 차에 오래 전, 1976년부터 1979년까지 KBS에서 일요일을 제외한 매일 아침에 5분 정도 그 날의 역사, 행사, 세시풍속, 인물 등을 얘기하는 《아침의 메아리》라는 프로그램을 진행한 적이 있다. 그때 받은 스트레스는 말할 수 없이 나를 압박했지만 되돌아보면 그때 나는 참으로 행복했다.

다행히도 다소의 인기가 있어서 4년 치의 방송을 모두 여섯 권의 책으로 출판한 적이 있었는데 시간이 흘러 그 책이 절판되고 그때의 아쉬움을 토로하는 독자들의 연락도 받던 터라 어떤 형태로든 나의 학문 외적 글들을 정리해야겠다고 마음먹기에 이르렀다. 이 수필집에는 당시의 단편들을 수정 보완한 것들이 많이 실려 있다.

이 책에는 나의 성장기의 얘기들을 포함하여 사사로운 고백이 많이 실려 있다. 그런 점에서 자신의 나신(裸身)을 독자들에게 보여주는 부끄러움이 없지 않지만 나의 얘기들을 더 솔직하게 보여줌으로써 더 진솔한 얘기를 할 수만 있다면 그 부끄러움들을 이길 수 있다. 아마도 나의 자식들도 이 글에 대해 그리 즐거워하지 않을 수 있고, 의외라고 여겨지는 부분도 있을 것이다.

그러나 나는 자신의 살아온 길에 대해 당당하고 싶고 정직하고 싶다. 다시 태어난다고 해도, 전공이 다소 바뀔지는 몰라도, 나의 인생이 크게 달라지지는 않을 것이다.

나는 재주도 없이 대학 교수가 된 데 대하여 늘 과분하게 생각하고 있고 세상에서 가장 행복한 직업을 갖게 된 데 대하여 한없이 감사하며 살고 있다. 어쩌면 구멍가게 하나도 추스르지 못할 무능한 내가, 지금 크게 성공한 것도 없지만, 이나마 사람 노릇하며 사는 데 대한 긍지와 감사를 나는 감당할 수가 없다. 나는 사람 냄새 나는 삶을 살고 싶었고 그런 얘기를 나누고 싶었다.

이 수필집은 크게 세 부분으로 나뉘어 있다. 제1장인 '내 학문의 여정(旅程)'은 내가 40년 동안 걸어온 대학에서의 애환을 적은 것이다. 이 글이 학문의 길을 가고자 하는 후학들에게 작은 지침이라도 되었으면 좋겠다는 생각을 나는 가지고 있다. 제2장인 '나폴레옹의 첫사랑'은 주로 내가 읽은 책들을 통해서 교훈적인 의미를 이야기하고 있는 것들이다. 따라서 이 부분은 나의 독서 노트라고 할 수 있다. 제3장인 '느네 아빠 연금 타니?'는 주로 내가 학교 밖에서 겪은 삶의 애환을 적은 것들이다. 이 부분은 내가 한 사회인으로서 부딪히며 살아온 넋두리 같은 얘기들이다.

내가 이 글을 쓰면서 가진 하나의 소망이 있다면, 여기에 실린 글들이 이 시대를 살아가는 젊은이들, 특히 불우한 환경이나 어떤 역경으로 인하여 힘겹게 살아가는 청소년들에게 자그마한 꿈이라도 줄 수 있다면 더 바랄 것이 없겠다. 그래서 그런지, 출판을 앞두고 다시 읽어 보니 글의 내용이 너무 절절하고 비장하며, 가난에 대한 한 같은 것이 서려 있다. 시대가 많이 바뀐 지금에 와서 이런 글들이 젊은이들에게 얼마나 의미 있게 들릴지 모를 일이다.

절대 빈곤이 사라졌다느니, OECD 국가라느니 자랑해도 아직 이 사회에는 음습한 곳이 있고, 절망하며 괴로워하는 젊은이들이 있고 결식아동이 있다. 나의 어린 시절과 젊은 날은 그들보다 결코 낫지 않았고 유리하지도 않았다. 그러나 나는 때로 절망하고 움츠러든 적은 있어도 포기하지는 않았다는 얘기를 그들에게 들려주고 싶다. 나는 늘 혼자였고, 살아남아야 한다는 절박함은 나의 삶의 에너지가 되었다. 그런 얘기들이 이 시대의 젊은이들에게 다소라도 호소력이 있다면 내 인생이 그리 헛된 것이 아닐 것이며 이 수필집도 작은 가치는 있을 것이다.

독자들은 각 편을 읽으면서 글의 끝에 적어 넣은 날짜를 유념해 주기 바란다. 각 글의 내용은 지금의 시류와 다소 다를 수 있다는 점에서 때로는 뒤늦은 감이 없지 않을 것이지만, 그 글을 쓸 당시의 시국을 연상하면 글을 이해하는 데 도움이 될 것이다. 세월은 흐르고 삶의 방법이 다소 달라졌을지 모르지만 사람 살아가는 본질이야 그리 쉽게 변했겠는가?

이제까지 살아오는 동안 나에게 냉수 한 모금 주신 분에게까지 이 자리를 빌려 감사를 드린다. 형제와 동기간, 친구, 은사, 선배와 제자들, 그리고 옷깃을 스치듯 지나간 모든 인연에 대하여 감사한다. 아울러 나로 인하여 상처를 입은 분들께도 진심으로 용서를 빈다. 나는 너그럽지 않았고, 매몰찼으며, 너무 많은 사람을 미워했다. 설령 그것이 한(恨) 때문이었다 해도 잘한 일은 아니었다. 그 점을 후회하며 거듭 용서를 빈다.

2006년 추석에
시몬 신복룡 씀

제2장 나폴레옹의 첫사랑

제3장 느네 아빠 연금 타니?

제1장 내 학문의 여정

굶주림

　연전에 텔레비전에 미니 시리즈로 김원일의 소설 『마당 깊은 집』이 방영된 적이 있었다. 나는 그 연속극을 보면서 주인공 수남이의 얘기가 바로 나 자신의 얘기여서 마음속으로 얼마나 울었는지 모른다. 내 자식들은 말할 것도 없고 시골 생활이 어떤지를 모르는 아내도 눈시울을 적시는 나를 보며 왜 그러느냐고 무심히 묻는다.

　며칠 전 멀쩡한 신발을 못 신겠다고 새 것으로 사 달라는 아들 녀석에게 나의 낡은 구두를 보여주며,

　"애비는 이런 신을 신고도 불편이 없다."

고 했다가

　"아빠 세대와 저희 세대는 달라요."

라는 면박을 들은 적이 있는 터라, 나는 『마당 깊은 집』의 얘기를 굳이 설명하려 애쓰지 않았다.

　언제인가 강의실에서,

"선생님의 어린 시절 궁극적 관심은 무엇이었습니까?"

라는 질문을 받고 나는 깊이 생각할 것도 없이 "가난…"이라고 대답한 적이 있었다. 아마 오래 생각했더라도 대답은 마찬가지였을 것이다. 정말로, 정말로 우리는 그때 가난했다. 그때가 얼마나 가난했던가 하도 궁금하기에 통계를 추적해 보았더니 1인당 국민소득이 50불이 채 못 되었다. 그러니 1만 불의 시대에 살고 있는 내 자식이…. 아무리 내 뱃속에서 난 자식인들 어찌 수남이의 마음을 이해할 수 있었겠는가?

초등학교 시절, 2-3교시 수업만 지나면 벌써 현기증이 오고 하늘이 노래진다. 배가 고픈 것은 이미 익숙해졌기 때문에 허기는 느껴지지도 않는다. 하교 시간이 되면 집으로 가는 것이 아니라 들로 올라간다. 거기에는 칡이 있기 때문이다. 우리는 혀가 뻣뻣해지도록 칡을 씹다가 나른한 몸을 이끌고 저녁 연기 피어오르는 초가집으로 찾아든다. 그 지긋지긋한 호박범벅이 덩그러니 상 위에 놓여 있다. 괜찮은 날이면 아욱죽이 있다.

칡 철(3-4월)이 지나면 돼지감자(한국산 야생 감자)를 캐어 먹는다. 혀가 아린 생각이 잊혀지지 않는다. 그 후에는 논두렁의 하얀 메를 캐어 먹고, 그 다음에는 밀 서리, 콩 서리 … 그러다가 찬바람이 날 때면 메뚜기를 잡으러 온종일 논두렁을 헤매었다. 변소라도 갈라치면 어머니께서는 이렇게 말씀하셨다.

"애야, 배 꺼질라, 웬 변소를 그리 자주 가니? 오줌을 참으면 병이 되지만 똥을 참으면 약이 된단다."

그러고도 어떻게 영양실조로 죽지 않고 살아남았을까? 그것은 문화 인류학적으로 설명이 가능하다. 그때가 아무리 가난했다고 해도 인심은 있었다. 한두 달에 한 번씩 동네의 어느 집엔가 큰 잔치가 있다. 그럴 때면 우리의 어머니들은 자식들을 데리고 가서 그 집 사랑채나 굴 뚝 뒤꼍에서 치마폭에 숨겨 온 음식을 한없이 우겨 넣었다. 우리는 맹꽁이 배가 되어 집으로 돌아왔고 엄마는 얼마 더 일을 봐주고 음식도 더 챙겨서 집으로 돌아왔다. 이것이 우리가 굶어 죽지 않고 살아남을 수 있었던 길이었다.

점심 시간이 되면 도시락도 싸 오지 못한 주제에 자리에 앉아 있을 수가 없다. 우리는 운동장 모퉁이에서 두꺼비집을 지으며 그 시간을 보냈다. 머리는 여전히 어찔어찔하다.

학교라도 가지 않는 날이면 우리끼리 달타기를 한다. 우리는 부잣집 아들에게 삶은 감자라도 얻어먹기 위해 늘 말이 되어야만 했다. 배가 부른 그 녀석은 내게 하나 주었으면 좋으련만 끝내 주지 않는다. 차마 달랄 수도 없다.

"맛있니?"

하고 의미 없이 물으면 그 녀석은

"그래."

하고 퉁명스럽게 대답할 뿐이다.

그러다가 감자 먹는 일에도 싫증이 나고 심심해진 그 녀석이 제안한다.

"야, 임마! 너 자지 보여주면 이거 줄게."

우리는 수치심 많던 소년 시절에 감자 하나를 얻어먹기 위해 바지춤을 내린다. 크누트 함순(Knut Hamsun)의 소설 『굶주림』(Salt)이 남의 얘기가 아니었다. 우리에게는 무엇무엇을 하고 싶은 꿈이 있었던 것이 아니라 무엇무엇이 되고 싶지 않다는 바람만이 있었을 뿐이다. 굶주리고 싶지 않았고, 수모를 받고 싶지 않았고, 억울한 일 당하고 싶

지 않았을 뿐이다.

정말로 우리에게는 내일도 없었고 꿈도 없이 암울하기만 했다. 우리에게 기도가 있었다면 미군 구호 물자를 나누어 줄 때 유리 구슬이라도 하나 당첨되게 해달라고 비는 것이 고작이었다. 그 시대에 우리에게 꿈이 있었다면 그것은 사치였을 게다.

내가 중학교에 들어갔을 때도 사정은 여전했다. 그 시절에 가장 잊을 수 없는 것은 교사들의 부교재 강매였다. 그때 나는 적성에도 맞지 않는 반장을 맡고 있었는데 어느 수업 시간에 교사가 또 부교재를 강매했다. 나는 그것을 살 돈이 없었다. 반장이 사지 않으니 다른 학생들도 주뼛거리며 사지 않았다.

그 후 며칠이 지나 시험을 치르는데 느닷없이 그 교사가 나에게 달려와 멱살을 잡고 교탁으로 끌고 가 컨닝을 했다면서 나를 짓이겼다. 나는 울지 않았다. 나는 한국전쟁과 같은 무법천지가 다시 오기를 바랐다. 그러면 총을 한 자루 구해야지…. 그에 대한 복수심은 처절했던 내 젊은 날을 지탱시켜 주는 에너지가 되었다. 가난은 이렇게 나를 할퀴고 지나갔다.

세월이 흘러 내가 대학에 자리 잡고 있을 때 어느 해거름에 문득 그 교사가 연구실로 찾아왔다. 나는 만감이 교차했다. 나는 그가 지난날의 일을 사과하러 온 줄로만 알았다. 그는 나에게 저녁을 대접하겠노라고 했다. 어느 일식집에 들어가 앉자 그는 나를 찾아온 이유를 설명했다. 평생 중학교 교사로만 있을 수 없어 대학원을 진학하고 싶은데 도와달라는 것이었다. 그리고 그는 무릎을 꿇고 술을 권하며 말했다.

"신 박사님만 믿습니다."

나는 천장을 쳐다보며 스스로에게 말했다. 복수는 이것으로 충분하

다고. 나는 스티브 맥퀸이 부모를 죽인 원수를 찾아 서부의 광야를 헤
매던 영화 『네바다 스미스』의 마지막 장면을 생각하며 지난날을 회상
했다. 어언 30년의 세월이 흘러가고 있었다. 그날 그를 용서한 이후로
나는 불면(不眠)의 밤을 벗어나 발을 뻗고 잠을 이룰 수가 있었다.

　우리 세대의 누군들 어린 시절이 행복했을까마는 되돌아보면 어찌
살았나, 꿈만 같다. 그 후 그 소년은 소설 같은 청소년 시절을 지나 과
분하게도 대학 교수가 되었다. 누가 뭐라 해도 이 시대의 대학 교수라
면 이제 먹고 살 만하며 그리 서러운 꼴 당하지 않고 살아갈 수 있다.
국민소득이 무려 200곱이나 늘었다. 이제는 나누어 주며 살 때다. 지
금이 슬프면 지난날의 아픔이 한이 되는 것이고 지금이 행복하면 지난
날의 아픔이 추억이 된다. 나는 이제 그 지난날의 아린 기억들을 추억
으로 간직하고 싶을 뿐이다.

(1992. 12.)

전상국(全商國)과 조정래(趙廷來)

1963년 벽두의 정월 초하루였는지 아니면 초이틀이나 초사흘이었는지, 그때나 지금이나 그 무렵의 신문들은 신춘 문예 당선작으로 가득 차 있었다. 대학 3학년이었던 나는 딴에는 문학에 관하여 다소의 꿈이 남아 있던 터라 몇 가지 일간 신문을 사서 신춘 문예 당선작 중에서 단편 소설을 열심히 읽었다. 그 여러 편의 소설 중에서도 나는 『조선일보』에서 뽑은 전상국의 『동행』(同行)을 읽으며 깊은 충격을 받았다.

당선자의 프로필을 보니 필자는 당시 경희대학교 국어국문학과 4학년 재학생이었고 나이는 나보다 2년 연상이었다. 나는 그 신문을 스크랩하여 그 후에도 여러 번 읽으며 언제인가 우리가 각자의 위치에서 일가를 이루는 날 반드시 만나고 싶고 또 만날 날이 있을 것이라는 생각에 잘 보관해 두었다.

일간 신문의 신춘 문예 당선자라는 화려한 조명을 받고 데뷔한 것과는 달리 그 후 전상국은 어찌된 셈인지 문단에 나타나지 않았다. 나는

가끔 그의 작품을 회상했고 이제쯤은 우리가 각자의 위치에서 만날 때가 되었다는 생각을 가지며 그의 행적을 궁금히 여기고 있었다.

그렇게 15년여의 세월이 흐른 후 어느 날 갑자기 『아베의 가족』의 선풍이 불기 시작했다. 나는 무척 반가운 다음으로 그 책을 사서 읽었고 나의 외우(畏友) 이동하(李東河)에게 그의 안부를 물었다. 그 후에 안 일이지만 그는 『동행』 이후 한때 회의에 빠져 문학을 절필하고 낙향하여 있던 중 황순원(黃順元) 선생의 권고로 상경하여 모교의 부속고등학교에서 교편 생활을 하면서 다시 작품 활동을 시작했다는 것이다.

1980년 초 어느 날, 나는 이동하의 안내를 받은 한 손님의 방문을 받았다. 이미 그때는 유명해진 터라 나는 첫눈에 그가 전상국임을 알았다. 나는 그의 껑충한 키, 나이에 비하여 걸맞지 않게 벗어진 이마, 그리고 꽉 다문 입술에서 뭐라고 딱히 설명할 수 없는 어떤 과묵함 같은 것을 느꼈다. 그리고 이러한 모든 느낌에 앞서 나는 오랜 기다림 뒤에 오는 반가움을 이길 길이 없었다. 그 후 그가 춘천으로 돌아간 후 우리는 몇 번의 편지 왕래와 저술의 교환이 있었을 뿐 공간적인 만남의 인연은 끊어졌다. 짧은 만남, 긴 인연이었다.

조정래와의 인연은 그 후 몇 년 뒤의 일이었다. 1982년에 그가 『유형(流刑)의 땅』으로 현대문학상을 수상했을 때 나는 서둘러 서점을 찾았다. 나는 그의 글을 읽으며 내가 재주가 없어 글로 표현할 수 없었던 한국전쟁의 비극적 상황을 회상했고 나와 꼭 같은 시대를 체험한 한 작가(그는 나보다 1년이 연하이다)의 글을 읽으며 몸이 자지러지는 듯한 감동을 받았다. 그는 그해에 『불놀이』로 대한민국 문학상을 받으며 일약 문단의 주목을 받기 시작했다.

이 무렵 해마다 연말이 되면 유명 가수들의 디너 쇼가 유행이었는데

특히 조영남(趙英男)의 쇼가 인기 절정을 이루고 있었다. 크리스마스 전후가 되면 동화출판공사의 임인규(林仁圭) 사장은 어김없이 우리 부부를 이 쇼에 초대해 주었는데 1983년이었던가, 나는 쇼가 열리는 힐튼호텔의 로비에서 평민사 김종찬(金鍾贊) 사장의 소개로 조정래와 그의 부인인 김초혜(金初惠) 여사를 처음 만났다. 나는 그의 작품에 대한 한 독자로서의 소감과 감사를 표시했고 그는 정치학을 공부하는 한 대학 교수의 문학담을 신기하다는 듯이 듣는 것 같았다.

이 무렵에 조정래는 『태백산맥』을 쓰고 있었던 것 같다. 그는 내가 한국 현대사를 공부한다는 사실을 기억하고 있었던지 어느 날 한국전쟁에 관한 자료를 얻고 당시의 정치 상황에 관한 정치학자의 의견을 듣고 싶다며 왕십리의 내 집을 찾아온 적이 있었다. 그때 그는 꽤 오랜 시간 나와 얘기를 나누다가 돌아갔는데 나는 그에게서 전상국과는 전혀 다른 한 문인의 모습을 발견할 수 있었다.

전상국이 선비와 같았던 데 비하여 조정래의 인상은 매우 강인했다. 거침없는 그의 남도 사투리며, 그가 선암사(仙巖寺)의 승방(僧房)에서 태어났다든지, 그의 아버지가 해방 정국에서 좌익이었다는 사실은 그의 인생 역정을 더 이상 듣지 않아도 알 수 있을 만큼 극명하게 설명해 주었다. 나는 지금까지도 위의 두 문인과의 교유(交遊)랄까, 한때의 인연을 아름다운 추억으로 간직하며 살아가고 있다.

『동행』과 『불놀이』의 주제는 해방으로부터 한국전쟁에 이르는 격동의 세월에 이 땅의 천민들이 어떻게 좌익이 되어 가는가를 그리고 있다는 점에서 공통점을 가지고 있다. 단편 소설인 『동행』에서는 그 작품의 성격상 장황하게 설명되어 있지는 않지만 서럽고 한 많은 천민의

아들인 최억구는 이러저러한 이유로 와야리의 인민위원회 부위원장이 되었고, 『불놀이』의 주인공인 대장장이 배점수는 회정리에서 인민위원회 부위원장이 된다. (조정래의 『유형의 땅』의 주인공 천만석도 감골인가 죽촌 마을인가의 인민위원회 부위원장으로 등장한다.)

『불놀이』에서는 이들 이외에도 몇 명의 좌익이 등장한다. 예컨대 양반댁 상전의 아들이 기생을 죽이는 범죄를 저질렀을 때 그를 대신하여 죄를 뒤집어쓰고 옥살이를 하던 종의 자식으로 태어난 한(恨) 때문에 공산주의자가 된 방현우, 양반댁 씨받이의 몸에서 아들이기를 바라는 상전의 바람과는 달리 딸로 태어남으로써 또 다른 천민이 된 천숙자, 그리고 회정리 신씨 문중에서 유일하게 부역을 하고 일생을 죄인처럼 살아가는 신장문이 그들이다. 결국 방현우는 그 후 초등학교 교사가 되어 회정리의 '혁명 전사'가 되었고 그를 사랑했던 천숙자 선생도 방현우와 함께 공산주의자가 되어 회정리 학살을 주도하다가 부상당한 방현우를 죽이고 방현우와의 사이에 임신한 빨치산의 몸으로서 자살의 최후를 맞는다. (조정래는 이 대목과 관련하여 더 많은 애착을 가진 듯했다. 나는 그가 이 두 빨치산 부부의 모습을 주제로 하여 별도의 작품을 쓰고 싶어하는 인상을 받았다.)

그렇다면 무엇이 이들로 하여금 좌익이 되게 만들었는가? 그것은 그 당시의 지배 계급인 양반 또는 지주 계급에 대한 적개심을 그 밑바닥에 깔고 있다. 배점수나 최억구 또는 천만석의 아버지들은 그 적개심의 정체를 "있는 사람, 읎는 사람끼리 살다 보니 생긴 감정"(『불놀이』)쯤으로 생각함으로써 그들의 아픔을 운명으로 받아들이려 했지만, 세상이 조금은 개명되고 거기에 방현우와 같은 혁명 전사의 교육을 받았을 때 그의 자식들은 그 운명을 거부했다. 벌써 삶의 공간적 무대가 많

이 달라졌기 때문이었다.

이런 점에서 본다면, 좀 비극적인 얘기이지만 해방 공간에서 누가 좌익이 되고 누구는 우익이 되었는가의 문제는 다분히 신분적인 데가 있다는 것이 조정래의 시각이었다. 예컨대 최억구 역시 소작의 빈농이었거나 머슴 정도의 신분이었다. 배점수의 경우에는 서러움이 운명적이었고 그 서러움은 선택의 여지도 없이 공산주의자가 되는 길만이 청산될 수 있는 것이라고 그는 의심 없이 확신했다.

증조 할아버지는 동학 난리통에 비명횡사했고, 할아버지는 겨우 목숨을 부지하여 남사당패를 따라다니며 생계를 이었고, 아버지는 신씨 문중의 머슴인지 종의 몸으로 살며 수모를 천형(天刑)처럼 견뎌야 했으며, 자기 자식인 점수에게는 그와 같은 아픔을 물려주지 않기 위해 대장장이를 시켰지만 그것도 뜻대로 되지 않았다. 결국 그들은 신분의 멍에를 운명처럼 받아들일 수밖에 없었다. 이들의 체념은 『동행』에서 매우 상징적으로 다음과 같이 묘사되고 있다.

이때 앞서 걷던 사내[억구]가 뒤로 돌아서며,

"여긴 안 되겠수다."

— 중얼거리는 거와 동시에 그의 한 쪽 발이 뿌지직 얼음을 깨뜨렸다. 그러자 사내는 다시 몸을 돌려 꺼져 드는 얼음 위를 철벅철벅 걸어가며,

"어어, 물 차다!"

꺼져 버린 얼음 조각들이 흐르는 물에 처르르— 씻겨 내리고 있었다. 눈 덮여 희던 개울 바닥이 그가 걸어 나간 뒤를 좇아 차츰차츰 검은빛으로 번져 나갔다.

얼음 위를 걷다가 발이 '빠지면' 얼른 발을 빼어 밖으로 뛰쳐나올 법한데 억구는 그것을 체념하기라도 한 듯이 그냥 처벅처벅 걸어갔다. 마치 한번 좌익에 발이 빠진 사람은 의도적으로 발을 빼려고 노력하기보다는 발을 빼어도 어차피 젖은 발을 말릴 수는 없다는 듯이 얼음 위를 걷고 있는 최억구의 모습에서 나는 좌익들의 연루와 체념, 그리고 이념이라는 허구 뒤에 담긴 어떤 운명적 인연을 보는 듯하다.

하층 신분의 좌익화 과정을 묘사하면서, 암울하고도 긴 우익의 삶을 강요받으며 살아온 우리들은 대체로 고질스럽게도 그들을 사갈시(蛇蝎視)하는 데 익숙해 있다. 그것은 어쩌면 한국전쟁과 오랜 군사 문화 속에 살면서 숙명적으로 강요된 굴레일 수도 있다. 이 시대의 모든 사회과학이 이 문제에 대하여는 한결같이 반공이어야 하고 누구도 공산주의 또는 공산주의자에 대하여 설령 동족이라는 이름으로써도 연민을 표출해서는 안 된다는 절대 금기 속에서 괴로워한 반세기의 그 긴 기간 동안에, 오직 문학을 쓰는 작가들만이 좌익들의 입장을 대변할 수 있었다는 점에서 그들은 행복했다.

설령 그것이 제한적이었고 은유를 통해서 알 만한 사람들 사이에 부분적으로 표현되었다 하더라도, 사회과학자들이 그런 말을 했더라면 벌써 몇 번은 서빙고 지하실에 끌려갔을 그런 내용들을 작가들은 문학이라는 이름으로 표현할 수 있었다는 점을 우리 같은 사회과학자들은 몹시 부러워했다.

예컨대 전상국이나 조정래는 독자들에게 최억구나 배점수가 공산주의자가 된 것을 미워하도록 요구하지 않는다. 아니, 오히려 두 작가는 그들이 공산주의자가 될 수밖에 없었던 이유를 가여운 마음으로 이해해 달라고 설득하고 있다. 두 작가가 그 공산주의자들을 싸고도는 것

은 아니지만, 공산주의자들은 악마라고 말하라고 강요받으며 살아온 사회과학도들에 비하면 문학 작가들은 얼마나 자유로웠던가?

그렇다고 해서 두 작가가 그 시대의 우익들을 미워했다고는 볼 수 없다. 이를테면 선구적 지식인(동경 유학생)으로서 좌익은 잘못되었다고 믿고 있던 신병모는 좌익이 된 어린 제자들을 위해 마음 씀이 간절하다. 살인 용의자인 최억구를 체포하기 위해 중증 폐결핵 환자로서 눈길에 피를 쏟으며 그를 추적하던 형사도 그가 범인임을 확인하고서도 결국에는 그를 체포하지 못하고, 태우다 남은 담뱃갑을 억구에게 권하며 돌아선다. 그리고 어린 시절 자신에게 잡혀 가슴을 할딱이던 산토끼와 내 자식을 돌려달라고 애원하는 눈빛으로 자신을 쳐다보던 어미 토끼를 회상한다.

여기에서 두 작가가 전하고자 하는 메시지는, 우리 모두가 아픔을 나누어야 하는 피해자라는 뜻으로 들린다. 임철우가 그의 문제작 『붉은 방』에서 지하실에 끌려가 고문당한 사람이나 그를 고문한 수사관이 모두 이 시대의 피해자이며, 그래서 우리는 결코 미워할 수 없다고 외치고 있듯이, 전상국도 조정래도 이 시대의 우익들, 좌익을 적으로 몰 수밖에 없었던 무리들을 미워하지 않았다. 전쟁 중에 겪었던 제트기의 폭음이 두려워 아직까지도 큰소리만 들리면 몸을 숨기는 노교수며, 시체 더미를 본 후로는 성인이 되어서도 야뇨증으로 괴로워했던 지서 주임을 우리는 모두 감싸주어야 한다고 작가는 말하고 있다.

우리는 흔히 한(恨)이라는 말로 우리의 민중적 삶을 설명하는 예가 많다. (나는 이 한이라는 단어의 용법이 잘못되었다고 생각한다. 본시 한이라 함은 신과 같은 절대자의 미움에 의해 내게 지워진 아픔, 이를테면 인간의 의지와 관계없이 이루어진 불행을 의미한다. 그런데 배점수나 최억구나 신찬규의 아픔은 모두 인간이 할퀸 생채기들이다. 이럴 경우에는 한이 아니라 원통함[冤]이다.)

그렇다면 이 한은 도대체 어디서 오는 것일까? 이 물음은 이 두 소설의 플롯을 이루고 있는 하나의 도식이 되고 있는데 이는 신분의 낮음이 가난을 낳고, 가난이 설움을 낳고, 설움이 적개심을 낳고, 적개심이 살인을 낳는 비극적 종말로 이어지게 된다.

즉 낮은 신분에 뿌리를 두고 있는 가난이 비극을 잉태시킨 원초적 씨앗이었다. 케임브리지 경제학의 아버지인 마샬(A. Marshall)의 말처럼, "모든 사회적 죄악의 밑바닥에는 가난이 깔려 있다."(Poverty is at the root of many social evils) 그것은 참으로 징하게 우리를 따라붙는다. 점수의 동생 순월이는 가난했기 때문에 신 주사네 아들 병칠이에게 끌려가 가랑이를 벌린 채 꼬챙이로 쑤심을 당했고 여맹위원장이 되었을 때 그는 신 주사 부자를 먼저 죽이러 갔다.(『불놀이』)

우리는 가난했기 때문에 "숨바꼭질을 하면서도 술래만 해야 했고, 학교 가는 대신에 나뭇짐을 져야만 했고"(『불놀이』), "감자 한 개를 얻어먹으려고 말 타기에서 말 노릇만 한나절을 해야 했다."(『유형의 땅』)

나는 이 대목을 읽으며 코끝이 찡해지고 눈앞이 뿌예져서 잠시 책에서 눈을 떼지 않을 수 없었다. 학용품이 없던 당시 우리는 교실의 공기통을 통하여 골마루 밑으로 들어가 마룻바닥의 관솔 구멍 밑으로 빠진 연필이며 지우개를 주워 썼다. 그 당시의 연필통은 미군이 버린 맥주 캔을 우그려 만든 것이었는데 뚜껑은 옆으로 닫는 미닫이 식이었다. 돈이 많은 집 아들은 자기가 미닫이 뚜껑을 여닫는 순간에 필통에서 연필을 꺼내 가도 좋다는 게임을 즐겼고 그 녀석의 손놀림보다 손이 늦었다가는 손가락이 잘릴 위험을 무릅쓰고 우리는 연필 하나를 얻으

려고 그 게임의 놀잇감이 되곤 했다.

그러니 우리에게 가난이 어찌 한이 되지 않을 수 있었겠는가? 그때 나는 나중에 커서 억수같이 돈을 벌어 가난한 사람들을 도와주겠노라고 몇 번이나 맹세했는지 모른다. 그런데 등 따숩고 배 부르면 마음도 변한다더니, 요즈음 먹고 살 만하니 내 자식에 가려 굶주린 남의 자식 걱정이 줄어들 때면 내 어린 시절에 대한 배신 같은 것을 느끼며 몹시 괴로워할 때가 있다.

우리의 가난은 대충 이런 것이었다. 그리고 그 가난은 뱀처럼 우리의 가슴에 서려 있었다. 그 한은 백설 위에나 옥양목 위에 떨어진 몇 방울의 피처럼 처연한 빛깔로 우리의 가슴에 새겨 있었다.(『불놀이』) 그 한은 참으로 질기게도 우리를 괴롭혔다. 이동하의 소설 『파편』(破片)에서 그 파편 쪽은 주인공이 죽어 화장을 한 후 재가 되어서야 몸에서 떨어져 나가듯이 한은 참으로 끈끈하게 우리를 괴롭힌다. 전상국은 억구가 지주의 아들인 득수의 장갑 낀 손을 깨물다가 이빨 사이에 낀 실오라기의 묘사를 통하여 가난과 한의 고리를 비유하고 있다.

　　하긴 나두 처음엔 몇 번이고 자수할 생각이었죠. 그러나 결국 난 자술 못하고 만 거죠. 난 [계모가 나를 가두었던] 그 광 속을 잊을 수가 없었던 거요. 그 광 속에서 이틀 동안이나 이빨 사이에 박힌 실오라기를 빼려구 내가 얼마나 애를 썼는지 아슈? 침이 묻은 손은 자꾸 얼어들구, 실이 끼인 잇몸의 살이 떨어져 피까지 나왔지만 난 그 장갑 실오라긴 뺄 수가 없었던거요. 예, 늘 생각을 한 거죠. 난 그 육실하게 춥구 캄캄한 광 속에선 실오라길 죽어두 빼낼 수가 없었다 … 이겁니다.(『동행』)

한은 그 실오라기처럼 질기다. 꽃같이 젊은 나이에 남편을 잃고 유복자를 임신한 몸으로 자신의 남편을 죽인 배점수에게 몸까지 더럽힌 채 마흔 남짓 살다가 죽은 찬규 어머니의 한은 억구의 그것과는 또 다른 데가 있다.

> 어머니는 가슴앓이가 도지기만 하면 큰 차돌을 불에 달구어 가슴에 올려놓고는 이빨을 뿌드득 갈며 몸부림쳤다. 그러다가도 견딜 수가 없으면 찬규를 가슴으로 올라서게 했다. … 올라서면 뼈만 앙상한 어머니 가슴이 그만 우지직 깨질 것만 같았다. 그러나 눈이 허옇게 뒤집히고 입가에 침 찌꺼기가 말라붙은 어머니의 울부짖는 명령을 거역할 수도 없었다.(『불놀이』)

그렇다면 이 한은 영원히 풀리지 않는 것일까? 억구가 소주병을 들고 눈보라치는 밤길에 아버지의 무덤을 찾아갈 때, 그리고 그가 살인범인 줄을 알면서도 형사가 발길을 돌렸을 때, 나는 억구는 물론 그 형사나 작가 전상국도 모두 가슴이 따뜻하게 녹고 있는 것이라고 생각했다. 그러던 어느 날 문득 흑인의 강간으로 불구를 낳은 어머니가 아베를 버리고 가족들과 함께 훌쩍 미국으로 이민을 떠났을 때 우리의 한은 결국 이런 식으로밖에는 끝날 수 없나 하는 생각이 들어 몹시 처량하고 야속했다.

그 후 다시 세월이 흘러 두호가 자폐아인 동생 한호를 산중에 버리려다 끝내 그를 버리지 않고 업고 산을 내려오면서 "날개 꺾인 이 어린 새의 어깻죽지에 새살이 돋을 때까지 내가 그의 날개가 되어 퍼덕여 주리라"(『우리들의 날개』)는 대목을 읽으며 나는 마음속으로 얼마나

전상국에게 감사했는지 모른다. 『불놀이』의 마지막 장면에서 자신의 아버지를 비롯하여 회정리 문중의 서른여덟 명을 죽인 배점수의 죽음을 확인한 찬규가 끝내는 자기들에게도 잘못이 있음을 시인하면서 "원한의 대물림을 바라지 않는다"고 했을 때도 나는 몹시 고마웠다. 그리고 우리의 한은 죽음을 거쳐 한 세대를 지나야 씻어지는 건가를 망연히 생각해 보았다.

이 두 작품은 아버지와 아들의 관계를 매우 끈끈하게 다루고 있다는 점에서 또 다른 공통점을 가지고 있다. 배점수와 그의 아들 황현민, 그리고 어머니의 살륙 장면을 보며 넋을 잃고 팔푼이가 된 칠성이가 그렇고, 억구와 죽창에 찔려 죽은 그의 아버지와의 관계 또한 그렇다. 조정래의 작품에 나오는 부자 관계는 더욱 끈적끈적하다. 어쩌면 다른 독자들에게는 예사롭게 보였을는지도 모를 이 관계가 나에게는 이토록 진하게 가슴에 와 닿는 이유는 무엇일까?

나는 특히 배점수와 황현민의 관계가 몹시도 절절하게 가슴에 와 닿는다. 그것은 아마도 대장장이였던, 그래서 신씨네로부터 온갖 수모를 겪어야 했던 배점수와, 가난한 소작농으로서 환갑이 넘도록 민씨네로부터 그토록 하대를 받아야 했던 나의 아버지와의 닮은 모습, 그리고 내 당대에 나의 가문을 일으켜 보고자 젊은 날의 한 맺힌 삶을 살아온 나 자신의 모습과 황현민 교수와의 그 어떤 연상 때문인지도 모른다. 나는 지게를 지고 가다가 지주의 자식들이 옭아매어 놓은 풀섶에 걸려 넘어지는 배점수 아버지의 모습에서 나의 아버지의 모습을 보았고, 양반댁에 끌려가 육신이 으깨지도록 맞고 돌아온 점수 아버지의 모습을 나의 아버지에게서 보았다. 그리고 40여 년이 지난 지금도 그 모습은 선연히 나의 머릿속에 각인되어 있다.

나이 아홉 살 때 나는 한국전쟁을 맞았다. 우리 가족도 남들처럼 피란을 떠났다. 피란이라고는 하지만 충청도의 피란은 차를 타고 남하하는 것이 아니라 옆 마을 산중으로 가는 것이 고작이었다. 어느 날 밤, 나는 잠결에 문 밖에서 들려오는 신음 소리를 들었다. 문을 열고 내다보니 아버지가 시체처럼 널브러져 있었다. 몹시 맞은 상처투성이였다. 약도 없어 치료를 받을 수도 없는 전시에 아버지는 며칠 동안 사경을 헤매셨다.

차도가 없자 함께 피란 나온 장씨 아저씨가 어혈에는 묵은 똥물이 좋다며 한 바가지를 퍼다가 반죽음이 된 아버지의 입에 흘려 넣었다. 며칠 후에 아버지는 겨우 의식을 찾았지만 세상을 떠나시던 날까지도 양식 구하러 옛집에 갔다가 빨갱이로 몰려 매 맞아 얻은 그 골병으로 괴로워하며 문광면의 그 지서 주임을 잊지 못했다.

언제인가 텔레비전에서 명창 박등진(朴東鎭) 옹은 독공(獨工)을 하다가 목에서 피가 넘어오면 똥물을 마셨다는 얘기를 한 적이 있다. 그 후 나는 그를 볼 때면 아버지를 생각하며 그리워한다. 그리고 진저리를 친다.

(1993. 가을)

 돋보기 쓰기 전에 일가를 이루어야 한다

청춘이 어제 같은데 벌써 지난날을 되돌아보는 글을 써 달라는 원고 청탁을 받고 보니 마음이 착잡하기도 하고 송구스럽기도 하다. 학문으로 이룬 것이 없고 제자도 많이 기르지 못한 채, 살아온 날보다 살아갈 날이 짧다는 생각을 하다 보면 문득 초조해지고 마음만 스산하다.

우리 시대의 모든 사람들이 다 그랬듯이 우리의 젊은 날은 참으로 간고(艱苦)했다. 1957년, 내 나이 열다섯 살 때, 고등학교를 갈 형편이 못 되어 나무지게를 지고 골목을 나설 때, "공부 잘한다더니 소용없구나" 하는 이웃집 퉁보 아줌마의 말이 비수처럼 내 가슴에 꽂혔다. 그날 나는 울면서 나무를 하다가 낫으로 손가락을 찍었다. 지금도 그 흉터가 선연하다.

그해, 나는 내 인생이 이럴 수는 없다는 생각이 들어 집을 나섰다. 전화(戰禍)로 폐허가 된 서울에 던져지듯이 올라온 소년에게 인생의 밑바닥 사람들이 악다구니를 하며 살아가는 시구문시장은 요지경 같았다. 그 당시 사춘기 소년인 나에게 즐거움이 있었다면, 낮에는 내가 다니던 가게 옆집 양말 가게의 딸이었던 송정자(?)의 얼굴을 바라보고, 밤이면 다락방에서 『삼국지』를 읽는 것이 고작이었다.

대학(건국대학교)에 들어갔을 때, 나는 사학과 강동진(姜東鎭) 교수의 강의를 들으면 황홀했다. 세계문화사의 종강 시간에 그분은 종강훈(訓)으로, 여자를 울리는 사람이 되지 말라는 말씀과 함께 혹 너희 중에 앞으로 학문을 하게 될 사람이 있다면 동학(東學)을 공부하면 너의 시대에 빛 볼 날이 있을 거라는 말씀을 해주었다. 그때만 해도 내가 교수가 되리라고는 꿈에도 생각할 수가 없었지만 원래 존경스럽던 교수님의 말씀인지라 나는 이 말을 잊을 수가 없었다.

1965년 대학 졸업식 날, 그때나 지금이나 어수선하게 식장에 앉아 떠들고 있는데 옆에 앉은 친구가 "야 임마, 너야" 하는 것이었다. 알고 보니 단상에서 수석 졸업자로 나의 이름을 부르고 있었다. 나는 얼떨결에 상을 받고 내려왔다. 그때 하객 중에 나의 자형이 있었는데 처남이 수석 졸업하는 모습이 대견하였던지 공부를 더 하라고 등록금을 대주어 팔자에도 없는 대학원생이 되었다. 그러니 지금 내가 대학에 선 것은 나의 의지라기보다는 요행이요 운명적인 데가 있다.

이 무렵 나는 내 마음의 사표가 될 몇 분을 만났다. 우선 조재관(趙在瓘) 교수님을 잊을 수가 없다. 그때 그분은 신촌 봉원사(奉元寺) 앞의 산동네 국민 주택에 사셨는데 나는 남보다 영어를 좀 잘한 덕분에 그분 댁에서 자료 정리를 하면서 일주일 동안 조 교수님을 모신 적이 있었다.

작업 틈틈이 그분은 자신의 인생사를 들려주었는데 그것이 어린 내 가슴에 깊이 각인되었다. 대학 때 외무고시를 준비하면서 촛불 밑에서

공부를 할 적에 졸음을 쫓기 위해 면도칼로 손가락 끝을 베었고, 그것이 덧나지 않도록 촛불에 지지며 공부를 하셨다고 한다. 그리고 2학년 때 고등고시에 합격했다. 나는 그 얘기를 들으며, 춘추전국시대 송곳으로 허벅지를 찍으며 공부했다는 소진(蘇秦)의 고사를 생각했다.

그분이 외국 유학을 마치고 귀국하여 강의실에 들어가는 첫날 학생들은 이 전설적인 교수에게 꽃다발을 안겨 주는 것으로써 경의를 표했다. 나는 그 장면을 보면서 나도 저럴 수 있을까를 동경했다. 나는 그분께 학문하는 자세를 배웠다. 1981년, 그분은 51의 연세에 당신의 묘비명을 내게 부탁하고 세상을 떠나셨다.

그리고 이때 만난 또 한 사람을 빼놓을 수 없다. 내 아내 최명화(崔明和)이다. 대학 2학년 크리스마스 때 서클 미팅에서 남자 측에서 한 명이 펑크낸 자리에 대신 나갔다가 만났으니 이것도 운명이었다. 일제시대와 자유당 치하에서 14년 형을 받고 수형한 사회주의 1세대 최익환(崔益煥) 선생의 딸인 그녀는 무척 강인했다.

두 번째 만난 날, 불알 두 쪽밖에 없는 고학생으로부터 "내가 당신을 아내로 맞이할 테니 기다려라"는 말을 듣고 그가 얼마나 황당했을까? 대학원 5년과 시간강사 9년 동안 나는 그에게 얻어먹으며 살았다. 그동안 싸움도 많이 했고, 마누라에게 얻어먹고 사는 자격지심 때문에 상처도 많이 받고 괴로운 적도 많았지만 이제는 사윗감 보러 나간다는 그의 주름진 얼굴을 바라보며 고맙고 미안할 뿐이다. 이 여자 아니었으면 내가 교수가 되었을까….

1960년대 말에서 1970년대 초까지 나는 충신동의 대한복음교회에 다니면서 장성환(張聖煥) 목사님을 만났다. 나는 그분의 신학적 깊이를 알 수 없다. 그는 젊은이들에게 늘 조국과 야망을 일깨워 주었다.

그분은 하이델베르크대학 한국 분교를 세운다고 마석(磨石)에 땅까지 사 놓고 독일로 떠난 후 아직 돌아오지 않았다. 그분이 떠날 때 나는 가슴이 미어지는 이별의 아픔을 맛보았다. 나는 아직도 그분의 주례사를 틀어 놓고 자세를 가다듬곤 한다.

이때 만난 복음교회 당회장 지동식(池東植) 목사님(연세대학교 신학대학장)도 잊을 수 없다. 그분의 임종이 가까워 화전(花田)의 댁을 찾아갔을 때 지 목사님께서는 예수 잘 믿으라는 말씀 대신에, "인간은 그릇에 넘치게 물을 담을 수 없다. 그러니 너는 젊은 날에 큰 그릇이 되도록 노력하라"는 유언을 남기시고 세상을 떠났다.

고려대학교의 김영두(金永斗) 교수님도 내 학문의 여정에서 잊을 수 없는 분이다. 그분은 나의 석사 논문의 지도교수였기 때문에 돈암동 산비탈에 있는 선생님의 오막살이집을 몇 번 찾아 뵌 적이 있다. 나는 지난날 강동진 교수의 말씀을 회상하며 동학을 학위 논문의 주제로 삼았다. 그때 김 교수님은 홑겹 문풍지로 실내 온도가 영하에 가까운 건넌방에서 신문지를 바른 사과 궤짝을 책상 삼아 내 논문을 지도해 주셨다. 나는 그분에게서 물욕에 빠지지 않는 학자의 청빈(淸貧)을 배웠다. 내 나이 50 중반, 적어도 아직까지는 내가 돈에 탐닉하지 않은 것은 그분의 가르침 덕분이다.

시간강사 대기실의 보리차로 허기를 견디면서 강의를 하다가 천신만고 끝에 교수로 발령을 받은 것은 1979년이었다. 나는 내 학문이 부족하다고 생각했고 43살의 늦은 나이에 처자식을 두고 미국 조지타운대학으로 갔다. 그때의 고독은 지금 생각해도 가슴이 저려온다. 연방 문서보관소에서 복사를 마치고 100년 된 아파트의 음울한 방에 들어설 때면 무덤과 같은 적막이 감돌았다. 침대 밑을 기어 다니는 방울 쥐

가 반가웠다. 그럴 때면 나는 워싱턴 대성당의 차가운 철책을 잡고 울며 기도했다. 그때 내 책상머리에는 이런 글을 써 붙여 놓았다. ‘우리의 선각자 누구에게나 잠 못 이루는 망명이 있었다.’ 그리고 나는 나의 장인을 생각했다.

나의 지난날들을 되돌아보며 한 가지 자신 있게 말할 수 있는 것은, 나는 적어도 아직까지는 빈둥거린 적이 없다는 점이다. 게으름은 죄짓는 것이라고 생각했기 때문이다. 다만 바둑에 탐닉하여 기원에서 어정거린 적은 있었지만 빈둥거린 적은 없다. 그래서 나는 공부하는 학생이나 후배 학자 지망생들에게 돋보기 쓰기 전에 일가를 이루어야 한다고 입버릇처럼 말한다.

내가 벌써 이런 글을 쓸 정도라는 점을 고려하지 않는다고 할지라도, 인생은 그리 길지 않다. 나를 기준으로 볼 때, 우리가 글 쓰고 남에게 좋은 일을 할 수 있는 기간은 아무리 길게 잡아도 김장 스무 번 담그면 끝난다. 그러니 어찌 세월을 낭비할 수 있겠는가? 늘 깨어 있어야 한다. 예수께서 “너희는 늘 깨어 있으라. 그분은 도적처럼 찾아올 것이다”(마태복음 24:42)라고 하신 말씀이나, 절의 목어(木魚)가 ‘눈을 뜨고 자는’ 붕어라는 사실은 동서고금을 막론하고 절차탁마(切磋琢磨)를 가르치는 한결같은 가르침이다.

(1995. 11. 6.)

새벽의 닭이 울지 않아도 동은 터 온다
 - 교수 발령을 받고 -

공부를 하겠노라고 85년 동안 결혼도 하지 않고 일생을 마친 뉴턴 (Sir I. Newton)은 어느 날 제자들로부터 "선생님께서는 이제까지 이룩하신 자신의 학문적 업적을 어떻게 평가하십니까?"라는 질문을 받은 적이 있었다. 벌써 한 인생으로 달관(達觀)의 경지에 이른 뉴턴은 문득 대답하기를 "내가 이루어 놓은 학문적인 업적은 넓은 해변에서 몇 개의 조개껍데기를 주운 것에 불과하다"고 말했다.

뉴턴의 이와 같은 대답은 듣는 이에 따라서 여러 가지로 해석할 수가 있다. 이 우주란 그토록 넓은 것이요, 오묘한 것이라고 해석할 수도 있겠고, 뉴턴이 그만큼 겸허했다고 해석할 수도 있다. 사실상 객관적으로 보아도 우주의 진리에 비하여 보면 뉴턴의 대답은 옳은 소리였을는지도 모른다. 그러나 스스로 생각해 봐도 역사상 위대한 이치를 발견했고, 만년의 부귀영화가 하나도 부러울 것이 없던 그가 자존망대하지 않고 스스로를 하나의 조개껍데기에 비유한 것으로 보아 뉴턴은 분

명 위대한 학자였음에 틀림없다.

비유가 너무 비약해서 매우 송구하지만 나도 공부하겠노라고 장안동 벌판에 들어선 지가 어느덧 20년을 바라보게 되었다. 파도처럼 밀려오는 고독이 있었고, 뼈아픈 회한이 있었고, 견디기 어려운 수모가 있었고, 기약 없는 기다림이 있었고, 단돈 서푼어치도 안 되는 나만의 보람이 있었고, 오래도록 기억하고 싶은 우정이 있었다. 기한(飢寒)과 애증(愛憎) 속에서 흐느끼고, 원망과 고마움 속에서 수전증(手戰症)을 느끼고, 움츠러드는 자신을 채찍질하기 위하여 그 허약한 육신을 추스른 것이 그 얼마였던가?

지내 놓고 난 지금에 소감을 물으니 보람 있었다고 대답했고, 남의 얘기니 웃음 지며 축하한다고 말하겠지만 이 찬란한 슬픔, 울고 싶도록 가슴 치는 옛 이야기, 아내의 주름진 얼굴, 이 못난 것도 애비라고 고사리 같은 손을 내밀면서 용돈을 달라던 어린 자식들의 여린 눈망울은 나만이 아는 것이지, 그 누구도 나를 위로할 수 없고 느낌을 함께 나눌 수는 없으리라. 공부를 한다는 것이 어둡고 외로운 것인 줄을 짐작 정도도 못했던 것은 아니지만 이렇게 고통스러운 줄을 미리 알았더라면 아마 나는 아예 먼저 포기했을는지도 모른다. 세상에는 편한 길도 많았는데 꽤나 고집스러웠던 청춘이었구나 하는 자조(自嘲)가 입술 밖으로 나온다.

웃자! 잃었던 미소를 한꺼번에 웃자! 그래도 너는 운 좋은 사나이였는지도 모르니까. 이제까지 너의 반평생은 전적으로 손해만 보고 살았다고 자학에 빠질 필요도 없다. "새벽의 닭이 울지 않아도 동녘은 터온다"고 스스로를 기만하며 객기를 부리던 지난날을 모두 잊어버리려무나. 그것은 너무 쓴 추억이었으니까. 그리고 이제까지는 너 자신을

위해 살았지만 앞으로는 남을 위해 사는 길이 무엇인가를 생각해 보
렴. 나도 모르게 기도하고 걱정해 준 여러분에게 보내는 감사의 말씀
은 결코 빈말이 아님을 이해해 주었으면 좋으련만….

(1979. 3.)

방활사라는 절을 아시나요?

지난 겨울에는 모처럼 설악산을 찾았다. 설악사계(雪岳四季)가 대한팔경(大韓八景)*의 으뜸이라고는 하지만 설악산은 뭐니뭐니해도 겨울이 제철이다. 더구나 이번에는 한계령 코스로 여행을 했기 때문에 더욱 아름다운 설경을 구경할 수 있었다. 세계에는 아름다운 명승지도 많이 있겠지만 사철의 모습을 구경할 수 있는 곳으로는 설악만한 곳도 그리 흔치 않으리라. 설악이 저렇거늘 금강산은 오죽이나 아름답겠는가?

설악을 가려면 인제에서부터는 줄곧 산길이다. 눈이 몹시 내려 구경하기는 좋았지만 교통이 아주 불편했다. 한계령을 지나면서 나는 한 모퉁이 길에서 방활사라는 팻말을 보았다. 깊이 생각할 겨를도 없이

* 대한팔경이란 설악산의 사계절(雪岳四季), 지리산의 바다 같은 구름(智異雲海), 제주 성산포의 해돋이(城山日出), 홍도의 노을(紅島落照), 한려수도의 물에 비친 그림자(閑麗水影), 내장산의 단풍(內藏丹楓), 불영사의 계곡(佛影溪流), 주왕산의 기암(朱王奇巖)이다.

저것은 절(寺)로 들어가는 샛길을 표시한 것이려니 생각했다. 절의 팻말은 으레 한자로 표기하는 것이 상례로 되어 있는지라 이상한 팻말도 다 있구나 생각하면서 저것을 한자로는 어떻게 쓸까를 내 나름대로 생각해 보았다. '활'자야 더 생각해 볼 것도 없이 '活'이겠지. 그렇다면 '방'은 '放'일까 아니면 좀 더 예쁘게 '芳'일까? 아마 '芳活寺'이거나 '放活寺'이거나 간에 절 이름으로서는 괜찮을 거라는 생각이 들었다.

그런데 몇 십리를 더 가니 그 산모롱이에도 또 방활사라는 팻말이 서 있었다. 아니 똑같은 절의 이름이 몇 십리 간격을 두고 둘씩이나 있단 말인가? 아니야, 그럴 리가 없지. 그렇다면 그 팻말은 절의 표지가 아닐 거야. 그렇다면 방활사란 무슨 뜻일까? 나는 지나온 길의 위치며 팻말이 서 있는 모습을 더듬으면서 방활사의 의미를 추론해 보았다.

몇 십리를 다시 지나고서야 나는 빙긋이 웃을 수가 있었다. 그것은 '防滑沙'였다. 차가 눈에 미끄러지지(滑) 않도록(防) 쌓아 두는 모래(沙)였다. 모래가 눈에 덮여 있지만 않았어도 좀 더 빨리 알았을 것을. 50센티미터가 넘는 눈 위로 팻말의 목만 삐죽이 내밀고 있는 탓으로 나는 그것을 판독하지 못했다.

아무리 한글 전용이라 하지만 한글로 써야 할 것이 있고 쓰지 못할 것이 있다. 그것이 어디 방활사뿐이랴. 많은 분들이 시골길을 지나면서 보았겠지만 논 위에 꽂혀 있는 '건답직파'라는 것도 꽤나 신경 거슬리는 팻말이었다. 나 같은 소작농의 아들로서 대학쯤 나왔으면 그것이 '마른 논에 바로 씨를 뿌린 곳' 즉 '乾畓直播'라는 것을 알기에는 그리 어렵지 않다.

그런데 '소주밀식'이란 말은 정말로 모르겠다. 글자만 본다면 얼핏 '燒酒密食' 즉 '밀주(密酒)를 몰래 마신다'는 뜻이 될 수도 있다. 그런

데 이것이 밭에 서 있는데야 어쩌랴. 다시 한번 또 이 퀴즈를 풀어보자. 저것이 밭에 서 있으니 ‘식’은 분명히 ‘植’일 것이요, 그렇다면 빽빽이 심었다는 뜻이니 ‘밀’은 분명히 ‘密’일 것이다. 밭에 심은 것이니 ‘주’는 그루터기일 테니 ‘株’라고 쓸 것이다. 그러면 ‘소’는 무엇일까? ‘小’일까? 아니야, ‘疎’일 수도 있다. ‘작은 그루터기는 빽빽이 심는다.’ 아니면 ‘성긴 그루터기는 빽빽이 심는다.’ 그 어느 것이든 간에 전문적인 듯한 이 용어의 진의(眞意)는 지금까지도 잘 모르겠다.

번연히 무슨 뜻인지는 알면서도 꼴같잖은 표지가 있다. 시내버스 기사 뒷머리 부근에 붙어 있는 ‘인화질물지입엄금’이라는 글귀이다. ‘인화’라는 단어가 있으니 그리 많이 배우지 않았더라도 휘발유처럼 불이 잘 붙는 위험 물질을 싣지 말아 달라는 뜻이리라는 것은 쉽게 알 수 있다. 그런데 ‘질물’은 무엇이며 ‘지입’은 무슨 가당치도 않은 조어(造語)인가? ‘불붙는 물질 싣지 않음’이라고 해도 ‘인화질물지입엄금’이라는 표지보다 한 글자밖에는 많지 않다. 이왕에 ‘질물’이라고 썼으면 아예 ‘인화질물지입금엄’이라고 쓸 걸 그랬구나 하는 심통도 일어났다.

자동차 얘기가 나왔으니 말인데, 소형 트럭의 뒤에 써 붙인 ‘전착도장적재함’은 무슨 뜻일까? 어렵사리 알아낸 바에 의하면, 이 차의 짐칸은 전기 이온식으로 페인트를 칠했다는 뜻이란다. 그러니까 굳이 한자로 표기한다면 ‘電着塗裝積載函’이 된다. 그렇다면 전기식으로 도장을 했든 손으로 페인트를 칠했든 굳이 이렇게 어려운 한자를 한글로 써넣어야 하는 이유는 무엇일까? 이온식이 손으로 칠한 것보다 비용이 더 비싸니 접촉 사고가 났을 때 보상비를 더 받아내려는 뜻이나 아니었는지?

그런데 요즘에는 고민이 하나 다시 생겼다. 소형 트럭 뒤에 써 놓은

'초장축'이 무슨 뜻인지 모르겠기 때문이다. 수퍼 사이즈(超長軸)인가? 이것을 알려면 얼마를 또 고생해야 할까 보다.

소동파(蘇東坡)의 말을 빌리면 "물 긷는 아낙네가 읽어서 모르는 글은 이미 글이 아니다"라고 했다. 내가 비록 국어학을 전공하지는 않았지만 내 정도 학력으로 모르는 팻말이 있다면 그런 팻말을 쓴 사람이 잘못되었거나 아니면 내가 자격이 없는 사람이거나 간에 둘 중의 하나이다.

독일이 나폴레옹의 말발굽 아래 짓밟히고 나라는 이미 멸망했으며 민족마저도 말살되어 가는 중에 베를린대학 총장인 피히테(J. G. Fichte)는 『독일 국민에게 고함』이라는 불후의 연설을 했다. 그는 이 자리에서 국가가 되살아날 수 있는 방법으로 어떤 길을 제시했던가? 부국강병(富國强兵)이었을까? 아니다. 그는 그런 말을 입 밖에도 내지 않았다. 그가 독일 민족을 일으키기 위하여 제시한 방법은 첫째는 민족의 얼이 담긴 역사를 써서 모든 국민이 읽도록 해야 하고, 둘째는 나랏말을 순수하게 지키고 이어야 하며, 셋째는 모든 국민이 함께 낭송할 수 있는 시를 써야 한다는 것이었다.

그런데 지금 우리의 실정은 어떤가? 역사는 일본인에 의해서가 아니라 바로 우리 자신에 의해서 만신창이로 왜곡되어 있고 언어는 '소주밀식'으로 변했다. 그리고 시는 꼴같잖게 왜 그리 어려운가? 단테의 『신곡』(神曲)이나 타고르의 『기탄잘리』보다도 더 어려우니 어찌 된 셈인가? 그러고도 우리네 독서 인구의 지식 수준이 낮아서 우리의 독서 풍토에서는 시가 팔리지 않는다고 개탄하는 시인이 있다면 나는 그가 붓을 꺾기를 정중히 권하는 바이다.

당송팔대가(唐宋八大家)의 어느 시도, 그리고 셰익스피어의 어느 소

네트도 우리의 시처럼 그렇게 현학적이지는 않다. 인도 국민의 영혼을 일깨운 것이 『기탄잘리』요 문예부흥의 주맥(主脈)을 이루는 것이 『신곡』이라고 한다면 우리에게는 어떤 시가 이에 비견(比肩)될 수 있을까? 왜 「승무」(僧舞)는 그 모습 그대로를 영역(英譯)할 수 없을까? 행여 그것이 말장난이기 때문은 아닐까?

분명히 장담하지만 나랏말을 사랑해야 나라꼴이 된다. 내가 (가당치도 않은 애기지만) 이 나라의 책임질 만한 자리에 앉게 되면 중앙 관서와 각 지방 도청에는 반드시 국어국문학과 출신을 별정직으로 특채하리라. 그리하여 그들로 하여금 여러 사람이 읽을 공문을 짓도록 하여 물 긷는 아낙도 읽어 알게 할 것이다.

(1983. 3.)

학문과 도제

　며칠 전, 졸업반 학생이 찾아와 졸업 사진을 촬영하려 하니 밖으로 나가자고 했다. 나는 촬영을 거절했다. 교수들에게는 비싼 앨범을 줄 필요가 없다는 학생들의 결정도 미웠지만 스승도 없고 제자도 없이, 그저 교수와 학생만이 있는 이 삭막한 바닥에서 학생들에게 머리 깎이지 않고 지내는 것만이 다행이지 무슨 추억이 있으랴 싶어서였다. 내 말을 듣고 뒷머리를 긁으며 나가는 학과 대표 학생에게 괜히 안할 말을 했다 싶어 곧 후회하며 미안했다.

　어쩌다 대학이 이 지경에 이르렀나? 마르크(M. Mark)의 말을 빌리면, 교수가 연구라는 미명 아래 가르치는 것을 소홀히 했기 때문이라고 하지만, 어쩌면 이 시대가 남기고 간 천형(天刑)이요 업보가 아닌가 싶어 마음이 괴롭다. 예전 같으면 작은 추억이나 낭만이라도 있었다. “스승의 그림자도 밟지 않는다”는 전근대적인 소망에 잡혀 있는 것은 추호도 아니지만, 이 시대의 지식인으로서 최소한의 대접마저도 거부

된 채 살아가는 자신의 모습에 대한 자괴심(自愧心)이 늘 우리를 괴롭힌다.

우리가 대학을 다니던 1960년대는 비록 가난했고 어려운 환경이었지만 적어도 캠퍼스에는 인간미가 있었다. 선생님이 출근하시기 전에 먼저 나와 연탄불 갈고, 커피 물 데워 놓고, 원고도 정리하면서 우리는 학문적인 얘기를 듣거나, 세상살이며 교수상(教授像)을 옆에서 지켜보면서 인생을 배웠다. 지금이라고 별로 이룬 것은 없지만, 이나마 사람 노릇하며 사는 것은 모두 그때의 가르침 덕분이었다.

이 시대를 가리켜 산업 사회라고 한다. 연탄불 갈 일도 없고, 커피야 자판기에서 빼 먹으면 된다고 말할 수도 있다. 그러나 아무리 세상이 바뀌었다고 해도, 세상이 이토록 야박스럽고 타산적이라는 것이 야속하고 안타깝다. 모두가 내가 부덕한 탓이고 부모가 잘못 가르친 탓이리라.

얼마 전에 한 학생이 졸업 논문을 들고 찾아와서 지도해 달라고 말했다. 나는 2-3일 후에 다시 오면 돌려주겠다고 말하고 논문을 맡아 두었다. 약속한 날에 그가 왔기에 고친 논문을 돌려주었다. 그랬더니 그 학생 말이 논문을 세 부를 제출했다는 것이었다. 아닌 것 같은데⋯. 그러나 그는 단호하게 세 부를 제출했다고 했다. 그러면 어떻게 해야 할까를 물으니 한 부에 복사비가 2천 원이니 두 부 값으로 5천 원을 달라는 것이었다. 주머니에서 돈 5천 원을 꺼내어 주는데 나도 모르게 손이 떨리고 있었다.

학문이란 머리만 좋다고 되는 것은 결코 아니다. 학문은 수련이며 도제(徒弟)이며 수양인데 요즘의 학생들은 그것을 인정하지 않으려 한다. 순박함, 때로는 손해 볼 줄도 아는, 그래서 인간적으로 보이는 삶이 실은 아름답다. 보신탕 먹고 팬티 바람에 강변에서 함께 뒹굴던 74 학번 시절의 제자들이 그리운 것은 단순한 향수만이 아니다. 어쩌면 이게 다 나이 먹는 탓인지도 모른다. '머리는 차갑고, 가슴은 따뜻한 제자'를 두고 싶은 마음만이 여울처럼 뇌리를 스친다.

(1991. 6. 1.)

내 일생을 움직인 책들

　한 권의 고전을 골라 독자들에게 권한다는 것은 그리 쉬운 일이 아
니다. 일생을 두고 잊을 수 없는 불후의 명작이 없어서가 아니라, 여러
권의 고전 중에서 어느 것 하나만을 내세우기 어렵기 때문이다. 나의
경우, 잊을 수 없는 고전이라고 하면 성장 과정에 따라 몇 권의 책들이
머리에 떠오른다. 우선 내가 말과 글로 밥벌이 할 수 있도록 해주었고
정다운 친구들에게 막된 사람이라고 욕먹지 않고 이나마 사람 구실하
며 살 수 있도록 해준 책으로서는 단연 『삼국지』(三國志)가 으뜸이었
다.

　배고프고 설움 받는 것이 싫어 검정 고무신 신고 혈혈단신 서울에
올라온 것은 내 나이 열다섯 살 때. 전쟁이 할퀴고 간 서울의 시구문시
장(지금의 한양공고 건너편) 적선 지대에 연탄을 배달하고 계란을 팔
던 소년이 곁길로 빠지고 세속에 물들 수 있는 수렁은 얼마든지 있었
다. 적수공권으로 전후의 서울 거리에 던져졌을 적에는 참으로 암담했

다. 그 당시 나에게는 『삼국지』를 읽는 것이 큰 즐거움이자 위안이었다. 그것은 간고함 속에서도 풍진에 섞이지 않고 그 아픔들을 아름다운 추억으로 바꾸도록 길잡이가 되었다.

『삼국지』를 가리켜 군담·무협(軍譚·武俠) 소설이라고 말하는 것은 이 책의 진의를 모르는 소치이다. 거기에는 기쁨과 비통함이 있고, 인간이 보여줄 수 있는 최고의 아름다움과 추함이 있고, 사랑과 증오가 있고, 지혜와 바보스러움이 있고, 배신과 절의가 있고, 야망과 좌절이 있다.

흉금을 울려 주는 그 많은 이야기 중에서도 나는 특히 유비(劉備)의 비육지탄(髀肉之歎)이라는 대목에서 깊은 감동을 받았다. 천하의 패업을 꿈꾸던 그도 한때는 유표(劉表)에게 몸을 의탁할 수밖에 없는 불우한 시절이 있었다. 어느 날 그는 측간에 갔다가 자기의 허벅지가 피둥피둥하게 살쪄 있는 것을 보고 심한 자책감에 빠진다. 이 난세에 사나이가 전쟁의 흙먼지(戰塵) 속에 말달리며 천하를 호령하는 것이 마땅하거늘 나는 어찌 이토록 살만 찌고 있단 말인가? 그는 자신도 모르게 눈물을 흘린다.

꿈 많던 대학 시절에 '도대체 역사상 위대한 인물은 본질적으로 어떤 사람이었을까?'라는 물음의 궁금증을 풀어 준 것은 루드비히(E. Ludwig)의 『프랑스혁명과 나폴레옹』이었다. 내가 이 책을 처음 만난 인연도 기이하다. 공부해서 출세해야겠다는 일념으로 고향과 절연하고 고학하던 어느 날, 나는 아버지의 임종이 가까워 왔다는 소식을 들었다. 6년 만이었던가, 고향에 돌아가니 이웃집 아주머니들은 "네 아버지는 굶어 죽었어"라고 내게 말해 주었다.

나는 장례를 치르고 몇 푼 남은 돈을 들고, 객지(?)에 가면 늘 그렇듯

이 서점에 들러 한 권의 책을 기념으로 샀다. 그것이 루드비히의 『프랑스혁명과 나폴레옹』이다. 이 책을 볼 때마다 나에게는 가슴 저며 오는 회한과 아픔이 있다. 그러나 불행히도 이 책은 20여 년 전에 절판되어 시중에서 구할 수 없다.

그 후 내가 공부 길로 접어들어 '민족이란 과연 무엇인가?'라는 문제를 놓고 고뇌하게 만든 책은 독일의 지성 피히테(J. G. Fichte)의 『독일 국민에게 고함』이었다. 공자(孔子)께서 "아침에 도를 깨우치면 저녁에 죽어도 한이 없겠다"(朝聞道 夕死可矣)라고 말씀하셨듯이 나는 피히테의 저서에 필적할 만한 『조선 민족에게 고함』을 쓸 수 있다면 한 서생(書生)으로서 여한이 없다고 생각했다.

나의 청년 시절은 신장이 178센티미터, 체중은 54킬로그램에 허리의 둘레가 머리의 둘레와 같을 정도로 허약했다. 나는 너무 일찍이 사신(死神)이 내 앞에 어른거리는 것을 보며 죽음의 공포 속에서 젊은 날을 보냈다. 어느 하루도 몸이 가뿐하고 상쾌한 적이 없었다. 그때 나에게 마음의 위로를 준 것은 로마의 집정관으로서 정적들의 모함에 빠져 유배지 파비아에서 죽음의 날을 기다리며 쓴 보에티우스(Boetius)의 『철학의 위안』이었다. 이 글은 대단한 인내를 필요로 한다. 그만큼 어렵기 때문이다. 그러나 나와 같은 삶을 사는 사람이 있다면 이 글은 큰 위로를 줄 것이다.

세월이 흘러 나도 가정을 이루고 한 아비가 되었다. 쏙 뺀 듯이 나를 닮은 아들이 고등학교에 들어갔을 때 나는 그 녀석에게서 나의 소년 시절을 보았다. 나는 그에게 한 권의 책을 선물하고 싶었다. 서점에 나가니 내가 찾던 책은 이미 절판되고 없었다. 나는 출판사를 찾아가 먼지 쌓인 서고에서 한 질의 책을 구할 수 있었다. 그것은 『플루타크 영웅전』이었다. 나는 그 책을 아들에게 주면서 "네 애비가 크게 이룬 것은 없지만 이나마 사람 노릇 하는 것은 이 책 덕분이다"라고 말해 주었다. 이 글에서 어느 책을 권할까 망설이던 끝에 종당에는 이 책을 뽑을 수밖에 없었던 것은 내 자식에게 권하고 싶던 그 순수함과 간절함이 있기 때문이다.

지금으로부터 2천 년 전에 그리스, 로마, 카르타고(이집트), 마케도니아(중동)에서 명멸한 영웅, 재사(才士), 가인(佳人), 현철(賢哲), 의인(義人) 57명(본래는 이보다 더 많았으나 필사본으로 전해 오는 동안에 부분적으로 소실되었다)의 행적을 적은 이 전기 문학은 우리가 흔히 지칭하듯이 영웅전은 아니다.

일생토록 야망 찬 삶을 산 시저, 재승박덕(才勝薄德)했던 키케로와 안토니우스, 절의를 지키며 죽음을 맞이한 소(小)카토·포키온·알키비아데스, 대인의 금도와 기국(器局)을 보여준 알렉산더 대왕, 원문은 망실되었지만 간간이 묻어 나오는 한니발과 스키피오, 그리고 포악함의 말로를 보여주는 독재자들의 모습은 비록 2천 년의 시차를 두고 있음에도 불구하고, 지금의 우리 현실에 그대로 투영되고 있다.

셰익스피어, 애덤 스미스, 맑스가 그토록 탐독했고, 나폴레옹이 이집트를 정벌하기 위해 지중해를 건너면서도 손에서 놓지 않았고, 패튼이 토브루크 전투 중에도 읽었고, 세계 출판사상 성서 다음으로 많이 발행되고 읽힌 『플루타크 영웅전』은 그 자체가 바로 서양의 지혜였다. 필자인 플루타크는 이 책을 쓰고 나서 "후세를 위해 쓰다 보니 나의 삶을 바로 잡게 되었다"고 고백했다.

이 책을 권하면서 꼭 덧붙이고 싶은 말이 있다. 그것은 다름 아니라 반드시 완역본을 읽어야 한다는 점이다. 어느 필자나 그렇듯이 한 편

의 글을 쓰노라면 토씨 하나에도 심혈을 기울이는 법인데 번역자가 임의로 첨삭하는 것은 옳지 않다. 특히 『플루타크 영웅전』에는 '○○와 △△의 비교'가 21편이 수록되어 있는데 이것이 이 영웅전의 백미이다. 그러나 유감스럽게도 대부분의 한국어판은 이 '비교'를 삭제하는 무지함을 저질렀다. 나는 생전에 『플루타크 영웅전』 주석서를 내는 것이 소망이어서 여러 판본까지 구해 두었는데 그 꿈을 이루지 못하는 것이 안타깝다.

이제 졸업·입학 철이 되었다. 서울에서 소문난 호텔 요릿집에는 이 젊은이들의 축하를 위한 모임으로 빈 자리가 없다고 한다. 이만큼 살게 되었으니 소중한 내 자식에게 축하로 한턱 내는 것이 흉될 것은 없다. 그러나 그 호텔 뷔페를 나서는 순간 그 소년·소녀에게는 과연 무엇이 남을까?

그러므로 나는 감히 권하건대 그보다는 차라리 퇴근길에 서점을 들르시라. 『삼국지』든 『플루타크 영웅전』이든 한 권의 책을 자식에게 선물하며 장래를 축복해 주는 것은 아름답다. 이 대목에 관해 선현들께서는 이렇게 말씀하셨다.

"자식에게 천금을 물려주는 것은 좋은 책 한 권을 물려주느니만 못하다."(遺子千金 不如遺子一經)라고.

(1990. 12. 21.)

이 한 권의 책: 『장자』(莊子)

워싱턴에서 공부할 적에 마음이 외롭고 가족이 그리울 때면 나는 가까운 곳에 있는 그레이트 폴스(Great Falls)라는 폭포 유원지를 가끔 찾아갔다. 경관이 아주 빼어난 것은 아니지만 그곳에 써 있는 비명(碑銘)이 매우 인상적이어서 그것을 보러 몇 번 더 간 적이 있다. 거기에는 이렇게 적혀 있다.

"이 폭포는 50만 년 전에 생성된 것입니다. 당신이 이곳을 떠난 50만 년 후에는…"

50만 년 — 참으로 긴 세월이다. 나의 1만 5천대 손자가 태어나 찾아갈 시간이다. 그 글을 읽으며 전기처럼 가슴에 와 닿는 것이 있었다. 유구한 역사에 비추어 보면 천 년도 수유(須臾)라던데 내가 고작 인생 40여 년을 살아오면서 이리 아웅다웅했던가 싶은 생각이 들었다.

비교가 좀 송구하기는 하지만 아마 장자(莊子)도 나와 같은 심정이었을 것이다. 인생이 70년이라고는 하지만 그 중 즐거운 순간은 과연

얼마나 길었으며 또 몇 번이나 되었을까? 왜 이렇게 허둥대며 앞만 쳐다보고 살아왔는가? 왜 그다지도 세속명리(世俗名利)에 탐닉하여 역사의 유장(悠長)함을 외면한 채 이 풍진(風塵) 속에 그리도 연연해야할 일이 많았던가?

장자의 높은 학문에 대한 명성을 듣고 찾아와 벼슬을 권하던 제후(諸侯)에게 그는 이렇게 타일러 보낸다.

> 천금은 큰돈이요, 재상(宰相)의 자리는 존귀한 것이다. 그러나 제상(祭床)의 소를 보라. 소는 제상에 오르고 나서야 차라리 산 돼지가 되고 싶어도 때는 이미 늦었다. 나는 옥합 속에 잘 보관된 죽은 거북보다는 차라리 흙탕물 속에 꼬리를 치는 자유로운 거북이 되고 싶으니 나를 더 이상 욕되게 하지 말고 돌아가라.

서생에게는 너무도 기다려지는 긴 겨울 방학을 지내며 당명황(唐明皇)이 그토록 애독하며 『남화경』(南華經)이라고 불렀던 『장자』를 다시금 꺼내 읽어본다. 거기에는 이 난세에 몸을 다치지 않고 목숨을 부지하며 (이렇게 사는 것이 꼭 옳은 일은 아니겠지만) 사는 법(安身立命)에 대한 가르침이 있다. 나는 사람이 일생을 살아가면서 분수를 지키며 만족할 줄 알라(守分知足)는 장자의 가르침을 지키려고 애쓴다. 이 험한 세상 살다가 감옥 갈 일 있는 사람이 꼭 읽을 만한 책이 곧 『장자』이다.

이제 방학도 거의 지나갔다. 미루었던 논문을 탈고한 일, 하고 싶었던 세속의 온갖 유혹들, 오랫동안 별러서 겨우 찾았던 직지사(直指寺)의 밤 풍경 소리와 설야(雪夜), 마음 맞는 친구들과 태종대(太宗臺)에

서 기울이던 소주잔, 속 썩이는 자식들에게 마음 상한 채 청계산 자락
에 우두커니 서서 찌든 서울 하늘을 바라보며 마음을 달래던 순간
들…, 그 어느 것에 못지않게 『장자』는 나에게 위로와 안식을 준다.

(1991. 2. 16.)

 『삼국지』, 나를 사로잡은 명장면

"젊어서는 『수호지』를 읽지 말고 늙어서는 『삼국지』를 읽지 말라"는 옛말이 있지만, 어느새 예순을 훌쩍 넘긴 나이에 나는 아직도 『삼국지』를 읽는다. 그것은 향수일 수도 있고 어린 시절의 나의 약속에 대한 다짐일 수도 있다. 수복 직후 1950년대에 던져지듯이 서울에 올라와 시구문시장의 작은 가게에서 일하던 열다섯 소년에게는 낮이면 옆집 가게의 딸이었던 정자의 얼굴을 보고 밤이면 가까운 청계천 고서점에서 사온 『삼국지』를 읽는 것이 유일한 즐거움이었다. 그때 우리에게 꿈이니 소망이니 하는 것이 있었다면 그것은 아마도 사치였을 것이다.

그 무렵 『삼국지』 중에서 나에게 가장 감동적이었던 장면은 유비(劉備)의 소위 비육지탄(髀肉之嘆)의 대목이었다. 나는 그 대목을 읽으면서 인생을 결코 빈둥거리지 않으리라고 다짐했다. 이제 가끔 나도 인생을 되돌아보며, 후학들로부터 지금까지 살아오면서 마음에 새긴 구절이 무엇이냐는 질문을 들을 때면 나는 이 대목을 들려준다.

그런데 나이가 들면서 나도 정년을 앞둔 초로의 몸이 되고 보니 『삼국지』에서 가장 감동적인 장면이 바뀌는 현상이 벌어지고 있다. 옛날에는 『삼국지』 중 제일의 장수가 누구냐는 질문에, 남들은 관운장을 쳤을 터이지만, 나는 아마도 조운(趙雲)이 아닐까 생각했었다.

그런데 지금에 와서는 그 질문에 대하여 나는 주저 없이 강유(姜維)라고 대답한다. 장수로서 무예가 출중했을 뿐만 아니라 살아서 제갈량(諸葛亮)을 섬기면서 사랑을 받았고, 그런 인연으로 제갈량으로부터 모든 병서와 지혜를 전수받아 촉의 부흥을 위해 신명을 바쳤으니 강유야말로 문무를 겸전한 『삼국지』 제일의 장수요 충의지사라고 나는 생각한다.

제갈량이 죽은 후, 사마의(司馬懿)에게는 거칠 것이 없었다. 그가 조조(曹操)의 후손들을 모살하고 전권을 장악하면서 위나라의 민심이 어지러워지자 강유는 이 틈을 이용하여 위를 정벌할 것을 후주인 유선(劉禪)에게 진언한다. 이에 상서령 비위(費禕)는 출병에 반대하며 내치에 주력할 것을 주장한다. 이 말을 들은 강유는 이렇게 말한다.

> 인생은 백마가 달려가는 것을 문틈으로 내다보는 것처럼 빨리 지나간다.(人生如白駒過隙) 그러니 어찌 세월을 천연할 수 있으며, 어느 날에 중원을 회복할 수 있을 것인가?

본시 이 경구는 다소 글자가 다르게 『장자』(莊子)의 지북유(知北遊)장과 『예기』(禮記) 38편 「삼년문」(三年問)에 나오는 말인데, 아마도 『장자』나 『예기』보다 『삼국지』를 먼저 읽었던 탓에 나의 머릿속에는 이 말이 강유의 말로 각인된 것으로 보인다.

나이 탓이리라고 생각되지만, 나는 이 대목을 읽을 때면 지난날과 남은 날을 생각하면서 때로는 회한(悔恨)과 허무에 빠지기도 하고 때로는 다시 몸을 추스르고 책상 앞에 다가앉기도 한다. "고통받는 날을 빼고 나면 일생이 며칠이랴?"고 열자(列子)는 묻고 있지만, 마음은 아직도 청춘인데 돌아보면 인생이 참으로 빠르다. 그러니 어찌 인생을 흘려보내듯이 살 수 있겠는가?

내가 이 글을 쓰면서 참으로 안타까워하는 것은, 한국의 『삼국지』 독자들 중의 어느 누구도 이 '백구과극'이 주는 감동을 맛보지 못했을 것이라는 점이다. 왜냐하면 내가 읽은 모든 『삼국지』는 이 대목의 번역을 누락했거나 아니면 "인생이란 흰말이 문틈으로 빠져나가는(?) 것처럼 덧없이 흘러간다"는 등 터무니도 없이 오역했기 때문이다. 내가 이 대목의 뜻을 제대로 안 것은 『삼국지』 원본을 찾아 읽은 후였다.

(2003. 8.)

폐하! 모자를 벗지 못하겠나이다

민족이니 역사니 하는 거창한 미래의 문제를 떠나서 우리네 하루 살림 중에 가장 소중한 것은 뭐니뭐니해도 자식이 아닌가 생각된다. 그 천진한 얼굴에 며칠 출장만 다녀와도 눈에 띄게 큰 것만 같은 그들의 모습을 보면서 우리 소시민들은 생활의 낙을 찾는다.

우리가 이토록 자녀를 사랑하는 것은 간순히 애정에 그치는 것이 아니라 그들의 교육으로 눈길을 돌리게 만든다. 좀 더 가르치고 싶고, 좀 더 좋은 선생님을 만나게 하고 싶고, 담임 선생님이 내 자식에게 조금이라도 더 관심을 가져주기를 바라는 마음은 자식 성화라기보다는 너무도 인간적인 소망이 아닐 수 없다.

우리나라의 초등교육이 과열되어 있는 것도 많이 배우지 못한 사람들이 남달리 한을 품고 살아야 했던 우리의 역사적 소산이라고 생각된다. 어린 자녀를 잘 가르쳐 보겠다는 소망은 욕될 것도 없고 병적일 것도 없다. 그러나 그러한 과열된 현상이 행여나 초등교육자의 사회적

존경도를 만에 하나라도 훼손시키는 일이 있다면 휴전선의 땅굴만큼
이나 무서운 일이 아닐 수 없다.

오래 전 영국에서 있었던 일이다. 국왕이 전국을 순행하던 중 스코
틀랜드의 한 초등학교를 방문한 적이 있었다. 상식적으로 생각할 때
국왕이 방문을 했다면 수업을 중단하고 국왕을 맞이하는 것이 예의였
을 것이다. 그러나 초등학교의 교장 선생님은 수업 중단은커녕 교문까
지 나와 국왕을 맞이하지도 않았다. 국왕이 운동장을 지나 건물을 들
어서자 교장 선생님은 그제서야 국왕에게 이렇게 말했다.

"폐하! 저의 어린 학생들이 보는 앞이 되어 모자를 벗을 수 없으니
양해하여 주시기 바랍니다."

그리고는 계단조차도 내려오지 않더라는 것이다. 이 말을 들은 국왕
은 먼저 모자를 벗고 교장 선생님께 정중하게 인사를 했다. 그러한 모
습을 본 제자들이 선생님을 더욱 존경하게 되었으리라는 것은 짐작할
수 있는 일이다. 초등교육자는 이토록 존엄한 것이다.

내게는 이제 초등학교 6학년짜리 막내딸이 있다. 애비를 닮지 않은
덕분인지 지난 5학년 때는 1등을 했다. 6학년 개학과 더불어 여러 곳
에서 전화가 왔다. 1등을 축하하는 것이 아니라 새 담임 선생님께 얼른
성의를 표시해야 반장이 될 수 있다는 것이었다. 그러나 우리 부부는
그들의 말처럼 손을 쓰지 않았다. 며칠이 지나 집엘 들어가니 아내는
침울해 있었다. 반장이 되지 못했다는 것이었다. 아녀자의 좁은 소견
이려니 하고 웃어넘겼지만 그날 밤 나는 딸의 일기장을 보는 순간 가
슴을 짓누르는 어떤 아픔을 느끼지 않을 수가 없었다.

거기에는 자기가 반장이 되지 못한 아쉬움과 함께 다른 아이들처럼
엄마가 담임을 찾아 주지 않은 데 대한 원망 같은 것이 있었다. 나는

나의 고집이 어린 것을 멍들게 하지 않았나 하는 자책과 이 나라의 초
등교육은 과연 어디로 가고 있는가 하는 괴로움에 잠을 이룰 수가 없
었다. 그리고 일제시대 자녀를 학교에 브내지 않고 스스로 가르칠 수
밖에 없었던 몇몇 선각자들의 모습이 불현듯 머리를 스쳐가는 것이었
다.

(1989. 5. 22.)

가을이 오는 소리: 책, 책, 책

언제부터인가 겨울에 삼한사온(三寒四溫)을 모르겠더니 금년은 여름 없는 이변(異變)을 겪었다. 백로(白露)가 지난 지 열흘이 지난 지금, 지붕 위에 널린 빨간 고추며 보기만 해도 배가 부를 것만 같은 논길의 고향 집이 문득 그리워진다. 그러나 그러한 생각도 잠시뿐, 이제는 일요일도 없이 강의를 해야 하는 우리에게 가을의 낭만이란 실향인(失鄕人)의 향수에 지나지 않는 것이 되고 말았다. 그러니 우리는 밀물처럼 다가오는 망향의 그리움을 안으로 삭일 수밖에 없는 따분한 처지가 되고 말았다.

현대의 문명이 우리의 삶을 피상적으로는 풍요롭게 해주었는지 모르지만 우리의 내면 생활은 외로움과 앉지도 서지도 못하는 그리움으로 가득 차 있다. 이와 같은 문명의 병리 현상을 요즈음 계절에 우리는 과연 무슨 방법으로 극복할 수 있는가? 가장 진부한 한 예로서 책 이야기를 해보자.

대학 입시 면접 고사 용지를 보면 취미란에 '독서'라고 쓴 친구들이 절반을 넘는다. 나에게 그런 녀석들이 걸렸다가는 점수를 따기는커녕 B 이상을 맞기 어렵다. 왜냐하면 독서는 웃고 즐기는 여가의 취미가 아니라 삶의 한 부분이기 때문이다.

하기사 책이란 읽는 것이 아니라 서가에 모양 삼아 꽂아 두는 데 의의가 있다는 데에서부터 문제는 잘못되어 버렸다. 세계의 출판사상(出版史上) 우리나라보다 표지 제작비에 더 많은 심혈을 기울이는 나라는 없다. 책 내용은 둘째 문제이다. 속표지가 있고, 겉표지가 있고, 거기에 커버지를 씌운 것도 부족해서 케이스를 끼우고 케이스에는 띠(帶)를 두르며 서점에서 한 꺼풀 더 씌워 주고 더 나아가서는 책꽂이까지 끼워 준다.

다방에 『대영백과사전』(大英百科辭典)의 케이스가 장식용으로 널려 있고, 집을 지을 때에는 건축업자가 서가를 꾸며 아예 책까지 꽂아 주는 이 세태를 생각하노라면 책을 읽고 책을 쓰는 것이 나의 직업이라는 것에 대해 나는 가끔 부끄러움과 혐오감을 느낄 때가 있다.

"책을 좀 봐야겠는데, 원체 바빠서…"

누구에게나 흔히 듣는 얘기여서 이제는 아무런 거부감도 느끼지 않고 우리 사회에 받아들여지고 있다. 암, 바쁘시겠지. 학생이라면, 미팅에다가 대학의 낭만이라는 미명 아래 한 잔 제껴야 할 경우도 있으니까. 사회인이라면 은행 부도 막으랴, 부동산 투기하랴, 스트레스의 해소를 위해서 레저를 즐기랴, 친구들과 만나 투전판이라도 한판 벌이자면 바쁘신 것도 이해를 못하는 바도 아니다.

시쳇말로 왕년에 바빠 보지 않은 사람이 어디 있으랴만, 도무지 바빠서 책을 못 읽겠다는 것은 씨도 안 먹힐 소리이다. 우리 주변에서 가

장 책을 많이 읽었다는 사람을 보라. 그들은 누구보다도 바쁜 사람이다. 바꾸어 말해서 가장 바쁜 사람이 가장 많은 책을 읽었다. 그들은 책을 읽느라고 그렇게 바빴는지도 모를 일이다.

아, 분위기가 어수선해서 못 읽겠다 그런 말씀이신가? 천만에, 그것은 버릇 들이기 나름이다. 나폴레옹은 이집트 원정을 떠나면서 만 여 권의 책을 가져갔고, 지중해를 건널 때에는 갑판에서『젊은 베르테르의 슬픔』을 다시 읽었다. 워털루 전쟁 때에는 하루에 5분밖에 눈을 붙일 수 없는 상황이었지만 그의 지휘 본부에는『젊은 베르테르의 슬픔』이 꽂혀 있었다. 귀하께서는 나폴레옹보다 더 바쁜 생활을 보내고 있다고 생각하지는 않으시겠지.

책 얘기를 하다 보면, 당신의 장서는 얼마나 되느냐, 이제까지 몇 권이나 읽었느냐는 식의 어이없는 질문을 받게 된다. 요즈음처럼 도서관이 좋은 세상에는 저만 부지런하면 돈 없이도 책을 읽을 수 있으니 장서가 몇 권이냐는 질문은 부질없는 얘기이며, 지식에 필요한 일정 양이 있는 것도 아니니 몇 권 읽었느냐, 몇 권이나 읽으면 되느냐는 식의 얘기도 쓸데없는 소리다.

그러나 이와 같은 문제를 굳이 숫자로 따지기로 한다면 우리 선조들은 "남자가 사람 노릇을 제대로 하려면 모름지기 다섯 수레의 책을 읽어야 한다"(男兒須讀五車書)고 말한 바가 있다. 그때만 해도 두 겹 종이에 한 면만 인쇄가 되어 있고 또 글씨가 주먹만 했으니까 요즈음의 책으로 따지자면 한 수레도 되지 않을 터인즉 '다섯 수레' 운운하는 것도 객쩍은 소리요, 요즈음에는 글씨가 너무 작아서 형설지공(螢雪之功)도 옛 얘기가 되어 일생의 독서 계획을 새로 짤 수밖에 없다.

즉, 하루에 한 시간을 읽는다면 20면의 독서가 가능하다. 하루에 20

면이면 일년에 7,300면이 되며, 이를 단행본으로 계산하면 30권 정도
가 된다. 한 인간이 공부가 아니라 독서를 할 수 있는 시간은 천수(天
壽)를 누릴 경우에 40년 정도가 된다고 볼 때 40년×30권=1,200권 정
도가 된다. 1,200권이라면 얼핏 엄청난 양으로 보일 수 있지만 새털같
이 많은 한 인생에 비한다면 이는 결코 많은 양도 아니요, 한 달에 두
권만 읽어도 그 정도가 되는 셈이니 이를 어찌 많다고 하겠는가.

고대 로마에 이셀이라고 하는 귀족이 있었다. 그는 책을 읽기는 읽
어야겠는데 읽기가 귀찮아서 기억력이 비상한 노예들을 뽑아 각기 한
권의 책을 외우도록 한 다음 자기가 좋아하거나 읽고 싶을 때에는 그
노예를 불러 원하는 대목을 외우게 했는데, 이셀 같은 천하의 못된 독
서광(?)이 거느리고 있던 독인(讀人) 노예가 모두 200여 명이었다고
하니 그가 그래도 우리네 사장족보다는 가상한 바가 있다.

그렇다면 세계적으로 유명한 독서가들은 과연 얼마나 읽었을까? 그
한 예로서 나폴레옹의 경우를 생각해 보자. 나폴레옹이 워털루 전쟁에
서 패배한 후 죽음의 섬 세인트 헬레나에 도착한 것은 1815년 10월 16
일이었고 거기에서 죽은 것은 1821년 5월 5일이었으니까 그는 그 섬
에서 66개월을 산 셈이다. 그런데 나폴레옹이 죽은 직후의 유산 명세
서를 보면 그의 서재에는 2,700권의 책이 꽂혀 있었다.

그것이 지금으로부터 180년 전의 절해 고도에서 있었던 일이었다는
점을 고려한다면 더욱 놀라운 일이 아닐 수 없다. 패망한 황제가 절해
의 고도에서도 절망하지 않고 2,700권의 책을 수집했다는 것도 가상
한 일이요, 그의 엄청난 독서량에도 놀라지 않을 수 없다. 물론 그가
그 책을 모두 읽었다고 말할 수는 없으니 그 절반만 읽었다고 치더라
도 이는 3일에 두 권을 읽은 셈이 된다.

여러분들은 또 이의를 다시겠지. 그거야 나폴레옹 같은 영웅이니까 그만큼 책을 읽었다고. 그러나 그렇지 않다. 나폴레옹처럼 위대한 인물이니까 그만큼 많은 책을 읽은 것이 아니라 여러분들도 그만큼 읽으면 나폴레옹 정도로 위대해질 수 있는 것이다.

하늘이 드높은 계절이 왔다. 뜰 앞의 풀벌레 소리며 세속의 온갖 물정들이 우리의 마음을 스산하게 한다. 그러나 즐길 것 다 즐기고 잘 잠 모두 잔 후 우리가 중년을 넘어 장년·노년에 이르렀을 때 우리에게 남는 것은 무엇일까? 인생을 허송한 회한(悔恨)과 자식들을 바로 쳐다볼 수 없는 처량한 몰골만이 남을 것이다. 청년의 일년은 장년의 5배, 노년의 10배에 해당하는 일을 할 수 있어야 한다. 먼 훗날의 낭만 어린 추억을 위해서라도 어서 자리를 털고 일어나 서점으로 발길을 옮기자.

(1980. 9. 17.)

병원에서 책 읽는 아이들

　얼마 전 막내 녀석이 갑자기 아프기 시작했다. 아이를 업고 동네 병원을 찾아갔더니 손을 쓸 수가 없다기에 허둥거리며 종합병원을 찾아갔다. 층계를 올라 소아과 앞에 가보니 이상하게 한적했다. 요즘의 종합병원이 북적거린다던데 웬일인가 싶은 생각이 들면서도 우선은 품속에서 할딱거리는 어린 생명이 안쓰러워 다른 생각을 할 겨를이 없었다.

　더욱 이상한 것은 의사나 간호사가 보이지 않는다는 점이었다. 마음은 급하고 의사는 오지 않아 나는 소파에 앉아 창으로 흘러들어오는 빛으로 책을 보는 한 소녀에게 의사가 언제 오시느냐고 물었더니 그는 이상하다는 듯이 내 얼굴을 쳐다볼 뿐 말이 없었다. 내가 다시 다그쳐 물으니 오늘은 일요일이어서 휴진이라는 것이었다.

　그러고 보니 너무 다급한 김에 나는 그날이 일요일인 것조차도 모르고 있었다. 나는 그 소녀에게 그렇다면 의사도 없는데 학생은 누구를

기다리느냐고 물었더니 자기는 이 동네에 사는 대학 입시 준비생인데 요즘에는 도서관이 부족해서 아예 도서관에 갈 엄두도 못 내고 일요일이면 휴진인 종합병원 로비나 대합실이 공부하기에 편하다고 말했다.

나는 응급실에 들러 급한 불을 끄고 집으로 돌아오는 길에 자식에 대한 걱정이 사라지면서 그 소녀의 얼굴이 자꾸만 떠올랐다. 그렇게 잘살게 되었다는데 왜 학생들은 그 퀴퀴한 약 냄새가 풍기는 병원 복도에서 공부를 해야 하나? 이는 뭔가 잘못된 일이다. 학창 시절에 내가 갈 곳이 없어 장충단공원에서 추위에 떨며 책을 읽을 때는 그나마 낭만이라도 있었다.

나는 일선의 한 교직자로서 "요즘 학생 놈들은 하라는 공부는 안하고…" 하는 식의 말을 들을 때 참으로 안타깝다. 어른들은 그들을 나무랄 만큼 떳떳이 살고 있는지 모르겠다. 학비를 대준 것만 앞세울 일이 아니며 데모한다고 꾸짖기만 할 일도 아니다. 기성 세대들이 자기 후손에게 할 일을 다하고 젊은이들 앞에서 죄짓는 모습을 보여주지 않는다면 그들은 그들의 위치를 지킬 것이다.

지금도 새벽부터 자정이 되도록 대학 도서관의 불빛은 꺼질 줄 모른다. 타향에 자식 보내고 걱정하는 부모님께 당신의 삶이 떳떳했다면 당신의 자식들도 열심히 공부하고 있다는 안부를 전해 드리고 싶다. 잘못이 있다면 나 자신을 포함한 어른들의 짓이지 아이들을 탓할 것은 아니다.

(1985. 6. 10.)

서재 채워 드릴까요?

말 타면 종 두고 싶다는 옛말이 생각난다. 빗물이 떨어지는 단칸방에서 합판으로 만든 밥상머리에 앉아 공부할 때는 꽤나 진한 글을 썼다고 생각되는데 이제 등 따습고 배 부르니 마음이 변했는지 좀 더 큰 집에 살고 싶은 욕심이 생긴다. 하기야 남향받이 2층에 추사(秋史)의 족자라도 하나 걸린 서재를 갖고 싶던 평소의 꿈이 이루어진 것은 아니지만 두세 평짜리의 서재가 좁다고 투정을 할 때면 가난했던 지난날에 대해 미안함을 느끼곤 한다. 그러던 차에 학군이 어쩌구, 장래성이 어쩌구 하는 아내의 성화도 있어 나도 하나의 속물이 되어 소위 강남 땅이라는 곳의 복덕방을 기웃거리기 시작했다.

"두 장쯤 있습니까?"

복덕방 영감의 말에 기가 질려 얼른 돌아오고 싶었지만 집 흥정을 콩나물 값 따지듯 하는 아내의 집념에 꺾여 터무니없는 집 구경은 잘 한 셈이다. 그러나 마음에 드는 집은 돈이 모자라고 값이 맞는 집은 눈

에 차지 않으니 어쩌랴.

복덕방의 소파에 앉아 이런저런 얘기를 하는데 마침 그 자리에는 집 장수가 있었다. 나는 문득 그 남향받이 2층 서재가 있는 집을 짓고 싶은 생각에서 서재가 딸린 가옥의 건축비를 물어보았다.

"서재라구요?"

그 집 장수는 격에 안 어울린다는 표정을 지으며 검정 물감을 들인 야전 잠바 차림의 허름한 내 행색을 아래위로 훑어보았다. 내가 말을 잘못했나 싶은 생각이 들었다. 그러나 말이 나온 김에 나는 서재를 갖고 싶다고 다시 말했다.

"서재를 끼려면 평당 50은 더 들지요."

아니, 서재야 비싼 가구가 필요한 것도 아니고 맨바닥에 책꽂이 몇 개만 놓으면 될 터인데 50만 원이 더 들다니….

그러자 집 장수의 말이 나를 어지럽게 했다.

"책 채워 주는 값도 쳐야지요."

그의 말인즉 요즘 돈깨나 번 졸부들이 집을 지으면서 무식한 티를 벗으려고 아예 책까지 집 장수에게 부탁한다는 것이다. 내용은 따지지 않고 주로 호화 장정의 백과사전 같은 전집물을 채우자면 아무래도 평당 50만 원은 더 든다는 것이다. 나는 소파에 몸을 숙이고 두 손으로 뒤통수를 감쌌다. 나 자신이 서생이라는 말을 차마 할 수가 없었다. 그리고 문득 머리를 스쳐가는 것은 아직 멀었구나 하는 생각뿐이었다.

우리 사회도 이제는 잘 먹고 잘살게 됐다고들 말하지만 이 시대가 집 장수에게 책을 맡기는 세태라면 아직 우리의 지적 풍토는 암울할 수밖에 없다. 이 문화 불모의 현상은 어디까지 가야 끝이 날 것인가.

(1985. 8. 6.)

아메리카의 이창(裏窓)

일제시대에 동경 유학생이 하나의 선망의 대상이었다면 그 내용과 질이야 어찌 되었든 간에 요즈음 한국 사회에서 미국 유학의 길을 떠난다는 것은 분명히 남부러운 일이요, 선택된 것임에 틀림없다. 그것은 나에게도 마찬가지이다. 비록 내 학문의 영역이 한국학이라 할지라도 내게는 좀 더 넓은 세계관이 필요했고 미국에 산재한 국학 자료가 필요했기에 유학의 길을 떠난다는 것은 매우 가슴 설레는 일이었다.

우리는 출국하기 전에 당국으로부터 몇 가지 유의할 사항과 절차에 관한 오리엔테이션을 받을 기회가 있었다. 전국에서 뽑힌 110명의 젊고 늙은 교수들은 종로 5가 언저리 어디에서인가 교육을 마치고 수료증을 받을 시간이 되었다.

40세 전후의 한 젊은이가 "존칭은 생략한다"는 짤막한 말과 함께 이름을 부르며 강단 위에서 수료증을 좌석 쪽으로 던져 주었다. 수료증은 낙엽처럼 펄펄 날리며 강단 아래로 떨어졌고 노교수들은 허리를 굽

혀 땅바닥에 떨어진 수료증을 찾았다.

우리 중의 절반이 비참한 심정으로 그렇게 수료증을 줍고 있을 때 어느 노교수가 이럴 수가 있느냐고 항변했다. 그러자 그 담당자는 "해외에 나가는 다른 사람들도 이런 식으로 받아 갔는데 왜 교수들만 유별나게 항변하느냐?"고 되물었다. 그의 말인즉 중동 취업자도, 학생도 다 그랬다는 뜻이었다.

학생들이 이 꼴을 봤으면 어떠했을까? 이러고도 교수는 권위를 가지고 학생을 대하라는 당국의 말이 귓전을 스쳐 갔다. 뉴욕 케네디 공항 출입국 관리도 대학 교수의 짐을 검색하지 않는다며 정중히 Sir의 칭호를 붙여 주었다. 우리와 그들은 어떤 점에서 다른가?

뉴욕에 기착했을 때 항공사가 제공하는 호텔이 있었지만 나는 그곳에 있는 오랜 친구의 집에서 미국의 첫 밤을 맞이했다. 그곳은 뉴욕의 빈민굴이었다. 그는 미국에 온 지 4년이 지난 불법체류자이다. 확실한 통계는 알 길도 없지만 뉴욕에만 한국인 불법체류자들이 3만 명은 될 것이라고 했다. 그들은 돌아갈 수도 없고, 가족을 초청할 수도 없으며, 취업을 할 수도 없다.

금요일 저녁부터 일요일 밤까지는 뉴욕에서 서울로 전화하기가 어렵다. 그 수많은 한국인들이 요금이 싼 그 시간을 이용하여 일제히 통화를 하기 때문이다. 안부를 물어볼 것도 없고 특별히 할 말도 없다. 그저 흐느끼다 보면 시간이 훌쩍 지나가고 그래서 한 달 전화비가 200-300불이 된다고 한다.

그러면서도 그들은 왜 돌아가지 않는 걸까? 물론 그 중에는 민형사상(民刑事上)의 이유 때문에 돌아가지 못하는 사람들도 가끔은 있지만 대부분은 "그래도 이곳은 기회가 있는 나라이기 때문"이라고 말한다.

막벌이를 할망정 한국에서처럼 남의 시선을 의식할 필요가 없고 막노동자도 자가용을 굴릴 수 있기 때문이란다. 그리고 그들의 대부분은 이렇게 말한다. "내가 조국을 버린 것이 아니라 조국이 나를 버렸다"고.

내가 미국 생활에서 얼마만한 학문적 업적을 이루고 갈는지 모르지만 이곳 생활을 통하여 나의 사랑하는 조국을 객관적으로 바라볼 수 있는 기회를 갖게 된 것을 나는 정말로 고맙게 생각한다. 한국에 있을 때는 불만도 많았고 험담도 많이 했지만 이곳에 와서 나는 나의 조국에 대한 애정을 더욱 다짐할 수 있게 된 것을 다행으로 생각한다.

이곳에 체류하는 외국인 중 본국에서의 월 소득이 500불을 넘는 사람을 나는 거의 보지 못했다. 중국 교수의 월급은 150불, 미얀마 외교관의 월급은 170불, 필리핀 교수의 월급은 200불이라는 말을 듣고 나는 내 조국의 산업 역군들에게 무한한 감사를 느끼고 있다. 한국에 들어가는 어느 미국인이 한국에서도 내가 커피를 마실 수 있는 형편이냐고 묻기에 내 봉급이 1,200불이라고 했더니 120불을 잘못 말한 것이 아니냐고 되물었다.

워싱턴 근교에는 매클린(McLean)이라고 하는 부촌이 있다. 돈 많은 한국인들이 이곳에 몰려 사는 것은 오나가나 학군(學群)이 좋기 때문이다. 나는 그곳에 사는 한 한국인 집에 식사 초대를 받은 적이 있다. 20쌍의 부부가 타고 온 차는 어디에 있는지 보이지도 않을 만큼 정원이 넓고 식당은 40명이 뷔페식으로 식사를 할 수 있었다. 집 주인은 자기 집이 50만 불 정도라고 소개했다. 놀랍다는 표정을 짓는 나에게 그는 이런 이야기를 들려 주었다.

매클린에 얼마 전 한 한국인이 입주했는데, 그는 75만 불의 현찰을

주고 집을 샀다.(현찰 가격이 이 정도라면 그 집값은 사실상 1백만 불이 넘는다.) 앞으로 나가면 포토맥 강에서 낚시를 할 수 있고 뒤뜰로 나가면 야조(野鳥)를 사냥할 수 있으며 승마와 테니스를 할 수 있다는 것이다. 그는 사업에 매우 성공한 모양이라고 내가 말했더니 그는 이제 미국에 온 지 두 달밖에 안 된다고 했다.

그렇다면 그는 한국에서 무엇을 하던 사람이었을까? 그곳 한국인들에 의하면 그는 무슨 관청에서 재무과장을 지낸 사람이었는데 스위스를 거쳐서 가방 몇 개만 들고 들어왔다고 했다. 그가 75만 불짜리 집을 사기 위해서는 적어도 2백만 불은 가져왔을 것이라고 교민들은 말했고 그것은 미국의 세무 당국에서 말썽이 되었다고 한다.

한국이 외채가 많고 또 그래서 외화 절약을 해야 한다는 말도 많이 들었다. 그래서 내 딴에는 20원(2센트)짜리 볼펜 심지 10개를 소중히 싸가지고 왔지만 한국에서 온 내로라하는 사람들의 주머니에서 대부분의 미국인들이 평생 한 번 만져보지도 못한 100불짜리가 나오는 것을 보면서 내가 금전적으로 조국을 위해 봉사할 수 있는 길은 아주 먼 곳에 있다고 나는 체념했다. 어차피 2센트 대 2백만 불은 승부가 되지 않는 것이었다. 한국의 외채 470억 불은 그간에 유출된 외화만으로도 상당 부분을 갚을 수 있었다.

내가 주로 자료를 찾아 헤메는 곳은 미국국립문서보관소(National Archives)이다. 원래 본건물은 워싱턴 중심가에 있지만 문서가 폭주하여 워싱턴을 벗어난 메릴랜드 주의 수틀랜드(Suitland)라는 곳에 지사를 만들어 대부분의 자료를 그리로 옮겼다. 수틀랜드에 처음 갔을 때 나는 황량한 벌판 위의 아담한 단층집을 보고 이 작은 건물에 얼마나 자료가 있을까 하는 생각에 실망을 했다. 그러나 얼마의 시간이 지난 후 그 황량한 벌판은 단순한 벌판이 아니라 지하 서고였으며, 그 서고의 넓이는, 놀라지 마시라, 자그마치 서울운동장의 16배라는 말을 듣고 그곳에서 한국 문서를 찾아야 한다는 생각에 앞이 아득했다.

열람실 한 모서리에는 어느 때 보아도 일본인 세 사람이 계속 복사만 하고 있다. 알고 본즉 그들은 일본 국회도서관이 봉급을 지불하기로 하고 일본 문서만 복사시키기 위해 채용한 사람들이었다. 한국에서도 일년에 몇 명의 학자들이 자료를 찾기 위해 이곳을 온다. 우리도 정부에서 연간 몇 만 불만 투자하여 복사 작업을 해서 한국에 가져간다면 학자들이 개별적으로 돈을 쓰며 그 고생을 하지 않아도 될 것이다. 우선 1만 불 정도만 투자하여 이곳에서 발행된 한국 관계 마이크로필름만 구입해서 큰 도서관에 비치해 두어도 금전적으로나 시간적으로나 학문적으로 큰 도움이 될 것이다.

수틀랜드 보관소의 식당에는 맹인이 현금 출납을 본다. 그는 맹인용 주판으로 계산을 한다. 다소 더디기는 하지만 누구도 불평하지 않는다. 연방 정부는 몇 명의 지체부자유자를 고용하도록 법률로 정해져 있다. 오늘도 그가 주는 식사를 먹고 집에 오니 지체부자유 학생들이 대학에 불합격되었다는 한국의 신문이 나를 기다리고 있었다. 우리와 그들은 어떻게 다른가를 다시금 물어보게 된다.

많은 젊은이들이 미국 유학을 위해서 무엇이 선결 조건인가를 알고 싶어할 것이다. 가장 중요한 것은 육체적으로나 정신적으로 건강해야 한다. 주 5일 동안을 꼬박 밤새워 공부하고서도 샤워 한 번만 하고 나서는 거뿐한 기분으로 주말 여행을 떠날 수 있는 강인한 체력을 요구한다. 그뿐만 아니라 이질적 문화 충격과 뼛속 깊이 젖어 오는 고독을 이길 수 있는 강한 정신력이 필요하다. 앉지도 서지도 못하는 그 공허

한 하얀 아파트 속에서 느끼는 고독은 지리산 산사에서 수도하는 것과는 또 다른 고통을 준다.

돈은 그리 중요하지 않다. 몸 성하고 자기만 노력하면 이곳에서는 얼마든지 살아남을 수 있다. 문제는 내가 미국에 가야 하는 의미가 무엇인지를 투철히 하지 않는다면 그것은 여러 가지로 낭비일 뿐이라는 점이다. 폐부를 찌르는 인종 차별, 범죄, 아파트를 기어 다니는 방울쥐가 오히려 반가운 고독감, 그것은 차라리 유형(流刑)의 밤과 같다.

그것을 이길 수 있어야 한다. 하기야 우리의 선각자 누구에게나 그와 같은 잠 못 이루는 망명의 밤은 있었다. 정든 사람, 그리운 사람, 사랑하는 사람을 두고 멀리 유학의 길을 떠난다는 것은 할 짓이 아니다. 왜냐하면 그것은 너무도 가슴 저리는 아픔을 주기 때문에….

(1986. 3. 17.)

사막 위의 헌다이

1985년, 눈보라치던 대관령에서 난폭 운전수의 중앙선 침범으로 인하여 내 차가 전복되는 바람에 척추를 다치기 전까지만 해도 나는 여행을 몹시 좋아했다. 알프스가 아름답다고들 말하지만, 강릉에서 출발하여 15박 16일 동안 동해안을 따라 걸어서 내려가며 본 경치, 특히 울진의 불영계곡(佛影溪谷)의 모습은 이 세상 어느 산수보다도 아름다웠던 추억을 가지고 있다.

그때가 여름이었던지라 낮에는 발길 닿는 곳에 텐트를 치고 자고 새벽에 일어나 걷던 그 시절, 그때만 해도 내게는 낭만과 객기 같은 것이 있었다. 15일을 걷고 나니 온몸이 자지러지는 것만 같았다. 불영사(佛影寺)에 가까이 왔다는 것을 알았지만 더 이상 발이 떨어지지 않아 나는 고갯길에 엎어져 깊은 잠에 빠졌다.

잠에서 깨어나 다시 걸으니 불영사 입구까지는 고개 넘어 겨우 20미터도 남지 않았었다. 나는 그때 인간의 한계 상황이라는 것을 체험했

다. 얼마 전 그곳을 다녀온 아들로부터 그 계곡에 아스팔트를 깔았다는 말을 듣고 나는 얼마나 실망했는지 모른다.

한국에 있을 때만 해도 나는 아름다운 산수를 찾는 것이 여행이라고 생각했다. 그러한 나의 고정관념이 깨진 것은 사막을 본 후였다. 미국에서 공부를 마치고 귀국하는 길에 나는 평소에 생각했던 네바다 사막의 횡단을 계획했다.

1986년 8월 어느 날 나는 미국인 친구와 함께 로스앤젤레스를 출발하여 사막으로 차를 몰았다. 바깥 온도는 섭씨 42도, 엔진에 무리가 온다고 에어컨도 틀지 않은 채, 몇 시간을 달려도 핸들 돌릴 일이 없이 사막을 달리던 여행은 산자수명(山紫水明)한 한국에서의 그것과는 전혀 다른 것이었다.

그 적막함, 쪽빛 콜로라도강, 오아시스 타운인 플래그 스태프(Flag Staff)의 밤하늘에 빛나는 별빛, 보호구역에서 죽어 가는 우리의 혈족인 인디언 할머니의 아기 업은 모습, 그리고 죽음의 계곡(Death Valley)을 잊을 수가 없다.

사막 여행 중에서 가장 잊을 수 없는 장관은 소금 사막이었다. 본시 네바다는 바다였다고 한다. 그것이 융기에 의해 육지의 호수가 되고 그것이 말라 소금밭이 되고 그것이 다시 사막이 되기까지는 30만 년의 세월이 흘렀다고 한다. '아파치'라는 말이 우리말과 어원이 같은 인디언 말의 '아버지'에서 나왔고 인디언이 이름을 지었다는 '나이아가라'가 한국어인 '네 가람'(four streams)과 어원이 같다는 것은 알겠는데, 네바다(Nevada)가 '네 면이 바다'(four seas)였다는 것과 어원상으로 무슨 상관이 있는지 모르겠다. 나는 영겁(永劫)의 소금 사막 위에 우두커니 서서, 기껏 백 년도 못 살 인생을 그토록 아옹다옹하며 살아

온 자신의 모습을 되돌아볼 수 있었다.

언제인가 현대 홍보실로부터 사보의 원고 청탁을 받고 나는 이 네바다 여행을 떠올렸다. 여행 중 현대 자동차에 대한 추억이 있기 때문이다. 사막을 달리고 있을 때 옆에 앉은 미국인 친구가 나를 부르며 손가락으로 밖을 가리켰다. 밖에는 다른 차가 앞질러 달리고 있었다. 그러나 나는 그가 무엇을 의미하는지 몰랐다. 내가 영문을 몰라 하자 그는 내게 소리쳤다.

"헌다이, 헌다이!"

외국에 나가면 모두 애국자가 된다던가? 나는 그때의 감동을 잊을 수가 없다. 일제 말엽에 태어나서 한국전쟁을 거치고, 그 지긋지긋한 보릿고개를 견디며 살아온 우리 세대에게 자동차의 나라 미국 땅에서 만난 조국의 차는 반가움의 경지를 넘는 찡함이 있었다.

그 후 내가 미국 생활을 마치고 귀국했을 때, 이 땅에는 소위 자유화의 물결이 거세게 불고 있었고 산업 현장은 온통 파업의 소용돌이였다. 그 중에서도 현대의 파업은 가장 심각했고 그럴 때면 나는 사막에서 만난 그 차를 추억하며 더욱 안타까워했다.

(1994. 8.)

수불석권(手不釋卷)

  누군들 대학원에 들어오면서 이 학문의 전당에 청춘을 쏟아 보겠노
라고 결심하지 않은 청년이 있을까마는 그것이 도무지 작심삼일(作心
三日)이어서 요즘 젊은이들이 공부하는 모습을 보노라면 우리의 지난
날이 생각나곤 한다. 세월이 좋아져서 이제는 원고지를 가지고 몇 번
씩 정서(淨書)하고 씨름해야 할 일도 없고, 스승에 대한 인식도 달라져
옛날처럼 교수님보다 먼저 연구실에 나와 연탄불 갈 일도 없고, 무슨
일 좀 시키려면 수당인지 수고비인지를 먼저 따져야 하는 각박한 세태
에, 학문이 어쩌고 스승의 그림자가 어쩌고 하는 말이 오히려 진부할
는지도 모른다.
  그러나 아무리 세상이 바뀌어도 학문하는 자세야 동서고금이 다 같
지 않았겠나 하는 생각이 든다. 다만 누가 공부할 수 있는 재목인가 하
는 데에는 사정이 많이 바뀐 듯하다.
  되돌아보면, 고대 사회의 학문은 신분에 의해 공부할 운명이 결정되

었다. 이를테면 그 시대의 학문은 서양의 귀족이나 동양의 사대부들의 독점물이었다. 그리고 그 당시의 학문은 삶의 여유이자 여흥이었다. 그들은 아테네의 언덕을 거닐며(逍遙) 인생을 담론하고 천체와 우주를 얘기했다. 이러한 시대는 의외로 길어 적어도 중세 사회까지도 학문은 귀족의 장원이나 살롱에서 이뤄졌다. 따라서 이 시대의 학문은 보편성을 결여하고 있었다.

그러다가 문예부흥이 일어난 이후 학문은 천재나 아니면 그만 못한 수재들의 전유물이 되었다. 이 시대에는 루소나 볼테르 또는 몽테스키외 정도의 천재가 아니면 학문의 반열에 서지 못했다. 그 당시에는 학문에 필요한 경비가 그다지 중요하지 않았고, 오로지 고뇌하는 자만이 업적을 남길 수 있었다. 따라서 이 당시의 학자들은 다소의 광기(狂氣)를 보이고 있고 대성한 사람일수록 대체로 그 시대의 이단아들이었다.

그 후 산업혁명과 더불어 자본주의 사회로 접어들면서 이제 학문은 돈에 의해 결정되었다. 흔히 말하는 연구비가 학문의 성패를 좌우했으며, 학자들은 새로운 골드 러시(gold rush)의 시대로 들어갔다. 그뿐만 아니라 학문에 대한 반대 급부도 돈으로 환산되기 시작했고, 연구 업적도 대학에서 쏟아져 나오기 시작했다. 그리고 연구비를 많이 유치하는 사람이 총장 후보의 일순위가 되는 미국의 학풍이 몰아쳤다. 아마도 이 시대는 학문이 가장 타락한 시대로 기록될 것이다.

학문의 자본주의 시대가 청산된 것은 아니지만 지금의 학문적 분위기는 다소 바뀌어 가고 있다. 이제는 지난날의 각종 특성들이 종합적으로 나타나고 있다. 다소 돈도 있어야 하기 때문에 아직도 학자는 부르주아적 가문에서 많이 배출되고 있다. 가난한 수재가 학자가 되기는 아직 어렵다. 다소 머리도 좋아야 한다. 그리고 더 나아가서 스스로가

학문을 즐기는 사람이 상아탑에 남고 있다.

예전처럼 학자에게 부귀가 보장되는 것이 아님에도 불구하고 학문을 탐구하고자 하는 사람들이 있다는 것은 그나마 다행한 일이다. 이것은 이제 가슴으로 학문하는 시대가 왔음을 의미한다. 최근 어느 대학에서 학생들에게 장래의 직업에 대한 설문 조사를 했는데 대학 교수는 존경하는 직업에서는 1위를 했지만 자신이 되고 싶은 직업으로서는 12위가 되었다는 점이 이 시대의 학문적 분위기를 가장 잘 나타내 주고 있다.

그렇다면 이 시대의 학문은 어떻게 해야 하나?

첫째로, 학문에는 때로는 검투사보다도 더 강인한 용기가 필요하다. 그것은 코페르니쿠스나 갈릴레오에게서 입증된 바이지만, 오늘날과 같이 이념의 굴레가 도처에 깔려 있는 시대일수록 용기가 필요하다. 남이 하지 않은 얘기를 하고, 남이 가보지 않은 미지의 세계에 발을 들여놓기 위해서는 멈칫거리지 말아야 한다. 남의 발자국을 따라만 갈 때 이미 창의성을 포기한 것이다.

둘째로, 집념이 있어야 한다. 대학 교수로 발령 받은 팔팔한 젊은 날에 모든 청년들은 상아탑에 뼈를 묻겠다고 인사위원회에서 맹세조로 언약했다. 그러나 그 약속이 10년을 넘기기가 어렵다. 옛날 중국의 사마천의 스승이었던 동중서(董仲舒: 179-104 BC)는 책을 읽으며 3년 동안 창 밖을 내다보지 않았다. 역사에 이름을 남긴 사람들에게는 무서운 고난의 시절이 있었다.

셋째로, 박람강기(博覽强記)해야 한다. 이는 광범위한 독서를 의미한다. 전공만 달달 외울 때 그 강의가 얼마나 메마르겠는가? 강의는 그 전공에 관계없이 인생을 실어야 한다. 그러기 위해서는 무섭게 읽어야 한다. 교과서만 가지고 하는 강의라면 통신 강의와 다를 것이 무 엇이 있겠는가? 평생토록 손에서 책을 놓지 않아야 한다.(手不釋卷)

넷째로, 도제(徒弟)의 과정을 피하지 말아야 한다. 돈 적게 준다고 조 교 안 하고, 혹독하게 공부시킨다고 수강 안 하는 요즘 세태에 이 말이 얼마나 학생들에게 먹혀 들어갈지는 모르겠으나 학문은 선학(先學)으 로부터의 깨달음에서 시작된다. 득학으로 학문을 이룰 수도 있겠지만 길지 않은 인생에 공부의 시간을 단축하려면 훌륭한 스승을 만나 그 밑에서 그분의 자세와 학문하는 법을 배우고 그 다음에 그 학문을 전 수받아야 한다. 그 삶이 오죽 고달프랴만 지나고 보면 그것이 추억이 고 삶의 지혜가 될 것이다.

끝으로 학문에 뜻을 둔 젊은이들에게 간곡히 부탁하건대 돋보기 쓰 기 전에 일가(一家)를 이루기 바란다. 40세가 되도록 자기의 목소리가 없다면 학자로서 성공하기에는 너무 늦다. 눈 침침하고, 허리 쑤시고, 층계 오르내리기에 힘들 무렵이 되면 학자로서의 원숙함을 이룰 수는 있을지 몰라도 창의력과 생산성이 떨어질 수밖에 없다. 유수(流水)와 같은 세월 속에 수유(須臾)와 같은 삶을 살면서 골프 객담(客談)으로 한세월 보내기에는 인생이 너무 아깝지 않은가?

(2001. 3.)

영남 사투리를 표준어로 써야 하는 세상

언어란 단순히 의사의 전달을 위한 수단이 아니며, 그것은 사고의 전개와 발전에도 깊은 관련이 있을 뿐만 아니라 민족 문화를 승계하는 가장 중요한 매체이다. 따라서 언어와 문자의 존망은 그 민족의 존망과 운명을 같이하는 것이었다. 그런데 금년 3월 1일부터 실시되는 '한글맞춤법 표준어 규정'을 보면서 우리는 이 시대의 언어 정책이 빗나가고 있다는 우려를 금할 수가 없다.

몇 가지 문제점이 있지만, 그 중에서도 우리를 가장 당혹하게 만든 것은 명사 어미의 '의'(예: 主義)를 '이'로, 소유격의 '의'(예: 우리의)를 '에'로 발음하도록 했다는 대목이다. '民主主義의 意義'를 이런 식으로 읽는다면 '민주주이에 이이'가 된다. 우리가 이 대목을 읽으면서 당황하는 것은, 우리 국민 모두가 '주의'(主義)를 '주이'라고 읽는 것이 아니요, '나의'를 '나에'라고 발음하는 것이 아니라, 복모음을 발음하지 못하는 영남인들만이 유독 '의'를 발음하지 못하고 '이' 또는 '에'로 발음한다는 것과 이번의 개정이 영남인의 집권과 어떤 관련이 있으리라는 의구심 때문이다.

모든 국민에게 보편적으로 사용되는 '주의'와 '우리의'가 하필이면 지금에 와서 영남 사투리를 따라서 '주이'가 되고 '우리에'가 되는 이유에 대하여 나는 이 시대를 살아가는 한 지식인으로서 서글픔을 금할 수가 없다. 문법적으로 보편화되지 않은 언어가, 그것이 단순히 그 시대를 정치적으로 지배하고 있는 지방민이 쓰고 있다는 이유만으로 표준어로 바뀌어야 한다면 이번의 개정 작업에 참여한 어문 학자들은 머지않아 곡학아세(曲學阿世)한 부유(腐儒)들이란 평가를 면하기 어려울 것이다.

단적으로 말해서 '주의'나 '우리의'를 둘러싼 발음의 문제는 남한 국민의 25퍼센트인 영남인들이 잘못된 발음을 고침으로써 해결될 일이지 남한 국민의 75퍼센트인 비영남인들이 영남인의 발음을 따라갈 일이 아니다. 왜냐하면 사회적 양식에 비추어 봐도 그러려니와, '나의 희망'(hope of mine)과 '나에 희망'(hope to me)은 의미가 전혀 다르기 때문이다. 이제 한국어도 국제어의 시대에 들어서게 될 것이다. 그럴 경우, 언어를 과학적으로 배우게 될 외국인에게 소유격 어미 변화 '의'(of)와 '에'(to, at, in)가 왜 함께 쓰여야 하는지를 어떻게 설명할 수 있을까?

연전에 영남의 어느 대학 교수 회의에서 '이과'(醫科)대학에서 회의가 있으니 모두 모이라는 구두 통지가 있었다. 이를 들은 영남 학자들은 의과대학 강당으로 갔고, 타지 출신 학자들은 이과(理科)대학 강당으로 갔다. 이런 코미디는 영남에나 있는 일이지 다른 곳에서는 없다. 그 덤터기를 왜 비영남인이 써야 하는가?

제6공화국을 이끌어 가는 지도자들은 앞으로의 시대가 화합의 시대가 되어야 한다고 힘주어 다짐했고, 지방색이 현대의 망국병이라고 수없이 자책했다. 그리고 영남 쪽에서 그런 말을 더 많이 했다. 그러나 제6공화국이 출범한 지 이제 일년이 지난 지금 우리의 어문 정책이 이토록 잘못되어 간다면 이는 화해가 아니라 언어마저 독식하겠다는 욕심으로서 '학실(確實)히 불이(不義)'한 처사이다.

역사란 발전하는 것이라는 소망 속에 살지만, 그 혹독했던 유신 시대에도, 그리고 제5공화국의 척박한 문화 풍토에서도 감히 생각하지 못했던 이 어처구니없는 영남어의 표준어화 작업을 보면서, 역사란 결코 발전하지만은 않을 것이라는 체념 속에서 이 글을 쓴다.

아무리 PK와 TK가 다 해먹는 세상이라 하더라도 지금의 우리가 영남공화국은 아니지 않는가? 언제인가 호남인이나 충청도인이 집권하게 되면 '했다' 대신에 '했당께'나 '했어유'를 표준어로 써야 할 것인가? 분서갱유(焚書坑儒)를 한 진시황(秦始皇)의 심정을 문득 생각해 보게 된다.

(1989. 3.)

일본 역사상 가장 위대한 학자는 누구일까?

일본, 그 이름은 우리의 귀에 그리 유쾌하게 들리는 것은 아니다. 교활하고, 잔인하고, 돈만 알고… 등등 부정적이면서도 나쁜 인상만이 먼저 떠오르는 것이 우리의 공통된 국민 감정이다. 우리의 지나온 과거사들, 이를테면 신라와 고려 시대를 관통하고 있는 왜구(倭寇)의 문제에서 비롯하여 임진왜란과 일제 35년의 뼈아픈 역사, 그리고 현대사에서의 경제적 예속 등, 어느 하나도 아름답게 추억되는 것이 없다는 점에서 일본이라는 이름만 들어도 싫어지는 것을 이해하지 못하는 바는 아니다.

그러나 해방 반세기가 다가오는 지금, 이런 식의 배일 감정이 우리에게 과연 무슨 득이 되었는가를 냉정하게 되돌아보는 것은 더 나은 내일의 한일 관계를 위해 꼭 필요한 작업일 것이다. 왜냐하면 누가 뭐래도 일본은 세계 제일의 경제 대국일 뿐만 아니라 우리는 지금 또 다른 형태의 경제적 예속 상태에 빠져 있는 것이 엄연한 현실이기 때문

이다. 따라서 한 많은 기성 세대의 배일 감정은 그들의 세대에서 끝나야 하며 새 시대의 젊은이들은, 지난날을 잊어서도 안 되겠지만, 새로운 시각에서 일본을 알아야 할 것이다.

그렇다면 일본이 세계를 지배하고 있는 저력은 과연 무엇일까? 제일 먼저 지적하고 싶은 것은 저들의 호학(好學)하는 자세와 지성이 핍박당하지 않는 지적(知的) 풍토이다. 역사적으로 볼 때 일본 민족이 본래부터 지성적이었다고 볼 수는 없다. 그들의 학문이 태동하기 시작한 것은 백제의 문물이 전래된 이후라는 것은 흔히 알려진 사실이며 그 후 중세 사회, 특히 도쿠가와 막부(德川幕府) 시대의 정치적 안정기에 전통 문화를 발전시키고 문예에 침잠(沈潛)할 수 있는 사회적 분위기가 마련되었고 메이지유신(明治維新) 이후에는 사회적 특권이 박탈된 무사(사무라이) 계급들이 살아남기 위해서라도 서구 문물을 받아들이고 책을 가까이 하지 않을 수 없었다.

나는 일본 지성사를 대표하는 첫 번째 인물로 서슴없이 모로하시 데쯔지(諸橋轍次: 1883-1982)를 들고 싶다. 정규 교육을 받은 적이 없이 주로 독학으로 한학(漢學)을 공부한 모로하시가 자신의 학문이 어느 정도의 경지에 이르자 일생의 과업으로 한문 사전을 만들어 보리라고 결심하고 집필에 착수한 것은 그의 나이 40세였던 1922년이었다. 각고의 5년이 지난 1927년에야 겨우 1권을 탈고하고 출판을 서두를 무렵 관동(關東)대지진(1923)과 태평양전쟁을 거침으로써 원고와 조판이 모두 불타버리고 말았다. 그러나 그는 낙심하지 않고 교정지를 정리하여 다시 사전 작업에 몰두했다.

그가 원고 집필에 착수한 지 24년의 세월이 흐른 1946년, 그는 과로로 인하여 오른쪽 눈을 완전히 잃었고 왼쪽 눈도 겨우 형체만 알아볼

정도로 시력을 잃었다. 그로서 더욱 괴로웠던 것은 그의 작업을 도와주던 도제(徒弟) 4명이 전쟁에 목숨을 잃었다는 것이었다. 그가 절망하고 있을 때 의과대학을 다니던 그의 장남 토시오(敏夫)와 차남 게이스케(啓介), 3남 모리오(莊夫)가 이에 합세하여 집필을 완료한 것은 작업을 시작한 지 37년이 흐른 1959년이었다.

이 책은 총 14,842페이지로서 13권으로 엮어져 있고 48,902자의 한자와 이로써 구성된 낱말들이 사전식으로 수록되어 있다. 이 책은 인류 역사상 한 필자에 의해 씌어진 가장 방대한 원고량이다. 이 책은 그 후 다이슈칸쇼텐(大修館書店)에서 사운(社運)을 걸고 4년에 걸쳐 인쇄를 마쳤다. 이것이 저 유명한 모로하시의 『대한화사전』(大漢和辭典)이다. 모로하시는 일본 국민의 존경을 받으며 살다가 100세가 되던 해에 세상을 떠난다. 공부 열심히 하면 일찍 죽는다는 말도 괜한 소리이다.

이 사전이 출판되자 가장 당황하고 놀란 것은 중국인들이었다. 한자의 종주국인 중국에도 이만한 사전이 없는 터에 작은 섬나라로서 왜(倭: 矮)라고 비칭(卑稱)하던 일본에서 이 사전이 출판되자 크게 수치를 느낀 중국과 대만에서도 사전의 편찬에 착수했지만 아직 모로하시를 능가하는 사전은 출판되지 않았다.

하나의 책을 쓰기 위해 눈까지 잃으며 37년의 세월을 보낸 모로하시 2대 4부자의 의지와 다이슈칸의 출판 의식은 우리가 흔히 모멸적으로 표현하는 쪽발이나 왜 또는 도요다(豊田)나 소니(Sony)만으로써는 설명될 수 없는 부분들이다. 현대 일본의 부흥은 결코 물질의 힘이 아니라 일본 지성사의 승리로 보아야 할 것이다.

만약 일본의 저력을 물질의 승리로 해석하려 한다면 풀리지 않는 부분이 있다. 그것은 일본의 근현대사에 나타난 전쟁사이다. 개항 이전의 400년에 걸친 내란을 논외로 하더라도 일본은 과거 100년 동안에 7번의 전쟁을 치렀다. 이를테면 청일전쟁(1894-95), 러일전쟁(1904-05), 제1차 세계대전(1914)의 참전, 산동(山東) 출병(1927), 만주사변(1931), 중일전쟁(1937), 그리고 제2차 세계대전(1941-45)의 패망이 그것이다. 다른 민족으로서는 단 한 번도 감당하기 어려웠던 참혹한 전쟁을 10년마다 한 번씩 치르고서도 일본은 부흥했다. 물질 문명만으로는 바로 이러한 일본의 전쟁사와 그 생존이 설명되지 않는다.

단일 명제로써 설명될 수 있는 것은 아니지만, 한국이 일본에 멸망한 것은 부분적으로는 한국 지성사의 패배이다. 나 자신을 포함해서 한국의 학자들은 일본의 학자들처럼 눈을 잃을 정도로 공부하지 않았고, 한국의 출판업자들은 다이슈칸쇼텐의 정신을 따라가지 못했다. 그리고 비극적인 얘기이지만 그것은 과거의 얘기가 아니라 지금도 마찬가지이다. 이러한 상황 속에서 망국의 책임을 일본의 침략으로만 돌리고 자신을 성찰하지 않은 채 맹목적 비난만을 계속한다면 그것은 빗나간 배일 감정에 지나지 않을 것이다.

(1993. 9.)

야망 찬 젊은이가 아름답다

　참으로 허망하고 황당한 질문이 되겠지만, 나에게 왜 사느냐고, 왜 살아왔느냐고 묻는다면, 인생을 어쩌구저쩌구 하며 깊이 생각할 것도 없이 가난과 설움에 대한 오기 때문에 살아왔다고 말하는 것이 가장 정직한 대답일 것이다.

　충청도 두메산골의 한 가난한 소작농의 아들로 태어나서 너무 어린 나이에 겪지 않았으면 좋았을 험한 꼴을 겪으면서 어린 마음에도 내 인생이 이렇게 끝날 수는 없다, 내 인생이 저토록 한 많은 나의 아버지나 어머니처럼 끝날 수는 없다는 생각이 늘 가슴에 맺혀 있었다.

　나는 인생을 흘러 보내듯 살고 싶지는 않았다. 일본의 아쿠다가와 (芥川) 문학상 수상작으로 유명한 이회성(李恢成)의 소설 『다듬이질하는 여인』에 나오는 여자 주인공은 방탕한 남편의 시달림과 조센징이라는 한 많은 삶을 마치며 그의 남편에게 "인생을 흘러가지 말아요"라고 말하며 숨을 거둔다. 그리고 소설도 그것으로 끝난다.

한국인들은 흔히 자식 때문에 산다는 둥, 목숨이 모질어 산다는 둥
별소리를 다 하지만 결국 인생은 자기가 사는 것이지 어느 누구도 대
신해 줄 수가 없다. 그런 인생을 어찌 흘러 보내듯 살 수 있겠는가? 태
어났으니 어쩔 수 없이 사는 것이라면 이 얼마나 처량하고 서글픈 일
인가? 나는 '갚기 위해서' 살았다.

그것은 사랑(베풂)일 수도 있고 복수일 수도 있다. 이 과업이 끝나기
전에는 차마 편안히 눈을 감을 수가 없었다. 열다섯 살의 나이에 던져
지듯이 전쟁 직후의 서울에 올라온 나는 구멍가게의 점원 노릇을 하면
서 밤이면 다락방에서 몇몇 선인(先人)들의 삶을 읽을 수 있었는데 이
때 내게 가장 영향을 준 인물은 소진(蘇秦)과 줄리어스 시저(Julius
Caesar)였다.

로마의 집정관 줄리어스 시저는 그리 늦은 나이라고는 말할 수 없는
40세에 이베리아의 총독이 되어 부임했다. 그는 총독 생활을 하면서
도 독서와 집필을 게을리하지 않았는데 그의 저서 『갈리아 전기(戰
記)』는 지금도 불후의 명저로 전해지고 있다. 그는 특히 『알렉산더전』
을 좋아했다. 어느 날 그는 여느 때처럼 알렉산더의 전기를 읽다가 느
닷없이 통곡을 했다. 곁에 있던 사람들이 그 까닭을 물으니, "이렇게
원통한 일이 어디 있겠소? 알렉산더 대왕은 그렇게 젊은 나이에 일국
의 제왕이 되었는데 나는 나이 40에 겨우 총독이 되었으니 그것이 한
심해서 우는 것이라오"라고 대답했다.

알렉산더 대왕은 나이 20세에 마케도니아의 왕이 되어 33세에 바빌
로니아에서 죽을 때까지 무적의 제왕으로 천하를 통일했으니 시저와
같이 야망 찬 사나이가 그의 행적을 보면서 자신을 부끄러워한 것도
무리는 아닐 것이다. 내가 시저의 일생을 읽으면서 감동을 받았다고

해서 나에게 천하를 도모할 꿈이 있었던 것은 결코 아니다. 나는 다만 그의 통곡을 통하여 젊은 날의 야망은 아름다운 것이며, 젊은 날에 통곡하며 괴로워할 만큼 집착할 꿈이 있다는 것만으로도 젊음은 살아볼 가치가 있다는 것, 그리고 인생은 좀 더 서두르며 살아야 한다는 것을 배웠다.

나의 지난날을 돌아보면서 알렉산더 대왕이나 줄리어스 시저의 애기를 인용하여 대답하는 것은 비유가 매우 과분하여 송구스럽다. 나는 그들에게서 패업(覇業)과 같은 거창한 것을 배운 것은 아니다. 나는 그들에게서 무엇을 위해 사는가를 배운 것이 아니라 인생을 어떻게 사는가를 배웠을 뿐이다. 인생은 어떤 목표는 아니라고 생각된다. 오히려 인생은 하나의 과정일 뿐이다. 따라서 무엇을 위해 사느냐 또는 무엇이 되느냐의 문제는 그리 중요하지 않다. 얼마나 열심히 사느냐, 그리고 어떻게 사느냐 하는 문제가 더 중요한 것이다.

야망 찬 젊은이는 보기에도 아름답다. 청년에게 야망이 보이지 않는 것은 초라하다. 이 사회가 아무리 기회주의적이고 찰나적 지혜와 변신으로써 발돋움할 수 있는 세태라고 할지라도 좀 더 멀리 바라보며, 당장에는 다소의 손해가 있더라도 내일을 대비하며 열심히 자신을 연찬하는 젊은이의 모습은 든든해 보인다.

나는 이 시대의 젊은이들이 핏기 없이 살아가는 모습을 경계한다. 야망이 지나쳐 허망(虛妄)이 되어 피어 보지도 못하고 스러지는 것도 또한 부질없는 일이지만, 꿈도 없고 이상도 없이 현실의 안일에 만족하며 오늘을 살아가는 젊은이의 모습을 보노라면 안타까운 생각이 든다.

꿈은 이루어지기 위해 있는 것이다. 그리고 그 꿈은 지금의 현실보

다 조금은 더 높아야 한다. 여건이 불우함을 한탄하는 것은 패배자가 내세우는 흔한 변명일 뿐이다. 시골 출신이라고? 가난하다고? 비빌 언덕이 없다고? 몸이 허약하다고? 그것은 부질없는 넋두리에 지나지 않는다.

나폴레옹은 코르시카의 시골뜨기였고, 타히티의 화가 고갱과 신문왕 퓰리처는 반실명(半失明)이었고, 르누아르는 한 쪽 팔이 없는 화가였고, 베토벤은 귀머거리였다. 제(齊)나라의 정승 인상여(藺相如)는 닭의 목을 비틀 힘이 없었고 나막신이 무거웠으나 국가를 반석 위에 올려놓았으며, 프랑스의 외상 탈레랑과 루즈벨트 대통령은 소아마비 환자였으나 모두 일세를 풍미했다. 누가 불우함을 탓하는가?

젊은이에게는 무한한 가능성이 있다. 역사에 기록된 그 누구도 처음부터 위대하게 태어난 사람은 없다. 문제는 누구의 꿈이 크고 그 꿈을 이루기 위해 얼마나 치열하게 인생을 사느냐이다. 꿈은 높아야 하고 삶은 구체적이어야 한다. 인생은 그렇게 살아볼 만한 가치가 있다. 그러므로 한국의 내일을 짊어지고 갈 청년들에게 묻노니, 그대들은 지금 무엇을 위해 통곡하고 있는가?

(1991. 8.)

졸업을 앞둔 제자에게

김 군!

지금쯤은 눈 덮인 고향의 논두렁을 거닐며 미래를 설계하고 있을 자네에게 문득 한 줄의 글이라고 보내고 싶은 생각이 들어 이렇게 붓을 들었네. 돌이켜 보면 입학의 즐거움도, 축제의 낭만도, 미팅의 설렘도, 그리고 면학의 열기도 바로 어제 같은데 세월의 흐름을 막을 길이 없어 이제 졸업을 앞두게 되었으니 연륜의 무상함을 새삼 느끼게 되네. 생각해 보면 모든 것이 꿈만 같고 오래도록 기억하고 싶은 추억들일세. 그러기에 대학을 가리켜 추억의 모듬이라고 말하는지도 모르겠네.

그러나 그러한 것들이 이제는 모두가 흘러간 옛 일들이요, 지금 자네 앞에 남은 것은 절박하고도 비정하리만큼 차가운 현실뿐이라네. 이제 졸업을 앞둔 자네야말로 자신이 아직도 학생이라는 온화한 평안보다는 벌써 피부에 와서 따갑게 느껴지는 사회의 실상들이 더욱 절실하게 다가오고 있겠지. 지난 4년의 과정을 충실하게 살아왔고 그리하여

아무런 후회도 없는 처지라면 눈앞에 벌어지는 광활한 내일에 대하여 자네는 차라리 어깨를 펴고 도전해 보고 싶은 야망을 느낄 것이며, 그 과정에 충실치 못했다거나 본의가 아닐지라도 지난날에 미련과 아쉬움이 남는다면 자네는 다가오는 차가운 현실에 오히려 현기증과 두려움으로 몸을 움츠리고 있을는지도 모르지.

그러나 그 어느 쪽이든 간에 시간은 우리의 의지와는 관계없이 다가오고 있다네. 이제 자네는 뭔가를 결정할 수밖에 없는 루비콘 강 위에 서 있는 것일세. 어차피 주사위는 던져진 이 마당에 자네에게 진정 필요한 것은 용기 바로 그것뿐이며 몸을 움츠릴 필요는 없네.

대학원에 진학하든, 사회의 직업 전선에 투신을 하든, 아니면 자신만의 시간을 좀 더 갖든, 그 어느 것이든 간에 이제는 후회나 자탄은 필요없는 것이며 자신이 이제까지 행해 온 행위의 결과에 대하여 겸허한 자세로 이를 받아들일 마음의 준비를 가져야 할 것일세. 이제 내가 자네에게 한 가지 마지막 당부가 있다면 그것은 다름이 아니라 야망을 가지라는 것일세. 꿈이라고 표현해도 좋겠지.

이제는 자네도 나이가 벌써 30을 바라보게 되었지. 공자께서는 나이 30에 바로 섰다고 하지만 그것은 2천 년 전의 얘기이고, 이제는 나이 20에 바로 서지 않고서는 이 어렵고도 각박한 세파를 이겨낼 수 없다는 점을 깊이 깨닫기 바라네. 그리고 시저는 나이 40에 자신의 운명을 통곡했다고 하지만 나는 자네가 30대에 통곡할 수 있는 인물이 되어 주기를 바라네. 시저와 같은 영웅이나 그렇게 통곡할 수 있지 나 같은 사람이 어찌 그를 따라갈 수 있겠나 하는 체념은 하지 않기를 바라네. 시저가 위대해서 나이 40에 통곡을 한 것이 아니라 자네도 30에 그러한 통곡을 할 수만 있다면 시저가 따로 있는 것이 아니요, 자네도 바로

시저가 될 수 있다는 것을 잊지 말기 바라네.

김 군!

인류 역사는 처음부터 위대하게 태어난 인물들에 의해서 이루어진 작품이 아니라 꿈을 먹고 사는 야망 찬 사나이들에 의해서 이루어진 것임을 우리는 잘 알고 있네. 그렇다고 해서 우리가 영웅사관에 빠져야 한다는 것을 의미하는 것은 아닐세. 어떤 위치, 어떤 직종에 종사하든지 간에 지고지선(至高至善)의 가치를 향해 자신의 젊음을 불태울 때 역사는 결코 자네를 외면하지 않으리라는 확신을 갖기 바라네.

현재 자네가 처하여 있는 여건이 불우하다고 탓할 필요도 없네. 자네에게 진정 일말의 야망이라도 있다면 자신이 어려운 시대에 태어난 것을 신의 축복으로 받아들일 수 있는 자세가 필요한 것일세. 중국의 춘추전국시대에 진승(陳勝)이라는 인물은 머슴의 신분으로 태어났지만 야망을 버리지 않은 채 일국의 제후가 되었다네. 그러기에 중국의 옛말에 이르기를 "낙양성을 바라보며 천하를 꿈꾸지 않은 자는 장부가 아니다"라고 했다네.

자네는 지금 바로 그 낙양성을 바라볼 수 있는 산정에 거의 오른 셈이라네. 이제 남은 것은 누가 더 구체적으로, 집요하게 그리고 야망 차게 입성하느냐 하는 문제만이 남아 있을 뿐이요, 패자는 묵묵히 막 뒤로 사라질 뿐이라네. 그러나 승자와 패자의 사이가 그리 멀거나 깊은 것은 아니라는 사실을 잊지 말기를 바라네. 그 차이란 누구의 야망이 더 구체적이었는지 정도의 차이밖에는 없는 것일세.

이제 자네가 졸업장을 받기까지에는 2개월의 여유밖에는 없네. 앞으로 남은 그 시간이 자네의 운명을 긍정적으로 전환시키기에는 결코 부

족한 시간이 아닐세. 진정한 스프린터는 출발할 때의 속도와 주력보다 골인 지점에서 더욱 분발하는 법일세. 마지막 2개월을 지혜롭게 처리하는 것은 어쩌면 지난 4년 동안 자네가 고심한 것보다 더 값진 결과를 가져오리라는 것을 잊지 말게.

그리고 또 한 가지 간곡히 당부하건대, 조급한 심정에 첫 직장을 아무 곳이나 잡지 말게. 어렵게 대학을 마치게 해주었어도 취직을 하지 못해 부모님 뵐 면목이 없고 친구들 만나기도 부끄러워 별 뜻 없이 우선 아무 자리나 들어가고 보자는 생각에서 덜컥 자리 잡지 말기 바라네. 첫 직장은 운명과 같은 거라네. 우선 몸담고 있다가 좋은 자리 생기면 바꿔야지 하고 생각할 수도 있으나 직장은 그렇게 뜻대로 되는 일이 아니니 깊이 생각하기 바라네.

자네의 앞날에 무궁한 발전을 빌며, 마키아벨리(N. Machiavelli)의 다음과 같은 경구를 빌려 자네의 장도에 축하와 격려를 대신하고 싶네.

"위대한 궁수는 과녁보다 조금 더 높게 겨냥하여 시위를 당긴다."

(1982. 1.)

휴교 조치로 귀향한 제자에게

J군에게.

정적만이 흐르는 연구실에 앉아 캠퍼스 호수 위를 나는 물새들을 바라보며 문득 자네에게 한 자의 글이라도 보내고 싶은 생각이 들어 붓을 들었네. 나야 마음도 답답하고 육신은 끈적끈적하지만 지금쯤 누렇게 파도치는 고향의 보리밭 사이를 거닐고 있을 자네가 부럽기 짝이 없구먼. 이 세상 누구인들 편케 살고 싶은 욕심이 없으랴만 이 시대, 이 순간을 살아가는 이 무력한 서생은 어떻게 사는 것이 역사에 후회됨이 없을까 하는 말만을 되뇌면서 눈에 들어오지도 않는 책장을 넘기고 있다네.

어서 방학이 돌아와서 내 시간이라도 갖게 된다면 이런저런 일을 하겠다던 욕심도 모두 부질없는 생각이었어. 옆방에서 학생들의 통기타 소리 들려오고 뻔질나게 연구실 문의 노크 소리 들려올 때가 차라리 우리에게는 보람 있는 시간이었던가 봐. 그러나 우리는 지금의 상황이

이 시대에서 어떤 의미를 갖는가를 찾을 수밖에 없네. 각 개인에게 주어지는 상황은 대체로 비슷하지만 그에게 어떤 의미를 부여하느냐에 따라서 그 사람의 인생은 마냥 바뀔 수도 있기 때문일세.

내가 생각하는 이 시대의 의미는 기다림과 각고(刻苦)의 자기 수련일세. 자네는 내가 언제인가 강의실에서 들려주었던 소진자고(蘇秦刺股)의 고사(故事)를 기억하고 있나? 중국의 고전인 『전국책』(戰國策)에는 다음과 같은 얘기가 소개되고 있는데, 이는 내 일생 가슴에 새기고 사는 것이기에 자네에게 다시 한 번 들려주고 싶네.

옛날 중국의 전국시대 동주(東周)에 소진(蘇秦)이라고 하는 불우한 청년이 살았다. 그는 천하를 질타(叱咤)할 야심을 품고 귀곡(鬼谷) 선생을 찾아가 공부를 마치고 고향에 돌아왔으나 아내는 베틀에서 내려와 남편을 맞으려 하지 않았고 형수는 배고픈 시동생을 위하여 밥상을 차리려 하지 않았다. 이러한 수모 속에서도 소진은 좌절하지 않고 자기의 방에 들어가 강태공(姜太公)의 비서인 『음부』(陰符)라는 책을 읽었다. 그는 졸음이 올 때면 잠을 쫓기 위하여 송곳으로 허벅지(股)를 찌르니 그 피가 종지뼈까지 흘렀다.

각고의 세월이 일년쯤 지나자 드디어 소진은 천하를 건질 경륜을 터득했으며, 끝내는 육국(六國)의 승상(丞相)이 될 수 있었다. 그가 금의환향(錦衣還鄕)할 때 아내와 형수는 얼굴을 들지 못했다. 소진은 하늘을 우러러 탄식하기를, 사람은 변한 것이 없는데 한 식구로서도 이처럼 차별을 했으니 남인들 오죽했으랴! 나에게 낙양성(洛陽城) 중에 이틀같이 전답(田畓)만이라도 있었던들 내가 오늘날 어찌 여섯 나라의 상인(相印)을 허리에 찰 수 있었겠는가? 했다. 후세의

사가(史家)들은 이를 가리켜 소진자고(蘇秦刺股)라 한다.

J군!

자네에게 일말의 야망이라도 있다면 어려운 시대에 태어난 자신의 운명을 박복(薄福)하다고 한탄하지 않기를 바라네. 영웅이 시대를 만드는 것일까? 아니면 시대가 영웅을 만드는 것일까? 분명히 대답하건대 그 어느 쪽도 아닐세, 이순신(李舜臣)이 국난의 시대를 만나지 않았던들 그는 일개 현감(縣監)에 그쳤을는지도 모르며, 제2차 세계대전이라는 상황 속에서 영국이 처칠(W. Churchill)을 만나지 않았던들 그들의 운명이 지금과 같았으리라고는 누구도 장담할 수 없을 걸세. 그러니 자네에게 영웅의 소지가 있다면 자네로서는 축복받은 시대에 태어난 셈일세.

자네는 지금 뒷동산에 올라 저녁 연기 피어오르는 고향의 옛집을 바라보며 무엇을 생각하고 있나? 스스로가 불행한 시대에 태어났다고 원망하고 있지는 않겠지? 초토화된 전쟁의 폐허 위에서 태어나 영양실조로 비척거리던 젖먹이 시절이며, 4·19와 5·16의 정치적 격동 속에서 차분히 책을 볼 수 없었던 소년 시절을 기억하나? 아니면 지금의 이 시대를 생각하고 있지나 않은지.

그 어느 것을 생각해도 좋네. 그러나 결코 자신이 불행한 시대에 태어났다고는 생각하지 말게. 아닌 말로 자네가 태평성대의 어느 시대에 태어나 의식(衣食)에 걱정이 없었고 막상 마음 놓고 오로지 책만을 벗할 수 있었다면 자네는 지금처럼 민족의 오늘과 내일을 걱정하고 자신의 위치를 되돌아볼 수 없었을 테니까. 왜 강철은 뜨거운 열기를 거친 후에라야 더욱 단련되는 것일까?

나의 사랑하는 J군에게!

기다리세. 정적만이 흐르는 연구실에서 지금이라도 곧 "선생님!" 하며 자네가 들어설 것만 같아 연구실 문을 열어 놓고 내가 자네를 기다리고 있듯이 자네도 시대가 오기를 기다리게. 비록 못난 이 사람은 역사에 죄를 짓고 살지라도 자네의 대(代)에서만이라도 진리대로 살 수만 있다면 우리는 진정 축복받은 민족이요, 그것만으로도 우리의 역사 발전은 결코 늦은 것이 아니라네.

자네의 시대가 왔을 때 자네의 경륜이 부족함을 원망하는 어리석음을 범하지 말게나. 소진은 잠을 쫓기 위하여 송곳으로 허벅지를 찔렀지만 자네는 이 민족을 걱정하며 몇 밤이나 지새웠고 졸음을 쫓기 위해 몇 번이나 허벅지를 꼬집었던가? 옛말에 이르기를 "선비가 헤어진 지 3일이 지나면 눈을 비비고 쳐다보지 않고서는 알아볼 수 없을 만큼 학문이 발전한다"(士別三日 刮目相待)고 했네. 우리가 기약 없이 헤어진 것도 어언 그 3일이 스무 번은 지나갔군.

우리 서로 다시 만나는 날, 정말로 부끄럼이 없이, 정말로 후회됨이 없이 자신을 보일 수 있도록 진실 되게 살아보세. 나는 연구실에서, 자네는 고향의 들판에서 좀 더 큰 것을 생각하며 이 무덥고 긴 여름을 보내기 바라네. 언제인가 먼 훗날 지금을 되돌아볼 때 미소 지으며 옛 얘기 할 수 있기를 비네.

모쪼록 건강하게. 붓을 놓으려니 자네의 얼굴이 더욱 보고 싶어지네. 더욱….

(1980. 8.)

친애하는 미스터 함(咸)에게

세상 사는 것이 인연이라고는 하지만, 하루이틀도 아닌 4년 전 어느 날의 스치는 듯한 한 번의 만남을 잊지 않고, 이제 의사 시험도 끝나고 지난날들을 돌아보는 시점에 내게 보내준 색종이 위의 편지는 내게도 잠시 지난날을 돌아보는 시간을 마련해 주는군요. 곧 다가올 졸업을 미리 축하하고, 그동안 고생하신 부모님께도 위로의 말씀을 드리고 싶습니다.

까맣게 잊었다고는 할 수 없지만 거의 회상해 보지 않은 한 청년으로부터 받은 편지는 나로 하여금 나잇살이나 먹은 사람이 젊은이들을 만나 나누는 언행에 얼마나 신중해야 하는가를 거듭 깨닫게 해줍니다. 그때 혹시 미스터 함, 좀 더 구체적으로는 아내의 친구의 아들이라고 하는, 편한 관계라고만은 할 수 없는 한 청년에게 마치 제자를 타이르 듯 하는 무례함이나 아니면 불쾌감 같은 것을 주지나 않았나 하는 쑥스러움도 지울 수가 없습니다.

미스터 함의 편지 밑바닥에 깔려 흐른 냉소주의적 운필(運筆)을 읽으면서 의과대학 6년의 비정함과, 또 다른 측면에서는, 미스터 함의 인간적 고뇌와 성숙을 보는 것 같았습니다. 나도 나이가 들어가면서 더욱 절실하게 느끼는 것은 정, 넉넉함, 푸근함, 그런 것들입니다.

한국전쟁이 끝난 전후 1950년대의 적막한 서울 거리에 던져지듯 시작된 나의 젊은 날들은 상당 부분이 운명적이었고 또 비정했어요. 그래서인지 무척 냉혹하다는 인상을 받으며 살아왔고, 인생살이에서 사랑하는 것의 아름다움과 베푸는 것의 즐거움을 알기까지에는 50여 년의 연륜이 필요했어요.

편지의 행간에 나타나고 있는 예비 의사로서의 인간적인 고뇌를 읽으면서 나는 문득 나의 젊은 날을 생각했습니다. 사회과학도들은 이럴 때면 흔히 제정 러시아 시대의 민중 시인이었던 네크라소프(N. Nekrasov: 1821-1878)의 시구로 위로를 하곤 한답니다. 그는 이렇게 말했어요.

"슬픔도 괴로움도 없는 청년은 조국을 사랑하지 않는다."

의사, 아직도 한국에서는 좋은 직업임에는 틀림없습니다. 그리고 또 많은 사람들이 선망의 눈길로 바라보게 될 겁니다. 또 어떤 여염의 아낙은 그 흔히 하는 말로 열쇠 몇 개를 연상할 수도 있겠지요. 그러나 의사로서 인생을 새롭게 출발하는 한 청년에게 내가 들려줄 수 있는 말은, 거창하게 히포크라테스의 선서와 같은 것도 아니고, 상쾌한 날보다는 아픈 날이 많았고 약을 먹는 날이 먹지 않는 날보다 많았던 한 환자로서의 심정, 즉 의사는 의술로써 병을 고치는 것이 아니라 사랑으로써 고친다는, 어쩌면 듣기에 가장 진부한 말뿐입니다.

한 환자가 의사 앞에 앉았을 때 그 애절한 심정을 함께 아파하는 의

사를 나는 이 나이가 되도록 단 한 번밖에 만나본 적이 없었어요. 30여 년의 세월이 흐르도록 나는 그의 이름을 기억하고 있어요. 그는 얼마 전까지 청량리 동산병원(東山病院) 원장으로 있던 소아과 의사 안창일 박사입니다.

우리의 선조들의 말씀에 의하면, 훌륭한 의사란 순서대로 따져서 간·문·문·진(看聞問診)이라고 해서 첫눈에 병을 알아보는(看) 의사 가 신의요, 신음을 듣고서(聞) 알아보는 의사가 그 다음이며, 통증을 물어보고서(問) 아는 의사가 그 다음이요. 진맥(診)을 하고서야 알아보 는 의사가 그 끝이라고 했으나 그것은 모두 부질없는 말들이며 훌륭한 의사는 환자와 아픔을 함께 나누는 의사일 겁니다.

긴 방학, 할 일도 많겠지만 여행이나 좀 다녀오라고 권하고 싶습니 다. 지리산 산자락의 어느 민박집에서 밤하늘의 별을 헤아리며 지난날 들과 지금, 그리고 가야 할 길을 생각하노라면 문득 자신의 성숙한 모 습을 발견하게 될 거예요.

잘 있어요. 편지란 육필로 쓰는 것이 정성이요 성의인 줄 알지만 요 즘처럼 하루가 다르게 변하는 경쟁 사회에서 나도 낙오되지 않기 위해 컴퓨터를 배우고 있기에 이렇게 한번 쳐보았어요. 늘 하나님의 가호가 있기를 빌며.

(1993. 1.)

송두율과 「가고파」

1996년 추석 무렵, 나는 북경의 세라톤 호텔에서 김일성대학 교수들과 함께 한국의 통일에 관한 학술 회의에 참가한 적이 있었다. 회의장에서는 서로가 경직되고 설전이 오고갔지만, 고궁을 거닐 때, 술 한 잔 마셨을 때, 그리고 막간에 나눈 얘기는 결국 자식 걱정이거나 남쪽과 북쪽에 사는 사람들의 얘기였다.

그들의 꺼칠한 손, 나의 연봉이 얼마냐고 묻기에 5만 불이라고 대답했더니 5천 불을 잘못 말한 것이 아니냐고 되묻던 일, 남쪽 어디가 자기 고향인데 형제들은 어찌 되었는지 모르겠다면서도 소식을 전해 주겠다고 했더니 두려운 눈길로 거절하던 기억이 아직도 선연하다.

공식 일정을 마치고 우리는 어느 술집으로 몰려갔다. 어깨동무를 하고 노사연의 「만남」을 절규하듯이 부르고, 부둥켜안고 또 만나자며 가슴을 비빌 때 들려오는 심장의 고동소리를 느끼며 나는 동포, 핏줄, 그리고 통일을 생각했다.

술자리가 끝날 무렵, 그 회의를 주선했던 송두율(宋斗律) 교수가 마이크를 잡았다. 그의 손에는 조그마한 쪽지가 들려 있었다. 그는 자신의 감회를 말로 다할 수 없다며 차라리 자기의 심중을 노래로 표현하고 싶다고 말했다. 그리고 쪽지를 들여다보며 「가고파」를 부르기 시작했다.

음치도 그런 음치가 없었다. 그는 음정이 틀리고 가사가 틀리면 다시 그 소절을 되돌려 부르며 끝내 노래를 마쳤다. 그는 남도 어느 바닷가에서 소년 시절을 보냈기 때문에 「가고파」를 특히 좋아한다고 말했다. 그리고 노환이라던가 별세했다던가 기억이 확실하지 않지만, 아버지 얘기를 하다가 말을 마치지 못하고 자리로 돌아오는데 그 도수 높은 안경 너머로 눈물이 그렁그렁하고 있었다.

누가, 왜 저 순진무구한 사람의 가슴에 못을 박았을까를 생각하니 나도 울컥 설움이 복바쳤다. 헤어질 때 그는 나에게 몇 권의 책을 부탁했고, 나는 그것을 우편으로 부쳐주었다. 그 책이 그의 손에 들어가지 못했다는 것을 안 것은 몇 년이 지나서였다.

그런 송두율 교수가 돌아왔다. 그가 노동당에 입당했다는 사실이 다소 당혹스럽다. 그에 대한 나의 연민이 나의 판단을 흐리지 않기를 바라지만, 그가 노동당에 가입한 것은 북한의 체제에 동조했다거나 김일성을 숭배하기 위해서가 아니라 그 자신의 표현대로, '경계인'으로 살아왔던 그가 좀 더 '안'을 들여다보기 위해서는 북한의 입당 권유를 거절할 수 없었던 것으로 나는 보고 싶다.

그는 끝까지 망설이며 고뇌했을 것이다. 그가 진실로 민주주의를 신봉했다면 북한의 우상화를 받아들일 수가 없었을 것이다. 그는 자신의 학문을 위해 그 길을 택했을 것이다. 그리고 그는 숨기고 싶기야 했겠

지만 속이고 싶지는 않았을 것이다.

나는 이 문제에 대하여 법적인 해석을 내릴 위치에 있지 않다. 그러나 나같이 법률에 문외한인 사람이 보아도 그가 남한의 실정법을 어긴 것은 분명하다. 그것이 설령 학문을 위한 것이었다고 하더라도 학문의 자유니 양심의 자유니 하는 말로 비호할 수 있는 사안은 아니다. 그러니 그는 국민과 당국 그리고 그를 우상처럼 바라보고 있는 젊은이들에게 진실을 말하고 잘못된 것이 있다면 용서를 빌어야 한다. 변호사를 통하지 말고 그 자신이 직접 말해야 한다.

그를 좋아하고 아끼던 사람들 중에서 그에게 일말의 배신감을 느끼는 사람이 있을 것이다. 이 땅의 우익들로서는 그를 받아들이기가 쉽지 않을 것이다. 그러나 설령 그가 노동당 서열 23위의 김철수였다는 것이 사실이라고 하더라도 나라면 그를 용서하고 껴안겠다. 그리고 이번에는 가사가 틀리지 않도록 도와주며 「가고파」를 4절까지 불러보고 싶다. 울지 않으면서….

(2003. 11.)

너희들 중에 죄 없는 자가 먼저 돌로 치라

　며칠 전, 퇴근길에 라디오를 켜니 여당 쪽의 국회의원들이 작성했다는 친일파 명단이 발표되고 있었다. 고봉경, 민영미 등의 이름이 거명되고 있었다. 나는 속으로 아나운서가 돼 무식한 사람이라고 생각했다. 그러면서도 미심하여 집에 도착하여 인터넷을 열어 보니 거기에도 고봉경과 민영미의 이름이 있었다. 나는 속으로 신음했다.

　고봉경은 고황경(高凰卿)의 황(凰) 자를 봉(鳳)으로 읽은 것이고 민영미는 민영휘(閔泳徽)의 휘(徽) 자를 미(微)로 읽은 것이다. 놀랍게도 김화천수(金禾千洙)라는 사람도 있었는데 그것은 김연수(金秊洙)를 그렇게 읽은 것이다. 나는 친일을 청산한다는 사람들이 매우 위험한 짓을 하고 있고 누군가의 가슴에 주홍글씨를 새기면서 일을 너무 경솔하게 처리하고 있음을 걱정했다.

　일제 침략과 친일 청산의 문제는 한국 현대사가 안고 있는 비극이며 해방 60년이 다 되도록 이를 청산하지 못한 것은 업장(業障)처럼 우리

를 누르고 있는 것이 사실이다. 이런 점에서 친일 문제를 청산한다는 문제는 언제인가는 해결하고 넘어가야 할 역사의 과제임에는 틀림이 없다. 문제는 그 의지와 방법인데 그것이 처음부터 몇 가지 점에서 잘 못되어 가고 있다.

첫째로, 이 문제는 깊이 고민하고 공부한 사람들이 할 일이지 공부 가 부족하여 봉황(鳳凰)도 구분하지 못하는 국회의원들이 나설 일이 아니었다. 이 문제에 정치인들이 깃발을 들었다는 것부터가 잘못되었 고 그 동기도 순수하지 않았다. 이것은 당초부터 학계가 맡아야 할 일 이었고 기왕에 이를 전문적으로 다루고 있는 민간 단체의 활동이 활발 한 터에 정부는 이 문제에 손을 대지 말았어야 했다.

둘째로, 지금의 친일파 청산 운동은 글자 그대로 친일파를 찾아내어 단죄하자는 것이 아니라 친일파의 자식을 찾아내는 작업으로 진행되 고 있다는 데 문제가 있다. 여당의 당의장의 아버지가 일본군 헌병 오 장(伍長)이었고 야당 대표의 아버지가 일본군 중위였다는 것이 문제가 되고 있는데, 일제 치하에서 오장이나 중위가 친일을 한 것은 사실이 지만, 그 위치로 볼 때 그 아들이나 딸이 여당과 야당의 당 대표가 아 니었다면 이제 와서 문제가 될 일은 아니다. 그 당시 오장이나 중위가 한두 명이 아니었는데 왜 신기남 의원과 박근혜 의원의 아버지만 문제 가 되어야 하는가? 이런 점에서 지금의 친일 논쟁은 정략적이다.

셋째로, 역사의 단죄란 모름지기 균형 감각을 잃지 말아야 하는 것 인데 지금의 친일 논쟁은 너무 비분강개(悲憤慷慨)해 있으며 중용(中 庸)을 취하지 못하고 있다. 예컨대 노무현 대통령은 고이즈미 일본 수 상을 만났을 때 자신의 재임 중에는 한일 과거사 문제를 거론하지 않 겠다고 단언했다. 한일 과거사를 거론하지 않으려면 친일 문제도 거론

하지 말았어야 옳았다. 한일 과거사와 친일 문제는 한 꾸러미로 함께 가는 것이지 개별 문제가 아니다. 이런 점에서 친일 청산을 강변(强辯)하는 여당의 주장에 더 의혹이 있다.

넷째로, 우리는 일제의 특수한 성격을 고려해야 한다. 프랑스의 경우처럼 4년 여의 지배가 아니라 사실상 반세기에 걸친 일본 식민지 지배 아래에서 친일 문제로부터 자유로울 수 있는 사람은 그리 많지 않았다. 김구(金九)의 주장처럼 "당시 국내에 있던 사람은 모두 친일파였다"(M. Gayn, *Japan Diary*, p. 433)는 논리도 국내파 민족주의자의 아픔을 고려하지 않았다는 점에서 온당하지 않으며, 이제 와서 친일 청산을 외치는 것도 '늦게 태어난 행운'을 남용하는 것에 지나지 않는다.

그러므로 경제도 어려운 지금의 상황에서 더 이상 무익한 소모전을 지속할 일이 아니라 여기에서 정쟁을 멈춰야 한다. 한 선지자가 이러한 사태를 예언하듯 말한 것처럼 "너희들 중에 죄 없는 자가 먼저 돌로 치라."

(2004. 8. 19.)

유홍준 교수님께

유난히도 더운 여름입니다. 건강하시고, 집필과 답사도 뜻과 같으신지요? 『나의 문화유산답사기』 첫 권을 읽고 받은 감동은 참으로 컸고 나로서는 참으로 따를 수 없구나 하는 망연자실함을 느끼면서 편지라도 한 장 드릴까 생각했으나 제가 아니더라도 숱한 편지를 받으시리라는 생각에 그만두었습니다.

그러나 두 번째 책을 읽고 난 후에는 아무래도 편지를 한 번 드리고 싶은 충동을 억제할 수가 없군요. 어느 자리에서 지우(知友)들끼리 유 교수님에 관한 얘기를 나누다가 선생님께서 제가 근무하는 건국대학교에 대해 쓰린 기억을 가지고 있다는 말을 듣고 몹시 안타까운 적도 있었습니다.

우선 두 번째 책에 대한 저의 소감을 감히 드린다면, 여전히 유 교수님의 그 훌륭한 안목과 문화 유산에 대한 애정에 대해 놀라움을 금할 수 없었습니다. 그럼에도 불구하고 그 감동이 1권에 다소 미치지 못했

114

다는 말씀을 드리는 것을 용서하시기 바랍니다. 그 이유는 아마 석굴암에 대한 다소 지루하고도(80쪽) 전문적인 서술 때문이 아닌가 여겨집니다. 1권의 '감은사 기행'에서 느낄 수 있는 만큼의 감동이 석굴암기행에서는 느낄 수 없는 것이 몹시 아쉬웠습니다. 말미에 실린 사과와 변명은 인상적이었습니다. 그러나 경허(鏡虛) 스님과 만공(滿空) 스님에 관한 부분은 벌써 신화화되었다고 말을 흐리기보다는 차라리 그것은 경허의 일화였다고 정정하는 것이 유 교수님다웠겠다는 아쉬움이 남는 대목이었습니다.

그보다도 제게 충격적인 것은 1권에서 보여주셨던, 지난날의 암울했던 시절에 대한 개인적 한이 아직도 응어리처럼 남아 있다고 하는 사실이었습니다. 예컨대 황토현의 전두환(全斗煥) 대통령의 식수 자리에 20만 명을 죽일 수 있는 고엽제(枯葉劑)를 뿌리겠다는 대목에서는 모골이 송연했습니다. 유 교수님도 이제 곧 지천명(知天命)이신데, 그리고 이 시대를 선도하는 한 지식인이신데 아직도 그렇게 절절한 한을 품고 살아가는 것이 바람직할까 하는 느낌을 받았습니다.

잊을 수는 없지만 사랑하고 용서하며 사는 것이 인생이요 지식인의 사명이 아닐까 하는 생각이 들었습니다. 저의 느낌이 그런데 당사자가 읽었더라면 그의 심정은 어떠하겠습니까? 유 교수님의 개인적 체험과 그가 광주 사태의 역사적 책임자라는 점을 감안하더라도 말입니다.

기왕에 전두환 씨에 관한 말이 나왔으니까 몇 말씀 더 드린다면, 그는 천안(天安) 전 씨가 아닙니다. 따라서 그가 천안 전 씨였기에 어떤 위광 효과나 동일시 조작(操作)을 위해 전봉준(全琫準) 전적지의 성역화 작업을 한 것은 아니었습니다. 그는 전주(完山) 전 씨입니다. 그가 성역화 작업에 관심을 보인 이유는 전봉준과 동성동본이었기 때문이

아니라 그가 본시 부안의 백산 인동(隣洞) 출생이기 때문이었습니다.

제가 1980년대 초엽에 그곳을 답사했을 때 그곳의 고로(古老)들은 그의 선대를 기억하고 있었습니다. 그가 합천 출신인 것으로 알고 있는 것은 오전(誤傳)입니다. 그는 권력의 부상 과정에서 영남 세력을 등에 업고 있었던 터라 터놓고 전라도 태생이라고 말하지 못했고, 경상도 출신이라고 한 말을 주워 담을 수 없어 자신을 경상도 출신이라고 끝내 거짓말을 할 수밖에 없었던 것이지요.

그래서 그의 전기를 보아도 7살 때부터 시작이 됩니다. 그는 권력을 잡았을 초창기에 전봉준이 자신과 성도 같고 고향도 같아서 무언가 엮으면 동일시가 가능하리라는 생각에서 성역화 작업에 관심을 보였던 것이 아니었던가 여겨집니다. 그리고 성역화 사업과 관련하여, 저로서는 입증할 수는 없지만 또 한 가지 심증이 가는 것은 그의 평생 충복인 장세동(張世東) 씨가 그와 출생지가 같은 호남 출신이라는 점, 그래서 장세동 씨의 어떤 조언이 있었으리라고 추정되지만 이 부분에 대해서는 심증일 뿐 확언할 수는 없습니다.

위의 내용들은 언제인가 기회가 있으면 유 교수님께 말씀 드리고 싶었던 한가로운 얘기일 수 있지만 제가 유 교수님께 편지를 써야겠다고 생각하게 된 것은 동학 전적지 답사기 중 저의 이론에 관한 유 교수님의 반론 때문이었습니다. 저의 이론에 관한 부분 중 제가 말씀드리고 싶은 것은 다음과 같습니다.

첫째로, 황토현 기념관에 전시된 전봉준의 글씨가 고증되지 않은 것이라는 대목, 그래서 그것은 전봉준의 글씨로 볼 수 없다는 느낌을 주는 대목입니다. 이 글씨를 최초로 발굴하여 학계에 보고한 사람으로서 저는 이에 대한 책임이 있습니다. 그래서 저는 저의 보잘 것 없는 저술

인 『전봉준평전』(서울: 지식산업사, 1996)에서 충분히 논증했습니다. 그런데 고증되지 않았다는 유 교수님의 글을 읽으면서 저는, 그렇다면 나는 그런 고증을 해서는 안 된다는 말인가? 나의 고증은 고증이 아니란 말인가? 하는 생각이 들었습니다.

제가 본시 재주도 없고 또 게을렀다고는 하지만 저도 동학을 공부하는 데 청춘을 보냈고 이제 오십 중반의 인생을 살아오면서 내 딴에는 깊이 고민하면서 학계에 발표했는데, 그것은 고증이 아니라면 그 고증은 누가 하는 건가? 그 고증은 역사학자들만이 하는 건가? 하는 의문이 들었고 그것이 전봉준의 글씨라고 믿을 수 없다면 저의 논지를 반증하는 이론을 제시하는 것으로써 대답했어야 함에도 불구하고 아직 누구도 그런 노력을 한 분은 없습니다.

얼마 전에 짚풀사박물관장인 인병선(印炳善) 선생님을 만났습니다. 저는 유 교수님의 글을 읽고 그분이 신동엽(申東燁) 시인의 미망인이라는 사실을 처음 알았고, 그가 해방 정국의 인정식(印貞植) 선생의 따님이라는 말을 어떤 사람으로부터 듣고 사람을 알아보지 못한 저의 불찰을 부끄러워했습니다. 그분을 뵈었을 때, 그분 말씀도 그것은 전봉준의 글씨라고 보기는 어렵다고 했습니다. 그 이유는 그 글씨에 십만 대군(?)을 잃은 패전 장군으로서의 처절함이 보이지 않기 때문이라는 말씀을 듣고 글씨에서 처절함을 읽을 수 있는 그분의 안목에 놀란 적이 있습니다.

그러나 글씨의 내용이 아니라 글씨의 형상에 담긴 이미지를 보고 가타부타하는 것은 상당히 추상적인 반증이라는 느낌을 받았습니다. 언제 기회가 있으면 그것은 전봉준의 글씨라는 저의 논지에는 어떤 오류가 있기에 그것은 고증되지 않았다고 말할 수 있는지, 그리고 고증은

어떻게 받는 것인지에 관해서 유 교수님의 가르침을 받고자 합니다.

둘째로, 전시관의 효수 사진은 전봉준의 사진이 아니라는 유 교수님의 지적입니다. 이 부분에 관해서도 최초로 이를 학계에 보고한 사람으로서 저는 책임을 져야 합니다. 인병선 관장의 말에 의하면, 사진의 옆에 붙어 있는 이름표를 정밀히 살펴보면 김개남(金開南)이라는 이름이 보인다고 했습니다. 저는 제가 잘못 보았나 당황하여 다시 그 원본을 들여다보았으나 육안으로 그것이 김개남임을 확인할 수는 없었고 최신 광학(光學) 장비를 동원하여 확대 복사해 보았으나 성이 '全'이거나 '金'임은 분명한데 이름은 확인할 수가 없습니다.

원본 사진을 앞에 두지 않고서는 그것이 전봉준이었음을 구체적으로 설명할 수 없기에 여기서는 더 소상한 말씀을 드릴 수 없음을 양해해 주시기 바랍니다. 저는 지금 그 사진과 전봉준, 김개남의 사진을 한국얼굴학회에 보내어 자문을 구하고 그 결과를 기다리고 있는 중입니다. 그 결과가 나오면 좀 더 확실한 결론이 나오리라 기대됩니다.

글이 길었음을 용서하시기 바랍니다. 그리고 이 글이 유 교수님께 불쾌감을 준 부분이 있다면 그것은 전혀 저의 본의가 아니니 양해하시기 바랍니다. 유 교수님에 대한 관심이 없었더라면 이런 편지를 쓰지도 않았을 것입니다. 모든 것을 호의로 보아주시기 바랍니다. 더운 날씨에 건강하시고 인연이 닿으면 언제 한 번 뵙고 싶습니다.

안녕히 계십시오.

(1994. 8.)

제 2 장 나폴레옹의 첫사랑

역사의 창조는 가까운 곳에 있다

직장에 첫발을 들여놓던 20대에는 꿈도 많았고, 겁 없이 좌충우돌하던 30대에는 야망도 컸지만 불혹(不惑)의 40대가 되면 이제 서서히 내 인생의 끝이라고 할까 아니면 한계 같은 것이 보이기 시작하면서 때로는 초조해지고 때로는 삶이 무의미해지기 시작한다. 그러나 이때 삶의 의미를 찾을 수 없다고 푸념하는 사람들이 꼭 기억해야 할 것이 있다. 그것은 인생이란 의미를 찾는 것이 아니라 의미를 부여하는 것이라는 점이다.

중년에 벌써 좌절하고 한계를 느낀다면 도대체 어쩌라는 건가? 내 인생이 가엾은 것은 우선 제쳐두고서라도 나를 가장이라고 믿고 살아온 아내며, 이제 한창 학비가 들어갈 애들은 어찌 되는가? 생각만 해도 아찔한 일이다. 이러한 때일수록 자세를 고쳐 잡고 살아남는 지혜를 짜내야 한다. 그것만이 나와 내 처자식이 살아남는 길이기 때문이다.

인류의 오랜 역사를 돌아보면 우리가 오늘날 사용하고 있는 문명의 이기(利器)는 실험실이나 연구실에서 오랜 각오 끝에 얻어진 것도 많지만 그렇지 않고 순간적인 착상에 의해서 이루어진 것도 많다. 이러한 순간적인 착상(idea)의 문제는 오늘날 산업 사회에서 더욱 치열한 경쟁의 대상이 되고 있다. 몇 해 전에 매상이 오르지 않아 고심하던 어느 조미료 회사에서 병의 구멍을 3개 더 뚫었더니 30퍼센트의 매상이 더 올랐고 그러한 발상을 제공한 사람은 일약 과장으로 승진했다는 얘기는 아이디어가 얼마나 중요한 것인가를 실감케 해준다.

때는 지금으로부터 540여 년 전인 1440년대의 어느 날, 프러시아 마인츠(Meinz) 시의 어느 귀족 집안에서는 그 고을 유지들이 모여 기를 쓰고 도박을 하고 있었다. 음침한 이 도박판에서 계속 돈을 잃고 빈손으로 일어서는 한 30대의 청년이 있었다. 그의 이름은 구텐베르크(J. Gutenberg)였다.

마인츠의 귀족 집안에서 태어난 그의 소년 시절에 관해서는 별로 알려진 바가 없으나 그의 사생활은 별로 덕스럽지 못했던 것 같다. 그의 아버지는 겐스플라이쉬(Gensfleisch)였고 그의 어머니는 구텐베르크였는데 무슨 사연이 있었던지 그는 아버지의 성을 따르지 않고 어머니의 성을 따랐다. 청년 시절을 도박판에서 소일하던 그는 20살이 되던 해에 프리드리히 3세(Friedrich III)가 마인츠에 입성하자 무슨 죄를 지었는지 도망을 쳐 오랫동안 객지로 돌아다니면서 고생도 많이 했던 것으로 보인다.

노름 솜씨가 별로 뛰어나지 못해 번번이 돈을 잃으면서도 그는 골패를 즐겨 했다. 그런데 이상한 것은 그렇게 돈을 잃으면서도 그는 어떻게 하면 돈을 딸 수 있을까를 궁리하기보다는 엉뚱한 생각을 하고 있

었다. 그날 밤도 돈을 잃고 집에 돌아온 구텐베르크는 돈 잃은 생각보다는 그 골패의 모양이 자꾸만 머리에 떠오르는 것을 금할 수가 없었다. 그는 골패에 새겨진 글씨와 그림을 생각했고 각기 하나의 도장처럼 된 골패를 순서대로 찍어내면 글씨를 대량으로 박아낼 수 있다고 생각했다.

여기까지 착상이 떠오른 구텐베르크는 즉시 나무에 알파벳을 새겨서 동양인들이 사용하는 도장을 만들기 시작했는데 이것이 서구 최초로 만들어낸 구텐베르크의 목판활자이다. 그는 노름판에서 얻은 아이디어로 글씨를 찍어내는 데까지 생각이 미치기는 했지만 귀족으로서의 체면도 지키랴, 도박도 하랴, 가산을 모두 탕진했기 때문에 공장을 차릴 만한 재력을 가지고 있지 못했다.

그는 같은 마을에 사는 휴머리(Conrad Humery)라는 사람을 찾아갔다. 이 사람은 금은 세공을 하는 사람으로서 돈도 많이 벌었을 뿐만 아니라 사업상의 두뇌도 비상하며 빨리 돌아가는 인물이었다. 구텐베르크로부터 인쇄에 관한 설명을 들은 휴머리는 분명 돈벌이가 되리라는 것을 알고서는 구텐베르크를 적극 지원해 주기 시작했다.

자금도 넉넉해지고 목판 인쇄에서 어느 정도 기술을 습득한 구텐베르크는 나무 활자가 너무 약하여 마멸되는 결함을 없애기 위해 구리를 녹여서 활자를 만드는 방법을 구상하게 되었다. 마침 휴머리가 금속기술자여서 이 문제는 의외로 쉽게 이루어졌다. 금속활자가 이루어지자 구텐베르크는 우선 성경을 찍기 시작했다. 최초로 만든 성경책은 36행이었으나 그 다음부터는 42행까지 조판이 가능하게 되었는데 오늘날 전해지고 있는 것은 양피지(羊皮紙)에 46행을 찍은 것으로서 1760년 마자린도서관(Mazarin Library)에서 발견되었다 하여 이를

마자린판이라고 부른다.

중세 기독교 사회에서 구텐베르크의 양피지 성서는 호평을 받아, 없어서 못 팔 정도가 되었다. 그러나 구텐베르크는 의외의 복병을 만나게 되었다. 그것은 다름 아닌 휴머리의 배신이었다. 발명 특허가 없던 그 시절에 휴머리는 혼자서 인쇄소를 경영하면 이익이 더 클 것을 알고 구텐베르크를 몰아내고 말았다. 서구 최초의 활자 기술을 발명한 구텐베르크도 자금주가 배신을 하자 더 이상 어쩔 도리가 없게 되었다. 그는 다시 쪼들리는 생활 속에서 도박판이나 돌아다니는 서글픈 실업자의 신세가 되고 말았다.

그러나 운명의 여신은 이 불행한 발명가를 영원히 외면하지 않았다. 구텐베르크가 낙심하여 마인츠의 뒷골목을 서성거릴 무렵 낫소(Nasseau)의 주교인 아돌프 2세(Adolph II)가 마인츠의 시장으로 부임해 온 것이다. 독실한 기독교 신자인 아돌프 2세는 마인츠에 부임하자마자 최초로 성서를 인쇄한 구텐베르크를 찾았다.

한 시의 시장이며 신의 대리자라는 엄청난 권력을 가지고 있던 아돌프 2세는 세계적인 발명가의 말로가 너무 초라한 데 놀라움을 금할 수가 없었다. 아돌프 2세는 금전적인 지원은 물론 그의 성서 제작과 인쇄물의 판도에 이르기까지 세심히 배려해 줌으로써 구텐베르크는 영화 속에 말년을 보냈다고 한다.

구텐베르크의 일생을 생각해 보노라면 한 인간의 출세나 성공에는 빼놓을 수 없는 두 가지의 요소가 있음을 알게 되는데, 첫째는 반짝이는 아이디어이며, 둘째로는 세상살이에 한때 실수를 하더라도 받아 줄 수 있는 곡예사의 보호망이 필요하다는 사실이다. 그러나 후세의 독자들은 구텐베르크의 출세담을 들으면서 씁쓸히 웃을 것이다. 왜냐하면

BBC가 뽑은 '인류의 역사에서 가장 위대한 공헌을 한 첫 번째 인물'이라는 평가와 함께 인류 문화의 최고의 정화라는 평판을 듣고 있는 인쇄술이 고작 도박판의 골패에서 연유되었다는 사실과 그것이 부화되기까지에는 기만과 배신, 그리고 인정가화(人情佳話)가 두루 섞여 있기 때문이다.

　이런 얘기는 결코 남의 일이 아니다. 지금 여러분이 앉아 있는 책상 주변이나 목로주점의 주모의 손놀림, 그리고 돈벌이 못한다고 징징거리는 아내의 일그러진 얼굴… 그 어느 곳에서도 우리는 구텐베르크의 업적에 못지않은 아이디어를 찾아낼 수가 있다. 그러니 끊임없이 머리를 회전시키며 주위를 눈여겨보라. 0.5초만에 당신이 과장이나 부장이 될 수 있는 아이디어를 행운의 여신은 준비하고 있을 테니까.

(1985. 11.)

나폴레옹의 첫사랑

나는 스스로 아마추어 영화 평론가가 되겠다고 객기를 부릴 만큼 한때 영화를 좋아한 적이 있었다. 나는 『시네마 천국』을 보면서 나의 소년 시절을 회상했다. 내가 본 흘러간 명화 중에 『데지레』(Désirée)라는 것이 있었다. 나폴레옹의 연인에 관한 얘기를 할 때면 우리는 흔히 조세핀을 생각하지만 나폴레옹이 조세핀보다 먼저, 그리고 더욱 사랑했던 것은 조세핀이 아니라 데지레였다.

나폴레옹이 스물세 살의 어린 나이에 육군 소장이 되었을 때 많은 사람들이 그를 시기하였다. 혁명의 소용돌이가 극심하던 1794년에 그는 한때 정적의 모함에 빠져 직위가 해제되고 투옥되었다가 석방된 적이 있었다. 그때 나폴레옹은 형인 조세프의 집에 놀러갔다가 형의 처제인 데지레를 만나게 된다.

절세의 미모에다가 15만 프랑이라는 거금을 유산으로 가지고 있던 데지레에 대해서 나폴레옹은 처음으로 결혼이라는 것을 생각해 보게

되었다. 두 사람 사이에 오고간 편지를 볼 때 그들은 진실로 사랑하고 있었음을 알 수가 있다. 그러나 무슨 까닭이 있었던지 나폴레옹 측에서 마음이 변했다. 처음으로 한 남자를 사랑했던 데지레는 너무도 상심한 나머지 죽음을 생각하기에 이르렀다. 데지레의 마지막 편지를 받은 나폴레옹은 자신이 그녀에게 저지른 과오를 보상해야겠다고 생각했다. 나폴레옹은 자기에게 조금이라도 은혜나 온정을 베풀어준 사람에게 대해서는 잊지 않고 훗날 정중하게 보답했는데 나폴레옹의 이러한 마음가짐은 데지레에게도 마찬가지였다.

나폴레옹은 데지레의 상처를 아물게 해주기 위하여 장래가 촉망되는 청년 장교들을 그녀에게 소개해 주었지만 그녀는 번번이 거절했다. 그러던 데지레는 1798년에야 베르나도트(Bernadotte) 장군과 결혼했다. 베르나도트 장군은 나폴레옹에게 항상 적대 감정을 품고 있던 사람이었다. 그러나 나폴레옹은 그런 줄 번연히 알면서도 데지레를 위해서 항상 그의 남편을 보이지 않게 도와주곤 했다. 그리하여 훗날 베르나도트가 스웨덴의 왕위계승권자로 경합되었을 때도 나폴레옹은 그를 기꺼이 추천하고 힘써 주었다.

그러나 베르나도트가 스웨덴의 왕이 되었을 때 그는 영국과 공모하여 나폴레옹을 타도하는 데 앞장을 섰으며 나폴레옹은 제위에서 물러나 엘바 섬으로 유배되었다. 이때 데지레의 가슴 아픔이 어떠했을까를 남으로서는 헤아리기가 어려울 것이다. 그 후 100일 천하를 거쳐 나폴레옹이 다시 세인트 헬레나 섬에 귀양 갔을 때 마지막으로 그를 찾아간 사람은 바로 데지레였다.

그 후 세월이 흘러 나폴레옹이 죽고 그의 장조카인 루이 나폴레옹이 프랑스의 황제로 등극하게 된다. 물론 그때까지 데지레는 스웨덴의 황

후로서 행복하게 살고 있었다. 루이 나폴레옹 황제는 즉위와 더불어 숙부 나폴레옹의 후광을 업고 자기의 권위를 높이기 위하여 로스망 남작으로 하여금 파리 시가에 오스망 광장을 건립케 하여 나폴레옹 황제를 추모케 했다. 그런데 막상 그 일대의 민가를 헐어 버리려고 하니 그 한 모퉁이에는 지난날 자기의 숙부인 나폴레옹 황제가 데지레에게 사주었던 집 한 채가 있었다. 그 무렵 데지레가 파리에 살고 있지 않았다고는 하지만 아직도 스웨덴에 살고 있는 그의 아름다운 추억을 생각해서 그 집만은 헐지 말라고 했다. 그러다가 데지레가 83세라는 고령으로 1860년에 세상을 떠나자 루이 황제는 그제서야 데지레의 유택(遺宅)을 헐고 오스망 광장을 완성시켰다.

우리는 흔히 프랑스 국민을 가리켜 문화 민족이라 일컫는다. 그리고 프랑스 지성사며 프랑스 한림원(翰林院)이 갖는 오만하리만큼 드센 권위를 우리는 익히 들었다. 그것은 하루이틀에 이루어진 것이 아니며 몇 명의 노벨 문학상 수상자가 있었다거나 아니면 센 강을 끼고 흐르는 그 꼴난 낭만 때문은 결코 아니다. 프랑스가 문화의 성지처럼 선망(羨望)을 받고 있는 것은 지성이 핍박당하지 않는 꿋꿋한 풍토, 전통 문화에 대한 깊은 이해와 애정, 그리고 이러한 유산을 바탕으로 하는 대단한 긍지 때문인 것이다. 이것이야말로 진정한 국력이며 선진의 척도라고 할 수 있다.

그런데 우리의 현실은 어떠한가? 요즈음 아침저녁의 출퇴근 길에 거리의 도로 정비를 바라보노라면 하룻밤 사이에 알거지가 된 사람 많겠구나 하는 생각이 든다. 이미 100년 전에 대원군(大院君)이 닦아 놓은 종로며 을지로를 다시 정비한다는 것은 불가피한 일이라 치더라도, 며칠 전 포장한 듯한데 새삼 파헤치는 것을 보노라면 조령모개(朝令暮

改)란 고사를 실감하게 된다.

몇 해 전에는 세검정(洗劍亭)으로 넘어가는 칠궁(七宮)을 도시 계획이라는 이름으로 헐어 버렸고 어차피 돌아가게 된 금화 오버 패스를 만든답시고 독립문을 헐어 옮긴 적이 있다. 그런데 요즈음에는 지하철을 뚫는다는 이름으로 마구잡이로 파헤치더니 드디어 동대문 석축에 금이 가는 것을 버스 속에서도 알아볼 수 있게 되었다.

선진 조국! 참으로 좋은 말이다. 부존 자원이 부족하여 늘 가난에 찌들어 살아야 했고, 일제 35년 동안에 끊임없이 자행된 문화 말살 정책을 겪은 후로 이미 황폐화된 이 땅에 선진의 꿈이 이루어진다니 그 얼마나 기다렸던가! 우리는 어차피 그렇게 살아왔다고는 하지만 내 자식들의 대에서만이라도 문화 민족으로 살아갈 수만 있다면 우리는 지난날의 배고픔과 무지로 인한 설움을 잊을 수 있다.

그러나 우리는 뭔가 오해하고 있는 것 같다. 소득 수준의 향상이 곧 문화 수준의 향상이 아니며 소비가 미덕인 현실로 곧 우리의 풍요를 가늠할 수는 없다. 전통 문화는 폐허가 되어 가고 있고 문명은 말초적인 것으로 몰려가고 있다. 이럴 바에야 차라리 박꽃 피는 토담과 저녁 연기 모락모락 피어오르는 초가지붕 속의 풋풋한 인정의 시대가 오히려 그립지 않은가? 동양 최대의 빌딩 그늘에 묻혀 가는 선조들의 아련한 숨결을 살리자. 전통과 문명이란 공존하는 것이지 전통이 모조리 사라지고 문명만이 살아남은 예는 역사에 일찍이 없었다.

(1985. 1. 1.)

제2장 나폴레옹의 첫사랑　129

중동의 친구에게

K형!

열사(熱沙)의 태양은 유난히도 뜨겁다던데 그간 건강하고 하시는 일도 뜻대로 되는지 궁금하구려. 문득 지난날 고향집 원두막에서 참외를 깎으며 매미 소리를 듣던 일이 생각나는구려. 우리가 지금은 헤어져 있다 하더라도 형은 타국에서, 나는 고국에서 각기 맡은 바 직분을 통하여 우리와 우리 후손들에게 뭔가를 남겨 주기 위해 열심히 일하고 있다는 것이 감사하고 대견하게만 느껴집니다.

형은 김포공항을 떠나며 내게 말했지요. 돈을 벌어 오겠노라고. 그러나 이제 나이 들고 한 가장으로서 살아가노라니 우리에게 가장 소중했던 것은 형이 그토록 사무치게 생각했던 돈이 아니었다는 것을 서서히 느끼게 되는구려. 형은 내가 시간강사 시절에 춥고 배고프게 지내던 일이 생각나우? 강의실에 들어갈 때면 주린 배를 채우기 위해서 보리차를 몇 컵씩 들이마셨지. 그때 뱃속에서 출렁거리던 그 파도 소리

를 나는 지금도 잊을 수가 없다오.

언젠가의 겨울, 결혼기념일에는 이런 일이 있었다오. 나는 그날 야간 강의를 마치고 돌아오는데 주머니에는 50원짜리 동전 하나밖에 없었습니다. 나는 그 돈으로 귤 하나를 사서 그날 밤 이불 속에 들어가 아내에게 그것을 주었다우. 그랬더니 아내는 울먹이며 반쪽을 떼어 내 입에 집어넣어 줍디다. 입에 들어간 것까지는 생각이 나는데 그 다음은 어찌 되었는지 나도 잘 모르겠어요.

세월이 흘러 지금은 결혼기념일이 되면 제법 아내에게 비프 스테이크 하나에 싸구려 반지 하나쯤은 사줄 형편이 되었지요. 그러나 희한하게 그 옛날 귤 하나를 나눠 먹던 그 춥고 배고프던 때의 짜릿한 부부애를 다시는 맛볼 수가 없게 되었다오. 돈 벌면 반지도 하나 사 줘야지…, 돈 벌면 나도 아내에게 외식(外食)을 시켜줄 거야…, 그리고 또 뭣도 해야지…. 참으로 얼마나 기다리던 돈인데 막상 먹고 살 만하니까 그게 아닙디다.

K형!

결국은 돈이 인생의 전부는 아닙디다. 아무쪼록 형이 돈 때문에 그 사막의 모래벌판에서 땀 흘리는 사람이 되지 않기를 바라오. 우리에게, 특히 형에게 중요한 것은 그러한 고난을 통하여 또 다른 인생의 참뜻을 찾는 데 있다고 나는 믿습니다.

하루 중에 동 터 오기 전의 새벽이 가장 춥고 어두운 뜻을 형은 알겠수? 왜 태풍이 지나간 연후라야 창공은 더욱 푸르고 아름다울까요? 이 점이 바로 형과 내가 생각해야 할 문제라우. 우리는 흔히 군대 갔다 와야 사람 된다고 하지만 요즈음에는 그런 속담도 바뀌었다는구려. 중동 갔다 와야 사람 된다고.

K형!

부디 건강하슈. 구릿빛 얼굴에 우리 서로 만나는 날, 그때는 막소주 한 잔 앞에 놓고, 우리가 결코 돈만을 위해 산 사람이 아니라 삶 그 자체를 뜨겁게 사랑했다는 점을 얘기해 봅시다. 모쪼록 건강하시구려.

(1982.)

인생은 요행인가?

불과 물에는 원수가 없다지만 요즘같이 불난리·물난리가 많아서야 고마움 못지않게 두려움이 앞선다. 그뿐만 아니라 인간의 지혜가 아무리 발달했다고 하더라도, 대자연 앞에서는 참으로 무기력하여 해마다 겪는 일임에도 불구하고 매번 고통을 겪는다. 환경 오염으로 인한 생태계의 이상 때문인지 걸핏하면 30년 만의 가뭄이고, 쏟아졌다 하면 몇 십 년 만의 홍수이니 이제는 햇수를 따져 자연의 재난을 설명해도 실감이 나지 않는다.

금년 여름의 더위와 장마만 해도 그렇다. 우리가 지난날의 장마나 더위가 얼마나 심했던가를 잊었던 탓인지, 아니면 이제 좀 살기 좋아졌다고 호들갑을 떠는 것인지는 몰라도 금년 여름에는 유난히도 법석을 떨었다. 옛날 중국에서는 7년 대한(大旱)에도 빗방울이 떨어지지 않은 날이 없고, 9년 홍수에도 햇살이 비치치 않은 날이 없었다는데, 요즘의 기상 이변이야말로 참으로 조화속이다.

왜 우리는 해마다 이 난리를 겪어야 하나? 그것은 날씨 탓이 아니라 우리의 역사적 유산과 관련이 있다. 7세기에 삼국 통일을 이루고 만주 옛 고구려 땅을 잃은 후로 우리의 문화 유형은 대륙을 달리는 유목 문화에서 하천을 중심으로 하는 농경 문화로 탈바꿈하기 시작했다. 하천 문화권의 민족성을 살펴보면 대체로 하늘을 공경하기 때문에 하늘에 순응하는 자는 흥하고 거역하는 자는 망한다고 하는 일종의 숙명론에 사로잡히게 된다.

이러한 민족 기질은 결과적으로 평화를 사랑한다는 점에서는 긍정적일 수 있지만 달리 생각하면 자연에 도전하고 자연을 개척하려는 의지가 박약하다는 점에서 지탄을 받을 수도 있다. 인간이 자연과 더불어 그 안에서(man with nature) 사는 모습이 아름다운가 하면 때로는 자연에 도전하면서(man against nature) 살아가야 할 경우도 있기 때문이다.

옛날 중국의 하왕조(夏王朝)를 창건한 사람은 우(禹)임금이다. 비록 전설적인 인물이기는 하지만 그는 순(舜)임금을 모시었다고 하는데 특히 강을 다스리는 데에 남다른 능력을 가지고 있었고 그 공덕을 인정받아 순임금이 죽자 그 뒤를 이어 왕위에 올랐다. 그때나 지금이나 중국은 광활한 토지에서 농사를 짓고 살면서도 황하(黃河)의 범람으로 많은 어려움을 당해 왔다. 중국의 중앙에서 황톳물이 쏟아져 흘러 들어가는 황하는 백 년에 한 번쯤 맑아지기도 어려워서 황하가 한 번 맑아지면 성인이 출현한다고 믿기까지 했다. 황하는 비록 흐리다고는 하지만 일년 중 4월 초순이 그래도 가장 맑아서 이 날을 청명(淸明)이라고 부르기 시작했다.

우임금이 요·순을 모실 때와 스스로 제왕이 되었을 때 주로 하는

일이란 황하를 다스리는 일이었다. 그는 밤낮을 황하에서 살았고 처자를 돌볼 겨를도 없었다. 언제인가는 인부들을 데리고 황하로 나가던 길에 자기 집 앞을 지나게 되었다. 오랫동안 보지 못한 가족의 얼굴이 그립기도 했지만 백성을 위하는 일이 더 급하다고 생각한 그는 자기를 기다리는 가족들을 못 본 체 외면하고 지나갔다. 이렇게 우임금은 세 번이나 집 앞을 지나면서도 가족을 만나지 않았다.

우임금이 황하를 잘 다스린 것은 그의 능력이라기보다는 백성을 위하는 그의 진심이 그만큼 돈독했음을 의미한다. 그뿐만 아니라 자연은 그만큼 정직하며 인간에 대하여 끝없는 애정을 가졌음을 보여주는 것이기도 하다. 그러기에 토인비는 역사를 쓰면서 지구야말로 인류의 어머니라고 표현한 것이 아닌가 싶다. 자연이 이토록 자애로운 것임에도 불구하고 그것은 때때로 우리에게 재난을 안겨 준다. 그리고 재난을 당한 인간들은 그것을 운명이려니 받아들이는 경우도 있고 때로는 원망하는 경우도 있다.

그러나 곰곰이 생각해 보면 운명이란 자기 할 탓이요, 자기가 베푼 것의 업보가 아닌가 여겨질 때도 있다. 물론 고속도로를 운전할 때 나에게 실수가 없었음에도 불구하고 마주 오던 차량이 중앙선을 넘어 충돌함으로써 나에게 피해를 주었을 경우, 이것이 과연 내 탓이냐고 항변할 수도 있지만, 오늘날 제기되고 있는 방어 운전의 측면에서 본다면 그 피해자가 자신의 불행에 일말의 책임이 없다고는 말할 수 없는 것이다.

요행이니 행운이니 하는 것도 자기 할 탓이 아닌가 싶다. 세계적인 오페라 지휘자 토스카니니(A. Toscanini)는 본래 첼로 연주자였다. 그가 리우데자네이루의 한 악단에서 첼로 연주자로 일할 때, 서투른 지

휘자가 청중의 야유를 받고 퇴장했다. 낭패가 된 악단 측은 급한 김에 토스카니니에게 대리 지휘를 부탁했고 그의 지휘는 의외로 호평을 받아 약 18일 간이나 연장 공연하면서 그를 일약 유명한 지휘자로 만들었다.

이 경우 토스카니니는 요행을 잡았다고 말할 수 있을까? 아니다. 그가 만약 평소에 자기의 인생을 충실히 살지 않았더라면 그에게 기회가 왔더라도 위대해질 수가 없었다. 시력이 영에 가까운 장애를 이기기 위해 밤새워 악보를 암기한 노력이 없었더라면 리우데자네이루의 기회는 오히려 그에게 종말의 기회가 되었을 것이다.

그러므로 우주의 운행이나 인생살이에서 하나님의 섭리가 없는 것은 아니지만 인간의 행운이나 재앙이 운명적인 것은 아니다. 인간의 운명은 그가 사랑하며 베푼 것에 대한 하늘의 갚음일 뿐이다. 따라서 재앙도 내 탓이오, 행운도 내 탓이다. 마치 내년에 죽을 운수를 타고난 사람이 사랑하고 베풀며 살아온 덕분에, 내년이 되면 다시 그 내년에 죽을 운명으로 생명을 연장해 나가듯이….

(1990. 10.)

고기를 먹지 않는 아이

나에게는 아들이 하나 있다. 누군들 자식이 소중하지 않을까마는 대대로 자손이 귀했던 우리 집에서 나는 그 녀석에게 남다른 애정을 느낀다. 나는 그에게 무슨 자식 덕을 보자는 생각은 없고 다만 이 나라와 민족을 위해 큰 일을 해주길 바라는 뜻에서 이름을 '나라'라고 지어 주었다. 한글 이름이 보편화되지 않았던 옛날에 출생 신고를 하러 갔더니 한자 이름이 없다고 호적 서기가 투덜거렸지만 나는 내 자식들 3남매의 이름(신나리 · 신나라 · 신나래)에 대한 긍지를 가지고 있다.

그런데 나는 내 아들에 대하여 늘 가슴 아파하는 일이 한 가지 있다. 내가 소망했던 것처럼 나라를 위해 큰일을 하자면 우선 몸이 튼튼해야 하는데 이 녀석은 남들처럼 건강하지 못하다는 사실 때문이다. 그것도 선천적으로 허약한 것이 아니고 후천적으로 그렇게 되었기 때문에 자식을 잘못 키웠다는 죄책감이 늘 머리를 떠나지 않는다.

나의 어머니는 10년을 중풍으로 고생하시다가 세상을 떠나셨는데

고혈압에는 오리의 피가 좋다는 말을 듣고 집에서 오리를 잡은 적이 있었다. 세 살 때 그것을 본 아들은 "그 예쁜 오리를 왜 죽여. 나는 이제 고기를 먹지 않을 거야"라고 말했다고 한다. 그리고 그 후 지금까지 고기를 먹지 않는다.

1880년대의 어느 날 독일의 평화로운 마을 알사스에서는 여남은 살의 어린 사내아이들이 조잘대며 학교에서 돌아오고 있었다. 고운 잔디밭을 따라서 집으로 돌아오던 이 소년들은 장난기가 솟아올랐다. 그들은 가방을 벗어 놓고 씨름판을 벌였다. 맞붙은 소년은 키가 그리 크지 않으나 살이 포동포동한 미소년과 키만 멀쑥하니 컸지 어딘가 허약해 보이는 약골의 소년이었다. 이 두 소년의 씨름은 키다리의 패배로 끝났다.

주위에서는 환성을 울렸고, 키 작은 소년은 의기양양하게 답례를 했다. 그때 밑에 깔려 있던 소년이 비실비실 일어나면서, "알버트, 나도 너처럼 일주일에 두 번씩 고기를 먹었더라면 너를 이길 수 있었을 거야"라고 말했다. 그 작은 소년은 그 후 고기를 먹지 않았다. 가난하게 사는 친구에 대한 죄책감 때문이었다. 혹 고기 먹을 일이 있으면 어린 시절 그 가난한 동무를 생각했다. 이 소년은 그 후 아프리카로 들어가 헐벗고 질병에 고생하는 흑인들을 위해서 일생을 바쳤다. 그의 이름은 슈바이처(Albert Schweitzer)였다.

인류의 역사에는 한 가지 불변의 진리가 있다. 그것은 다름이 아니라, 한 시대를 지배한 민족이나 국가는 반드시 그 시대의 영양 상태가 좋은, 단백질 소비량이 가장 많은 민족이었다. 로마, 칭기즈칸의 몽골, 그리고 미국이 그렇다. 인간이 아무리 형이상학적인 존재라고는 하지만 훌륭한 음식 문화가 그 나라의 국력을 좌우한다. 그러므로 인간의 슬픔 중에서 배고픔보다 더 뼈저린 것은 없다.

그런데 한국의 현실은 어떤가? 있는 집 자손들은 군것질하여 비만이 되었고 이제는 오히려 살 빼느라고 60퍼센트가 영양실조에 걸려 있는가 하면, 다른 한편에서는 아직도 굶는 집이 있다. 이러고도 우리는 '아! 대한민국'의 노래를 편히 부를 수 있을까?

(1991. 6.)

 이민 가는 친구에게

일반적으로 사대를 논하면서 우리는 고려의 김부식(金富軾)을 그 전형적인 표본으로 삼고서 이 당시부터 우리의 생활 속에 강하게 응집된 것으로 풀이한다. 그러나 역사를 고찰하여 보면 사대의 문제는 그보다 훨씬 더 오래 전으로 거슬러 올라간다.

바꿔 말해서 사대의 문제는 이미 신라 진덕(眞德)여왕 당시에 사신인 김춘추(金春秋)가 일곱 차례에 걸쳐 당나라에 건너가 청병(請兵)했고, 그 자신이 무열왕으로 등극하여 당나라의 힘을 빌려 고구려와 백제를 멸망시킨 이후부터였다. 삼국 통일 이후 신라는 그 대가로 조공을 바치고 연호를 중국의 것으로 바꾸고, 왕위 계승에서도 중국의 간섭을 받음으로써 사대는 이미 시작된 것이었다.

신라의 왕실 및 조정에서 이와 같이 모화적인 사대 정책을 수행했다고 해서 신라의 조야(朝野)가 모두 당에 사대하였다는 것은 결코 아니다. 또 우리의 민족혼이 사라진 것도 아니다. 오히려 당시에는 자주적이고도 애국적인 무리들이 적지 않았다. 그러한 예로서『삼국사기』에 다음과 같은 얘기가 나오고 있다.

신라 문무왕 9년, 그러니까 서기 699년에 당나라에서는 욕심 많은 한 사신이 파견되었다. 이때는 이미 신라가 당나라의 힘을 빌려 고구려와 백제를 멸망시킨 후인지라 당나라 사신은 거만하고 방자하기 이를 데 없었다. 여러 달을 머무른 후 당나라 사신은 신라를 떠나면서 여러 가지 선물을 요구하던 중 신라 사람이 쓰는 활을 보고 욕심을 갖기 시작했다.

활을 시험해 보자 1천 보(약 300미터)를 날아가는 것을 보고서 그 사신은 단순히 활 몇 자루를 가져가는 것으로는 부족하다고 생각했다. 그는 아예 그 활을 만든 장인(匠人)을 만나 보자고 요구했다. 그 장인은 다름 아닌 아찬(阿湌) 벼슬을 하고 있는 구진천(仇珍川)이라는 인물이었다. 그를 만나 본 당나라 사신은 구진천을 자기 나라에 데려가겠노라고 고집했다. 당나라에 복속되다시피 한 신라 왕으로서는 그의 요구를 거절할 수 없었음은 물론이다.

당나라에 도착한 구진천은 황제의 마음을 몹시 즐겁게 해주었다. 황제는 즉시 재료를 주어 그로 하여금 활을 만들도록 했다. 그런데 웬일인지 그가 만든 활은 30보밖에 나가지를 않았다. 의아하게 생각한 당나라 황제가 그 이유를 묻자, 구진천은 재료가 나쁘기 때문이라 했다. 이에 황제는 즉시 사람을 신라에 보내어 활을 만드는 데 필요한 재료를 구해 오도록 했다. 그러나 새로 구해 온 재료로 만든 활도 60보밖엔 나가지를 않았다. 황제가 다시 그 이유를 묻자, 이번에는 재료를 배로 운반해 오는 동안 습기가 찼기 때문이라고 대답했다.

그제서야 영악한 당나라 황제는 구진천이 고의적으로 활을 만드는

비법을 보이지 않고 있음을 알았다. 그리하여 황제는 구진천에게 "만약 그대가 제대로 활을 만들지 않으면 무거운 형벌을 내리겠다"고 협박했다. 그러나 구진천은 활 만드는 비법을 끝내 전하지 않고 그들의 칼 아래 이슬이 되고 말았다.

국가의 기밀이란 이토록 중요한 것이며, 자기 나라를 사랑한다는 것 또한 이토록 뜨거운 것이다. 그런데 이와 같은 역사적 사실을 현대 상황에 비추어 보면 어떠한 결과가 나타날까? 이를테면 오늘날 한국 사회에서 어떤 사람이 진보적인 과학 기술을 발명하여 세계적인 명성을 얻은 다음 미국이나 그 밖의 다른 나라로부터 초청을 받았다고 하자. 그럴 경우에 그는 어떻게 처신할 것인가? 이에 대해 우리는 두 가지의 경우를 상정할 수 있다.

하나는 자신의 훌륭한 지식은 조국을 위해 활용되어야 한다고 믿어, 나라를 떠날 수 없다고 말하는 경우이다. 이러한 경우에 비록 조국에서 자신의 지식이 활용할 여지가 없다고 하더라도 한국이라는 나라가 너무 좋아 외국행을 마다했다면 그는 어떤 면에서는 고루하다는 비난을 면할 수 없을 것이다. 그렇더라도 그 사람의 뜻만은 가상한 일이 아닐 수 없다.

다른 하나는 위와 달리 선뜻 외국의 초청을 수락하고 조국을 훌쩍 떠나 버리는 경우이다. 이럴 경우에 그의 지식이 우리에게도 진실로 필요한 것임에도 불구하고 그가 떠난다면 우리는 그를 야속하다고 생각할 수밖에 없다. 물론 그는 조국보다 일신의 영달을 생각했을 것이고, 좁은 바닥보다 더 큰 물을 생각했을 것이므로 그의 심중에 사대 의식이 자리 잡고 있지 않았으리라고 그 누구도 장담할 수 없을 것이다.

우리는 위와 같이 특수한 능력을 지닌 사람들이 자신의 영달을 위하

거나 바닥이 너무 좁다고 생각하며 용도가 없는 것으로 여기고 떠나는 것까지는 용서할 수 있다. 그러나 문제는 그들의 처사가 거기에서 그치지 않고 자기를 낳아 주고 길러 준 조국에 누(累)가 되는 경우라면 우리는 그들의 사대를 비애국적이라고 지탄할 수밖에 없을 것이다.

그런데 우리를 슬프게 하는 것은 그들이 단순히 조국을 떠났다는 데에 있는 것이 아니라 그들이 언제인가부터 그 대국의 품에 안주하면서 조국에 침을 뱉기 시작했다는 사실이다. 이 땅이 유토피아라면 그들이 떠날 리 없었겠지만, 설령 그들이 섭섭한 마음으로 조국을 떠나갔다고 하더라도 그들이 조국을 지탄할 수는 없을 것이다. 왜냐하면 그런 사람들일수록 잘못된 조국의 현실에 대하여 상당한 책임을 져야 할 입장에 놓여 있는 사람들이기 때문이다.

김춘추가 사라진 지 13세기가 흘렀고 김부식이 사라진 지 9세기가 흘렀지만, 우리에게는 사대 의식이 사라지기는커녕 묘한 표피를 쓰고 그대로 엄존해 있음을 본다. 그것은 대국선망주의(大國羨望主義)라는 것으로 나타나고 있다. 대국주의가 민중의 행복과 정비례하는 것은 결코 아닐진대, 우리 자신의 자존(自尊)과 후대의 유산을 위해서라도 이제 우리는 애정을 가지고 자신의 모습을 돌아보아야 할 것이다. 오늘도 떠나가는 이민선을 바라보며, 문득 13세기 전의 한 궁수(弓手)의 죽음을 생각해 본다.

(1982. 8.)

# 한국의 펠레를 기다리며

요즘 온 나라가 떠들썩한 월드컵 축구 기사를 듣고 보면서 나는 가끔 축구에 대한 '회상 여행'을 떠나곤 한다. 1977년의 일이었다. 그해에 미국에서는 축구 황제 펠레의 은퇴 경기가 있었다. 그가 조국에서 몸담고 있던 산토스 팀과 미국의 코스모스 팀 사이의 경기였다. 개막식에서 단 위에 올라간 펠레는 축구에 대한 얘기는 하지 않고 운동 선수답지 않게 "우리 모두 사랑하며 살자"고 호소했다.

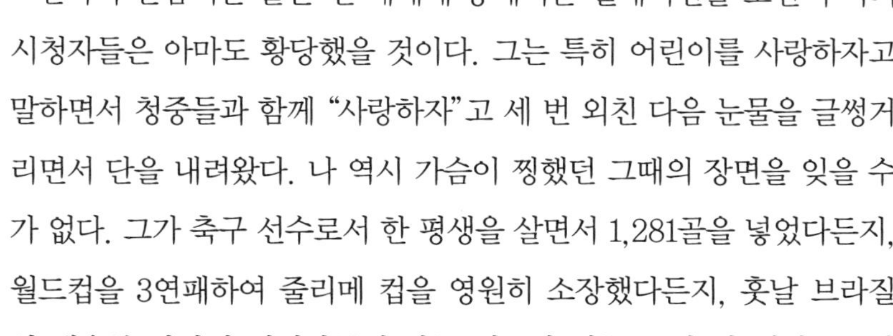현지의 관람객은 물론 전 세계에 중계되는 텔레비전을 보던 수억의 시청자들은 아마도 황당했을 것이다. 그는 특히 어린이를 사랑하자고 말하면서 청중들과 함께 "사랑하자"고 세 번 외친 다음 눈물을 글썽거리면서 단을 내려왔다. 나 역시 가슴이 찡했던 그때의 장면을 잊을 수가 없다. 그가 축구 선수로서 한 평생을 살면서 1,281골을 넣었다든지, 월드컵을 3연패하여 줄리메 컵을 영원히 소장했다든지, 훗날 브라질의 체육부 장관이 되었다든지 하는 것보다 나는 그가 한 인간으로서

144

아름답고 따뜻한 가슴을 가진 인물이라는 점에 더 많은 매력을 느낀다.

미국의 사회학자 켈러(Suzane Keller)의 주장에 따르면, 이 사회를 움직이는 선도적 엘리트로서 여섯 부류가 있는데 그 중에는 운동 선수가 포함되어 있다. 이 말이 한국인에게는 그리 익숙하게 들리지 않을 것이다. 구한말에 이 땅에 부임했던 미국 공사 알렌(Horace N. Allen)이 땀을 뻘뻘 흘리며 테니스를 치는 모습을 보면서 고종이 "그렇게 힘드는 일이라면 하인이나 시킬 일이지 왜 그렇게 몸소 고생을 하느냐?"고 위로했을 때부터 우리의 인식 속에 자리 잡고 있는 운동 선수의 이미지는 그리 고급스러운 것이 아니었다.

그러나 암울했던 시절에 진정으로 우리에게 희망과 기쁨을 준 사람은 운동 선수밖에 없었다. 운동 선수란 생각 없이 육신만이 뛰어 다니는 놀이꾼이 아니라 거기에는 조국이 있고 철학이 있고 따뜻한 피가 흐르는 심장이 있다. 에티오피아의 아베베며, 체코슬로바키아의 자토펙이며, 핀란드의 누르미며, 터키의 슐레마뇨르가 각기 자기의 조국에서 영웅의 대접을 받는 것을 보면서, 우리에게는 왜 체육을 통한 영웅이 없는가를 나는 아쉬워하곤 했다.

사실 우리의 과거를 돌아보면 그러한 우상이 없었던 것은 아니었다. 일제시대에는 손기정이 있었고, 어둡던 군사 정부 시절에 우리는 김일이며 홍수환을 바라보며 시름을 달랬다. 우리가 그들에게 얼마나 환호했던가는 권투나 레슬링을 치르고 나면 그 이튿날에는 반드시 심장마비 사망 기사를 읽을 수 있던 것으로 알 수 있다.

이 나라의 현대사를 공부하는 사람으로서 나는 가끔 국운(國運)이라는 것이 있는 것은 아닐까? 하는 생각이 들 때가 많다. 1960년대는 월

남 전쟁이 일어나 특수(特需) 경기를 누림으로써 경제 도약의 발판을 마련할 수 있었고, 그것이 끝날 만하니까 곧이어 1970년대에는 중동 경기가 우리에게 힘을 실어주었고, 1980년대에는 88 올림픽의 성공적인 개최로 국운이 상승했다. 그리고 다시 무능한 통치자를 만나 신산(辛酸)한 아픔을 겪었다.

그런데 하늘이 이 나라를 버리지 않으시는지 우리에게는 다시 월드컵 경기의 국운 상승의 기회가 찾아왔다. 들떠 안달할 일이 아니라 긴 안목으로 역사 속의 지금을 고민해 볼 때이다. 여기에서 우리의 명운(命運)이 갈라질 수도 있다. 이것은 홍명보나 황선홍만이 고민할 일이 아니라 승부 이전에 우리 국민 모두가 기도하는 마음으로 역사의 순간을 직시해야 한다.

정치인들 하는 꼬락서니를 보면 당장 이민이라도 떠나고 싶은 심정이지만, 어쩌랴 이것도 운명인 것을…. 그런 즉 우리는 각자의 위치에서 무엇이 우리의 자손들에게 값진 유산을 물려줄 수 있는가를 생각해 보자. 그리하여 우리의 자식들로 하여금 21세기의 벽두를 살다간 한국인들은 참으로 조국을 사랑했노라고 기억하게 만들자. 펠레처럼….

(2002. 11.)

맑스의 연인

영국의 낭만파 시인인 바이런이 시집(詩集)을 발표한 지 하루 만에 그것이 매진되어 독서계를 놀라게 했다. 바이런은 이 소식을 듣고 "하룻밤 자고 나니 갑자기 유명해졌다"고 자평(自評)했다고 한다. 내가 번역한 『칼 맑스: 그의 생애, 그의 시대』가 출판된 지 하루 만에 매진되었다는 신문 보도를 보면서, 비교가 좀 송구스럽기는 하지만 나는 문득 바이런을 생각했다.

책 이름이 맑스의 평전(評傳)이기는 하지만 이 책은 사실상 19세기의 유럽 지성사(知性史)라고 볼 수 있다. 이 난해한 책이 이렇게 독서계의 화제가 된 것은 어찌 보면 희한한 일일지도 모르지만, 그러나 그 이면에는 그럴 만한 이유가 충분히 있었다. 우선은 이 책이 40년 간 금서(禁書)로 되어 있었던 좌파 서적이었다는 데에도 그 이유가 있다.

게다가 맑스에 관하여 입만 뻥긋해도 우선 용공(容共)을 생각하리만큼 알레르기 반응이 심했던 당국이 이를 시판하게 한 그 조처 자체도

충격적인 일이 아닐 수 없다. 당국은 이 책의 출판을 통하여 이제까지 내면에 깊숙이 깔려 있던 지적(知的) 패배주의를 극복했다는 점에 큰 의미가 있다.

인구비로 볼 때 한국전쟁을 겪지 않은 세대가 전체 인구의 절반을 상회하는 현시점에서 한국전쟁의 경험담을 통한 반공 교육이 더 이상 호소력이 없다는 것은 이미 일선 교직자들의 공통된 고백이다. 따라서 이제는 그들의 지적 호기심과 이로 인한 일탈(逸脫)을 막기 위해서라도 이와 같은 서적이 출판된다는 것은 때늦은 느낌이 있으나 여간 다행한 일이 아닐 수 없다.

그렇다고 해서 이 글을 쓰면서 나는 맑스의 사상이나 생애 전반을 살펴볼 계제도 아니고 또 그럴 뜻도 없다. 다만 맑스가 한평생을 사는 동안 그가 몸담았던 가정의 얘기며 특히 그의 아내와 자식들의 얘기와 함께 후학(後學)들이 정리한 그의 사상을 간략하게 소개함으로써 독자들의 기대에 다소나마 부응하는 것이 더 바람직한 일이 아닐까 생각된다.

맑스의 생애를 읽으면서 남들은 어느 대목에서 가장 강렬한 인상을 받았을는지 모르지만 적어도 나에게는 그와 그의 장인(丈人)의 만남이라고 하는 장면이었다. 맑스의 아버지는 변호사였고 그의 어머니 헨리타(Henlieta)는 높은 교육을 받지도 않은 그저 순박하고 독실한 유대교 신자였다.

세상 사람들은 나면서 부모로부터 가장 심각한 영향을 받는다. 그러나 맑스는 그의 장인으로부터 가장 큰 영향을 받았다는 점에서 매우 특이하다. 맑스가 여남은 살 때 그의 이웃에는 프러시아의 고위 관리인 베스트팔렌(F. von Westphalen)이라는 인물이 살고 있었다. 이 사람은 관리라기보다는 차라리 학자에 가까운 당대의 지성(知性)이었다. 그는 관리답지 않게 괴테와 실러의 문학에 심취했고 단테와 셰익스피어, 그리고 호머 시구를 읊조리는 인물이었다. 이러한 성향을 갖춘 베스트팔렌에게 이제 열 살 넘은 맑스는 매우 영특하고 장래가 촉망되는 소년으로 보였다.

맑스의 재질에 감복한 이 학자 관리는 시간이 날 때면 어린 맑스의 손목을 잡고 인근 숲속을 거닐면서 그에게 아에스킬로스나 세르반테스 또는 셰익스피어와 같은 작가들의 길다란 명작을 들려주었고 맑스는 그 영롱한 눈망울을 굴리며 베스트팔렌의 말에 귀를 기울였다. 이와 같은 계기를 통하여 아주 어린 나이에 성숙해 버린 맑스는 새로운 전기 문학의 열렬한 애독자가 되었으며, 이 감수성이 민감한 기간 동안에 그가 얻은 이러한 취향은 죽을 때까지 변하지 않았다.

맑스는 성년이 되어서도 그의 인생에서 가장 행복했던 기간이었다고 생각되는 베스트팔렌과 만났던 그들의 오후를 회상하기를 좋아했다. 그는 특히 동정과 고무를 필요로 할 당시에 훨씬 연로한 한 선배로부터 그와 동등한 대우를 받았다. 하나의 의미 없는 제스처만으로도 영원히 지워지지 않는 평생의 흔적을 남겨놓을 그러한 시기에 그는 보기 어려우리만큼 정중한 대접을 받았다. 맑스는 그의 박사 학위 논문 머리말에 감사와 존경 속에 베스트팔렌에 대한 짙은 애정의 헌사(獻辭)를 싣고 있다.

맑스는 마음의 스승인 베스트팔렌의 집을 드나드는 동안 그의 딸인 예니를 사랑하게 되었고 19살의 철부지 나이에 그에게 청혼하였다. 일반적으로 사위는 남이라고 하지만 달리 생각하면 장인도 부모라는 생각이 들며 가훈을 이어받는 데에서는 생부에 못지않게 커다란 영향을

받는다. 만약 맑스가 베스트팔렌의 사위가 되지 못했고 모택동(毛澤東)이 양창제(楊昌濟)의 사위가 되지 못했더라면 그들의 인생 행로는 바뀌었을는지도 모른다.

그러나 여기서 한 가지 분명한 사실은 미천한 가문에서 태어난 야망찬 사나이라면 자기 생가(生家)의 부족한 점을 자기의 처가로부터라도 충분히 이어받을 수 있는 가능성이 있다고 하는 사실이다. 맑스가 스승의 딸에게 청혼했을 때 양가의 사회적인 격차로 인하여 주변 사람들은 커다란 놀라움을 금할 수 없었다. 놀라움은 곧 반대로 변하였다. 오히려 맑스의 아버지 쪽에서 반대는 심했다. 베스트팔렌도 내심으로는 맑스를 재주 있는 한 이웃의 청년으로 생각했을 뿐 사윗감으로 생각하지는 않았다.

24살이 되던 해에 맑스와 예니는 주위의 반대를 무릅쓰고 비밀리에 약혼을 했으며 이듬해인 1848년 4월에 두 사람은 결혼식을 올렸다. 가족들이 적극적으로 반대를 하면 할수록 오히려 진실하고 매우 낭만적이었던 예니는 남편을 더욱더 열렬하고 성실하게 내조하였다. 그래서 남편에 의한 새로운 세계가 그녀에게 펼쳐지자 그녀의 생활은 완전하게 변하게 되었다.

예니는 남편의 생활과 작업을 위해 자신의 모든 생활을 바쳤다. 그녀는 남편을 사랑하고 존경하고 신뢰하였으며 그녀의 사고 방식이나 감정은 완전히 남편에 의해 좌우되었다. 맑스는 위기와 절망이 닥칠 때마다 조금도 주저하지 않고 아내에게 의지하였고 그의 전 생애를 통해서 아내의 아름다움과 혈통과 지성을 항상 사랑하였다.

파리에서 그들을 잘 알고 지냈던 시인 하이네(H. Heine)는 그녀의 매력과 재치에 대하여 아낌없는 찬사를 보냈다. 몇 년 후 그들이 가난

하게 되었을 때도 그녀는 가족들의 생활에 조금도 지장을 주지 않으려고 상당히 활동적인 역할을 하여 남편으로 하여금 계속하여 작업에 열중할 수 있도록 해주었다.

맑스의 생애에서 흥미롭고도 놀라운 것은 그에게도 속인의 실수가 있었다는 점이다. 그의 아내 예니는 반대하는 결혼 때문에 부모와 의절하다시피 했지만 막상 그의 친정 어머니가 별세했을 때 그에게도 자식의 한과 아픔이 있었다. 그래서 그는 오랜만에 영국을 떠나 독일의 친정집엘 갔다. 그가 집을 비운 사이에 맑스는 일을 저질렀다. 그에게는 돈을 떠나 원고 정리 등으로 평생 동안 헌신한 렌첸 데무스라고 하는 하녀가 있었는데 아내가 친정으로 간 사이에 두 사람이 사고를 친 것이다. 결국 렌첸은 임신을 해서 아기를 낳았다. 그리고 그는 그 아이에게 자신의 성을 붙여주고 평생 동안 그 아버지의 이름을 밝히지 않았다.

그러나 여자의 육감이라는 것이 있는데 예니가 그것을 왜 몰랐겠는가? 엥겔스(F. Engels)도 알았다. 예니는 그것을 가지고 남편을 닦달하지 않았다. 그는 이만한 일로(?) 자기 남편의 『자본론』 집필이 방해받는 것을 두려워했다. 그리고 그것은 우연한 사고요 거듭되지 않기만을 바랐다. 렌첸도 그가 사랑하고 존경했던 맑스의 아들을 낳았다는 것에 만족했고 이것이 화근이 되어 맑스의 집필이 방해받는 것을 바라지 않았다.

이 사실은 네 사람 중 가장 오래 살았던 엥겔스가 그 사생아인 프레데릭 데무스에게도 유산을 남김으로써 세상 사람들이 어렴풋이 알았다가 그의 유언장이 1970년대에 공개됨으로써 세상에 알려지게 되었다. 여성들은 이 대목을 어떻게 생각할까?

맑스는 일생을 통하여 취직이라는 것을 해본 적이 없었다. 젊었을 적에는 글을 쓰네, 노동 운동을 합네 하느라고 취직을 하지 못했고 자녀들이 성장하여 생계가 막연하였을 때에는 막상 취직을 하려고 해도 그의 유명세 때문에 취직을 할 수가 없었다. 그의 평생의 동지였던 엥겔스가 보내주는 생활비와 간헐적으로 들어오는 원고료만이 그의 수입의 전부였다. 한 가장(家長)으로서는 이토록 무능했던 맑스를 예니는 아무런 불평도 하지 않고 내조했다. 지난날 소녀 시절의 유복했던 추억도 모두 잊어버린 채 어린 자녀들의 생계와 남편의 뒷바라지에 묵묵히 일생을 바친 여인이 바로 예니였다.

그러던 아내가 오랜 투병 끝에 1881년에 죽었다. 그때 맑스의 나이는 예순세 살이었다. 그의 슬픔은 지극한 것이었다. 엥겔스가 후에 맑스가 가장 총애했던 딸인 엘리너에게 "너의 엄마의 죽음이 너의 아빠를 죽게 했단다"라고 말한 것으로 보아도, 맑스가 아내의 죽음을 얼마나 애통해 했던가를 알 수가 있다. 아내가 죽은 후 맑스는 급격히 쇠약해 갔다. 그것은 육신의 쇠약이 아니라 마음의 쇠약이었다. 노동 운동을 하며 『자본론』을 집필하고 그토록 무섭게 독서를 하던 그의 정력과 정열도 모두 덧없는 것이 되고 말았다.

맑스는 아내의 죽음에서 오는 슬픔을 더 이상 참을 수 없었던지 아내가 죽은 뒤 2년을 더 살다가 1883년 3월 14일 그의 서재에서 팔걸이의자에 걸터앉아 잠든 채로 세상을 떠났다. 그는 하이게이트의 공동묘지에 있는 그의 아내 곁에 묻혔다. 조객들도 별로 없었으며 그의 가족들과 몇 명의 개인적인 친구들, 그리고 각국 노동자 대표들이 고작이었다. 엥겔스의 애달픈 조사(弔辭)가 울려 퍼지는 가운데 그는 흙에서 태어나 흙으로 돌아갔다.

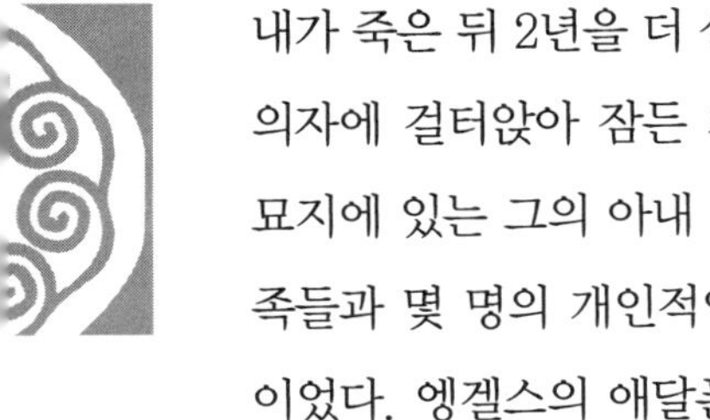

이 세상 어느 부모인들 자식에 대한 애끓는 사랑이 없을까마는 가지 많은 나무 바람 잘 날이 없다는 말이 있듯이 일곱 자녀를 거느린 맑스에게는 그들을 뒷바라지한다는 것이 몹시 어려운 일이었다. 맑스가 자녀를 키우면서 가장 괴로웠던 일은 당대의 명사(名士)답지 않게 생활고에 시달리고 있었다는 사실이었다. 맑스와 그의 가족들이 20여 년 동안 살아왔던 비참한 빈곤과 이러한 가난이 몰고 온 말할 수 없는 수치감은 여기저기에서 발견된다.

그의 가족들은 움막 같은 집이나마 이리저리 옮겨 다녀야만 했고 첼시 지역에서 레이체스터 광장으로 그리고 나중에는 병마에 찌든 소호의 빈민가에서 전전긍긍해야만 했다. 때로는 구멍가게 주인에게까지 지불할 돈이 없었으며, 엥겔스로부터 구흘금이 도착하여 그들의 어려운 상황을 완화시킬 때까지 문자 그대로 아사(餓死) 지경에 이르렀다.

어떤 때에는 모든 가족의 옷이 남루하게 해진 적도 있었다. 맑스의 가족들은 오직 빚 독촉하러 오는 채무자들의 성가심을 감수하면서 굶은 채 어둠 속에서 몇 시간이고 앉아 있어야만 했다. 빚쟁이들은 때때로 맑스의 집 문 입구에 있는 계단에 앉아 변함없는 어조로 "맑스 씨는 집에 없어요"라고 자동적으로 뇌까리는 어린이들을 만나곤 했다.

이 당시 프러시아가 맑스에게 밀파한 스파이의 보고서에 의하면 맑스는 런던에서도 가장 조건이 나쁜 싸구려 하숙 동네에 살고 있었다. 그가 가진 방 두 개에는 단 하나의 깨끗하거나 고급스러운 가구도 없었다. 모든 것들은 부서지고 해졌으며 닳아빠졌다. 손님들이 앉을 수 있는 의자들 위에서는 아이들이 소꿉놀이를 하고 있었는데 그 중에는 다리가 세 개밖에 없는 것도 있었다.

손님들은 아이들의 소꿉장난을 방해하지 않으며 자리에 앉아야 했

고, 그나마 바지가 찢어지지 않도록 조심해야만 했다. 이 고독한 천재
는 옷이 해져 밖에 나갈 수 없기 때문에 집에 누워 있어야만 했고, 이
러한 일들은 유쾌하고 감상적인 희극의 주제처럼 보였다.

이 무렵 맑스의 일곱 자녀 중 아들 귀도와 에드가 그리고 딸 프란체
스카가 생활 환경 탓으로 맑스의 눈앞에서 죽어 갔다. 그들의 죽음은
거의가 생활의 불결과 영양 실조 때문이었다. 프란체스카가 죽었을 때
에는 관을 살 돈조차 없어 프랑스의 한 관대한 피난민의 도움을 받아
야만 했다.

맑스가 인류사에서 하나의 비범한 인물로 기록될 수 있었던 것은 이
와 같은 아픔을 더 높은 가치로 승화시킬 수 있었다는 사실에 있다. 자
신의 눈앞에서 굶어 죽어 가는 그 처참한 상황 속에서도 붓을 꺾지 않
았다면 우리는 그의 사상의 옳고 그름을 떠나서 한번쯤은 그의 말에
귀를 기울여 보아야 할 것이 아닌가 하는 생각이 든다.

그의 부인도 자주 병에 걸렸으며 자녀들은 죽을 때까지 그들과 함께
살았던 하녀 데무스가 돌보아야 했다. 1856년에 그의 사랑하는 아들
에드가가 여섯 살의 나이로 죽었을 때 맑스는 한 친구에게 다음과 같
은 편지를 썼다.

나는 모든 종류의 불행으로 고통을 받아왔으나 바로 지금에야 진
정한 불행이 무엇인지를 알았습니다. 제가 최근에 겪었던 모든 고통
중에서도 당신에 대한 생각, 당신이 보여준 우정, 그리고 아직도 이
세상에서 우리가 해야 할 일들이 있을는지도 모른다는 희망이 저를
이만큼이나마 버티게 하고 있습니다. 내 아이들의 죽음은 언제까지
나 그 손실의 슬픔을 죽은 첫날만큼이나 비통하게 느끼게 할 정도로

큰 영향을 미친 것이었습니다.

이러한 슬픔 중에서도 그는 결코 책과 붓을 놓지 않고 독서와 저술에 몰두하였다. 일요일이면 아이들과 함께 헴프스테드 헤드로 소풍을 가는 것만이 그의 유일한 즐거움이었다. 밤이 되어 집으로 돌아가는 길이면 그는 종종 애국적인 독일 노래나 영국의 민요를 부르곤 했다. 맑스가 이토록 즐거워하는 때는 그리 흔치 않았다. 하지만 이와 같은 소풍은 잠을 이룰 수 없는 망명의 밤을 근본적으로 변화시켜 주지는 못했다.

그러나 한 가지 분명한 사실이 있다. 만약 맑스가 겪은 그 숱한 한들이 그의 붓끝을 흐리게 했다거나 그의 필치를 그릇되게 하였다면 그의 한은 비뚤어진 것이라는 사실이다. 그에게 굶주림과 초기 자본주의 사회에서 영국의 이웃들이 겪은 그 아픔의 여한이 없었더라면 과연 그의 무산자 독재 이론이 존재할 수 있었을까 하는 의문이 든다. 이런 점에서 볼 때 한 인간의 사상은 궁극적으로 그의 생활사의 범위를 크게 벗어날 수는 없는 것이다. 응어리진 인생 — 그것은 반드시 그 값을 하고야 마는 것인가 보다.

(1982. 4.)

# 낙관과 비관의 차이

김 형!

요즈음에는 주변 사람들을 만날 때마다 살기가 어렵다는 말을 자주 듣습니다. 하기야 택시 기본료와 담뱃값만 알 뿐, 내 봉급이 얼마인지도 모르는 나 같은 서생의 피부에까지도 생활고가 따갑게 와서 닿는 것을 보면 요즘 세상이 분명 살기가 어려운 것임에는 틀림이 없는가 봅디다.

그렇다면 이러한 세상을 살아가면서 우리는 고개를 내려뜨리고만 있을 것인가, 아니면 어깨를 펴고 아랫배에 힘을 주고 심호흡을 하면서 다시 한 번 도전해 볼 것인가를 생각해 보지 않을 수 없게 되었군요. 하기 쉬운 말로 용기를 잃지 말자고 다짐도 하겠지만, 그게 말뿐이지 쉬운 일이야 하겠습니까마는 그래도 우리는 다시 한 번 자세를 가다듬고 이 어둠을 헤쳐 나가야 되지 않을까 하는 생각이 드는군요. 버나드 쇼(B. Show)가 이런 말을 한 기억이 납니다.

여기 반 병의 포도주가 있다고 합시다. 그 포도주는 프랑스 산의 고급 포도주입니다. 이 포도주를 먹고자 하는 사람이 두 사람 있었는데 그 반 병의 포도주를 놓고 이 두 사람이 보는 견해는 각기 달랐습니다. 한 사람은,

"야! 이 값진 포도주가 반 병이나 남아 있으니 얼마나 다행한 일인가!"

라고 기뻐했고 다른 한 사람은,

"아! 이 포도주가 반 병뿐이라니!"

하며 개탄했습니다. 우리는 전자를 가리켜 낙관론자라고 하고 후자를 가리켜 비관론자라고 부릅니다.

김 형!

김 형 같으면 어떻게 자신의 기분을 표현했겠수? 엄연한 현실은 포도주가 반 병이 있다는 사실이지 그에 대해서 야! 하며 기뻐한다거나 아! 하며 탄식하는 것 자체에는 현실적으로 아무런 차이가 없는 것이지요. 왜냐하면 기뻐한다고 해서 있던 반 병짜리가 온 병으로 바뀌는 것도 아니기 때문이지요.

이러한 비유는 우리 주변에서 얼마든지 찾아볼 수가 있습니다. 꽃피는 봄이 되어 산이 붉게 물든 모습을 보면서 두 사람이 시를 지었는데 한 사람은 "꽃이 피니 만산이 붉다"(開花滿山紅)라 했고 다른 한 사람은 "꽃이 지니 만산이 붉다"(落花滿山紅)라고 했답니다. 또 이런 얘기도 있지요. 여기 양말 한 짝이 있는데 형은 양말 한 짝이 없어졌다고 말했고 아우는 양말 한 짝이 남았다고 말했습니다.

결국 현실적으로는 아무런 차이가 없음에도 불구하고 보는 시각에

따라서 그 사물이 안고 있는 성격의 차이는 엄청난 방향으로 엇갈리고 마는 것이지요. 오늘날 우리가 처해 있는 입장이라든지 우리가 현실을 바라보는 자세도 바로 이와 꼭 같은 것이 아닌지요.

김 형!

우리 백 번을 양보해서 지금의 현실이 기사회생하기 어려운 지경에까지 왔다고 합시다. 그러나 그렇다고 해서 우리가 마치 신의 저주를 받은 것이나 되는 것처럼 낙심할 필요는 없을 것 같소. 김 형에게 일말의 야망이라도 있다면 이 어려운 시대에 태어나 웅지를 펴볼 수 있도록 된 것이 오히려 더 큰 축복이 되는 것이라고 나는 생각하고 싶소. 이런 말씀을 드리다 보니 문득 생각나는 성경 구절이 있군요.

"주께서 네게 고난을 주심은 너를 지극히 사랑하시기 때문이라."(히브리서 12:6)

윤동주(尹東柱)의 시구처럼 "죽는 날까지 하늘을 우러러 한 점 부끄러움이 없다"면 아무리 세파가 거세게 우리 앞에 몰아친다 해도 뭐 그리 겁나고 두려워할 일이 있겠수? 우리 좀 더 꿋꿋하게 버텨 봅시다. 풍상을 겪은 연후에야 청송의 푸르름을 알고 폭풍이 지나간 연후에야 창공은 더욱 드높고 푸르듯이, 우리가 지금 겪고 있는 이 춥고 어두운 시간이 지나면 우리에게도 필연 약속된 행복이 있지 않겠수?

아무쪼록 바라건대 김 형께서는 이 어려운 시대에 불운에 불굴하고 행운에 긴장하는 인물이 되어 주기를 바라오. 그리하여 먼 훗날 우리의 자식들에게 우리는 1980년대를 어떻게 이겼노라고 부끄럼 없이 말할 수 있도록 지금의 이 한 순간을 뜨겁게 사랑하며 살아갑시다. 김 형은 산업 전선에서, 그리고 나는 강단에서….

(1982. 2.)

피를 부른 난정서(蘭亭叙)

없이 살던 사람이 먹고 살 만하면 그 번 돈을 어디에 쓸 줄을 몰라 턱없는 짓을 하는 것을 우리는 흔히 보게 된다. 국문 백과사전도 일년 내내 펴볼 일 없는 집의 응접실에 『대영백과사전』이 볼품으로 꽂혀 있고, 사기꾼의 말만 믿고 거금을 들여 산 가짜 추사(秋史) 서화며 골동품을 보노라면 요즈음 문화재가 임자 잘못 만나 참으로 고생하는구나 하는 생각이 들어 고소(苦笑)를 금할 길이 없다.

더구나 꼴사나운 것은 소위 문화재 전문가라는 사람들이 어느 무덤이나 유적지를 파헤치고 금빛만 돌면 으레 국보급이니, 귀중한 문화재니, 아니면 심할 경우에는 한국 역사를 다시 써야 한다느니 할 때에는 참으로 오늘의 언어가 혹사당하는 느낌을 금할 수가 없다. 그러나 문화재의 진정한 의미는 그런 것이 아니며, 이 도령의 말처럼 물각유주(物各有主)라, 세상 물건에는 각기 주인이 있는 법인데, 그게 잘못되면 가진 사람도 안 된 일이며 그 문화재의 운명도 불행한 것이라 하지 않

을 수 없다.

문화재를 소장한 나라로서는 중국만한 국가가 없다. 대만의 고궁박물관에 소장된 수장품은 그 값이 중국 대륙을 살 만한 정도라고 허풍을 떠는 것을 들은 적이 있다. 중국에 그토록 문화재가 많지만 그들이 가장 자랑스럽게 생각하고, 그러면서도 오늘날 실물이 없어 아쉽게 생각하는 것은 진대(晋代)의 명필 왕희지(王羲之)가 쓴 난정서(蘭亭叙)라는 글씨이다.

왕희지는 본시 회계(會稽) 산음현(山陰縣) 사람이었다. 어느 날 그는 자기 집에 정자를 짓고 이름을 난정(蘭亭)이라 지었다. 그는 정자를 준공하던 날 몇몇 친구들을 모아 자축하고 거나하게 술이 취한 김에 난정을 짓게 된 경위를 글로 썼다. 330여 자의 글씨를 쓰고 난 왕희지는 곧 술에 곯아떨어졌는데 얼마가 지나 술이 깨어 그 난정서를 보니 도무지 자기로서는 쓸 수 없을 만큼 신필(神筆)이었다. 맑은 정신에 다시 써보았지만 그만한 필체가 나지를 않았다.

왕희지는 죽으면서 이 난정서는 결코 남에게 넘기지 말고 가보로 전하라는 유언을 남겼다. 난정서는 왕씨 가문의 가보로 내려오다가 당대(唐代)에 이르러 그것을 비장하고 있던 8대손 지영(智永)이 중이 되어 후손이 끊기게 되자 변재(辨才)라고 하는 제승(弟僧)에게 물려주었다. 그런데 이 변재는 일생을 수도승으로 살지 못하고 환속(還俗)하였다. 이 무렵이 저 유명한 당태종(唐太宗)의 시대였다.

우리는 어릴 적부터 당태종이 고구려를 쳐들어왔다는 얘기를 수없이 들었던 탓으로 그에 대한 인상이 좋지 않지만 사실상 그는 중국의 역대 군왕 중에서 가장 영악(獰惡)한 인물이었다. 문화재를 지극히도 좋아했던 당태종은 무슨 수를 써서라도 그 난정서를 갖고 싶었다. 그

래서 그는 왕희지의 대로부터 난정서의 행적을 추적 조사한 결과 그것
이 변재라는 인물의 집에 비장되었다는 사실을 알아내는 데 성공했다.

당태종은 제왕의 권력으로 그것을 빼앗을 수도 있었지만 그는 그러
지 않았다. 왜냐하면 소유자인 변재가 난정서를 내놓지 않으려고 숨기
다가 혹 그것을 파손하지나 않을까 걱정했기 때문이었다. 결국 당태종
은 그 고을의 현감에게 영을 내려 그것을 은밀히 훔쳐오도록 했다. 영
을 받은 현감은 골동품 장사꾼으로 가장하여 어느 날 변재의 집을 찾
아갔다.

장사꾼으로 가장한 현감은 골동품에 관한 이러저러한 얘기를 하던
중에 "나에게 난정서 진품이 있는데, 요즈음에는 가짜를 가진 녀석들
이 판을 치고 있으니…" 하면서 변재의 눈치를 살펴보았다. 변재는 내
색을 하지 않으려고 애를 쓰면서도 별꼴 다 보았다는 듯이 입가에 연
한 쓴웃음을 순간적으로 흘렸다. 현감은 그가 진품을 가지고 있음을
직감할 수가 있었다. 그날 밤 변재는 미심한 생각이 들어 대들보에 구
멍을 뚫고 보관해 오던 난정서를 꺼내보며 회심의 미소를 띠고 있었
다. 그 순간 문틈으로 현감의 날카로운 눈초리가 변재의 행동을 엿보
고 있었다.

이튿날 변재가 이웃 마을로 출타한 틈을 타서 현감은 엊저녁에 보아
두었던 난정서를 훔쳐 황제에게 바쳤다. 당태종은 기쁨을 이길 길이
없었다. 그는 친히 변재에게 편지를 내려 여차여차한 이유로 내가 난
정서를 가져갔으니 그리 알라고 일렀다. 편지를 받은 변재는 너무도
원통한 나머지 그 자리에서 피를 토하고 죽었다. 당태종은 난정서를
사랑한 나머지 자기가 죽은 후에는 그 글씨를 가슴에 품어 묻어달라고
했고 신하들은 그의 말대로 했기 때문에 그 진품은 그 후 영원히 사라

지고 말았다. 오늘날 서예학원에서 볼 수 있는 세칭 난정서라는 것은
그 당시 당태종이 당대의 유명한 서예가들에게 명령하여 그들이 그것
만 공부(연습)하면서 남긴 임서(臨書: 서체를 베끼는 필법)일 뿐이다.

　이 얘기를 들으면서, 어떤 분들은 그까짓 글씨 한 조각에 피를 토하
고 죽을 것까지야 있겠는가라고 생각할 사람도 있을 것이고, 제왕의
몸으로서 도적질을 시키고 그 장물을 가로채는 것도 또한 아름답지 못
하다고 생각할 수도 있다. 그러나 한 걸음 더 나아가 생각한다면 선조
의 유산을 죽음을 걸고 아낀 그 정신이 바로 오늘의 중국 문명의 밑바
닥을 이룬 것임을 알 수가 있다. 연전에 TV에서 방송된 『실크로드』며,
요즈음 일본의 시청자를 사로잡고 있는 『대황하』(大黃河)가 그저 고색
창연한 유물이 아니다. 그 마디마디에 중국인들의 문화 의식이 깊숙히
젖어 있는 것이다.

　그러니 돈푼이나 생겼다고 해서 고서화나 미술품을 멋으로 갖고 싶
어하는 졸부(猝富)들이 어찌 변재나 당태종의 심정을 알까마는, 뜻있
는 식자(識者)나 책임 있는 당국만이라도 정신을 차린다면 노(櫓) 집어
던지고 어떻게 하면 나도 접시 하나 건져 팔자를 고쳐볼 수 있을까 하
여 지금도 남몰래 바다에 뛰어드는 어느 앞바다의 보물선 얘기며, 그
숱한 밀반출의 얘기도 듣지 않게 될 것이다.

　"중국(대만) 고궁박물관과 꼭 같은 건물을 지어 줄 테니 그곳에 소장
되어 있는 송대(宋代)의 도자기 하나만 달라"고 칭얼거렸던 IOC 위원
장 브런디지(A. Brundage)의 일화며 그 청을 거절한 장개석(蔣介石)
의 심중을 이 시대의 우리네 사람들은 얼마나 이해할 수 있을까를 생
각해 본다.

(1987. 3.)

미자하(彌子瑕)의 교훈

　나는 사람을 사귀면서 한번 눈 밖에 난 사람은 영원히 다시 보지 않고, 한번 잘 본 사람은 끝까지 잘 봐주는 결함이 있다고 해서 주변 사람들의 충고를 듣는 일이 자주 있다. 내가 사람을 보는 안목이 정확하다면야 이런 식의 사람 대하는 방법이 잘못이랄 것까지야 없겠지만, 나도 사람인데 어찌 실수를 저지르지 않을 수 있으랴. "부족함에 잘못이 있는 것이 아니고 고르지 못함에 잘못이 있다"는 공자(孔子)의 말씀처럼 나의 그와 같은 대인 관계는 나 자신을 몹시 피곤하게 만들었고, 또 그 비하(卑下)의 대상이 윗사람일 때에는 출세에 지장이 있을 만큼 피해를 입기도 했다.

　그러니 사람이 모질다는 평을 들은 것도 결코 이상할 것이 없고, 또 잘했다고만 우겨댈 일도 아닌가 보다. 그러나 지내놓고 보면 인간의 사랑과 미움은 도무지 부질없는 짓이요, 원만하게 산다는 것이 얼마나 어려운 것인가를 깊이 느끼게 된다.

옛날 중국의 위(衛)나라에 미자하(彌子瑕)라는 신하가 있었다. 위왕은 그의 비범한 재주를 아껴 늘 남달리 대해 주곤 했다. 그런데 어느 날 미자하가 대궐에서 입시(入侍)하고 있는데 밤중에 어머니가 위독하다는 전갈이 왔다. 미자하는 급한 김에 왕명이라 속이고는 왕의 수레를 타고 급히 자기 집으로 돌아갔다. 그런데 위나라의 국법에 따르면 임금의 수레를 몰래 타는 자에게는 다리를 자르도록 되어 있었다.

며칠이 지나 미자하가 거짓말을 하여 왕의 수레를 탔다는 소문이 대궐 안에 퍼졌고, 위왕도 그것을 들었다. 국법대로 한다면 미자하는 다리를 잘려야 마땅한 일이었다. 그러나 위왕은 미자하의 죄를 너그러이 용서해 주었다. 그리고는 어머니를 위하여 다리를 잘리게 되는 벌도 무서워하지 않았으니 미자하야말로 참으로 효자라고 칭찬까지 해주었다.

어느 날 미자하는 왕을 모시고 과수원엘 나간 적이 있었다. 미자하가 복숭아를 하나 따서 먹어 보니 유난히도 맛이 좋았다. 그는 먹다 남은 반쪽을 왕에게 권했다. 아무리 과일의 맛이 좋고 왕의 사랑을 받는다고 할지라도 미자하의 그와 같은 행위는 용서받을 수 없는 대죄(大罪)였다. 그러나 위왕은 그를 나무라지 않고 "자기의 입맛을 잊고 나를 먹였으니 참으로 나를 사랑한다"고 칭찬해 주었다.

그러나 인심은 조석변(朝夕變)이라는 옛말이 있듯이, 미자하에 대한 왕의 사랑은 점차 변하여 끝내는 미움이 되고 말았다. 그러던 어느 날 미자하는 별로 대수롭지도 않은 일로 죄를 지었다. 지난날 그를 그토록 감싸주던 왕도 이번에는 어이없이 변하고 말았다. 왕은 미자하를 꾸짖으며 말하기를 "너는 일찍이 왕명이라 속이고 내 수레를 훔쳐 탄 일이 있으며, 자기가 먹다 남은 복숭아를 나에게 먹인 일이 있다"고 꾸짖고 그를 벌주었다.

본시 미자하의 행동에는 처음과 나중이 변한 것이 없다. 그러나 전에는 칭찬받았던 일을 이유로 하여 나중에는 벌을 받았다는 것은 임금의 사랑이 미움으로 변했기 때문이다. 그러므로 한 인간이 사랑을 받을 때면 지혜로운 일이 더욱 아름답게 보여 더욱 사랑받게 되지만, 미움을 받을 때는 지혜로운 일을 하더라도 그것이 오히려 미움을 부채질하게 된다.

미자하의 고사를 더듬어 보면서 나는 스스로의 처신을 되돌아보게 된다. 나는 위왕처럼 처신한 적은 없나? 아니면 나는 미자하처럼 당한 일은 없나를 생각해 보노라면 나 역시 두 가지를 모두 겪었던 추억을 씁쓸하게 되씹어 보게 된다. 아무리 인간 관계에서 첫 인상과 첫 인연이 중요하다고 할지라도 처음에 미운 짓을 하던 사람이 나중에는 착한 일을 할 수도 있는 것이며, 처음에는 착한 일을 하던 사람이 나중에는 등치고 도망가는 일을 우리는 흔히 겪게 된다.

그러므로 사람을 사귀면서 사랑과 미움의 편견에 사로잡히지 않고, 있는 그대로의 모습을 바라볼 수 있는 안목을 갖는다는 것은 남의 윗자리에 서는 사람으로서는 매우 중요한 일이요, 또 쉽지 않은 일임을 우리는 절감하게 된다.

이제 새해가 되면서 우리는 또다시 사랑을 부탁하고 충성을 맹세하는가 하면, 너는 정말로 나에게 충성하겠느냐는 커다란 행사(선거)를 적어도 두 번쯤은 치를 것 같다. 원래 정치란 비정한 것이고 또 이기적이며 무상한 것이어서 의리와 배신이 모자이크처럼 우리의 눈앞에 어른거리게 될 것이다. 언젠가는 당신을 위해서 할복이라도 할 듯이 충성을 맹세했지만, 세상이 바뀌고 나면 제 살 길을 찾기에 바쁜 영욕(榮

辱)만이 무성하게 남는다.

나는 위왕을 교활한 사람이라고 비웃을 뜻도 없고, 미자하를 가리켜 불운하다고 동정할 뜻도 없다. 왜냐하면 그들 모두가 너무도 인간적이었기 때문이다. 다만 한 가지 아쉬움이 있다면, 우리는 사람을 쓰면서 능력에 의하여 쓸 것인가, 아니면 나에 대한 충성에 의해 쓸 것인가 하는 문제만은 처음부터 분명히 짚고 넘어가지 않으면 안 될 것이다.

왜냐하면 능력에 의해서 사람을 쓸 경우, 자신의 인간적인 쾌감에는 다소 미련이 생길는지는 모르지만, 그 두 사람에게 덕이 되는 것은 더 말할 나위도 없을 뿐만 아니라 이웃과 역사에 발자취를 남길 수 있다. 그러나 나에 대한 충성으로 사람을 쓸 경우에는 자신의 자만심에 청량제는 될 수 있을지 모르지만, 두 사람은 말할 것도 없고 같은 시대를 사는 모든 사람에게 부덕(不德)을 끼치기 때문이다.

그러나 이런 얘기는 우리에게는 부질없는 제왕의 얘기요, 여의도에 사무실을 갖고자 하는 사람에게는 미자하처럼 당하지 않는 슬기가 우선은 필요할는지 모른다.

(1981. 2.)

두 시간 늦어 신세 망친 사나이

우리 사회에서는 언제부터인가 코리언 타임(Korean time)이라는 오명(汚名)이 생겨났다. 세계 어느 나라를 막론하고 그 나라를 대표하는 오명은 있다. 러시아인이라면 음흉하고, 오스트리아인이라면 분별 없는 낭비를 의미하여, 일본인이라면 간사스럽고, 프랑스인들은 호색(好色)하고, 중국인이라면 의심이 많고 움켜쥐면 놓지 않는 성격을 대표한다.

이런 점에서 본다면 각 국가의 국민마다 흉이 되는 별칭이 있다는 것은 언짢은 것이기는 하지만 티격태격할 것은 못 된다. 그러나 오늘날과 같이 국제 경쟁력이 강화되고 시간을 둘러싼 신용이 그 승패를 좌우하는 시대에서 오늘 못하면 내일 한다는 식의 생각은 참으로 곤란하다.

나는 강의실에 들어가면 일단 입에 담배를 물고 5분이 지나면 문을 닫는 버릇이 있다. 물론 각기 불가피한 이유가 있겠지만 지각을 한다

는 것은 이미 그만큼 성의가 없는 것이요, 지각은 차라리 결석보다 더 잘못된 처신이라는 것이 평소 나의 소신이다. 길고 긴 인생에 비해 볼 때 한두 시간이야말로 참으로 순간이요, 찰나에 지나지 않는 것은 사실이지만 이 세상에는 몇 시간 차이로 인해 그 운명이 하늘과 땅 차이로 뒤바뀌는 예도 허다하게 많다. 그 한 예로서 이런 얘기를 들어보자.

때는 1876년 3월 14일, 미국의 연방 특허국에 30대 청년 하나가 묘하게 생긴 기계를 들고 들어와 특허를 출원했다. 담당 직원이 그 기계의 성능이 무엇인가를 물었더니 이 기계는 멀리서도 서로 얘기를 나눌 수 있는 것이라고 했다. 담당 직원은 그 성능을 실험할 겨를도 없이 우선 서류와 기계를 접수하고 그 청년의 신원을 물어보았다. 그의 이름은 벨(A. G. Bell)이었다.

그런데 묘하게도 같은 날에 연방 특허국의 또 다른 직원도 전화의 특허 출원을 받았다. 담당 직원은 일단 서류와 기계를 접수하고 그 40대 신사의 신원을 물어보았더니 그의 이름은 그레이(Elisha Gray)라고 했다. 이 그레이라는 인물은 벨보다 열 살이나 더 많은 사람으로서 벨이 전화를 연구하기 훨씬 전에 이미 이 분야에 대해서 선구적인 지식을 가지고 있던 인물이었다. 그레이는 자신의 전화를 출원한 다음 의기양양하게 돌아와 전화의 대량 생산을 서두르기 시작했다.

그런데 며칠이 지나 그레이에게는 날벼락 같은 사건이 발생하고 말았다. 그것은 다름이 아니고 자기의 전화 출원은 기각되고 벨이라고 하는 청년의 특허 출원이 허락되었고, 결과적으로 그에게 전화 제작권이 낙착되었다고 하는 사실이었다. 몇 년 동안의 뼈아픈 고생이 하루 아침에 무너진 그레이는 급히 특허국을 찾아가 진상을 알아보았더니 벨과 자기가 같은 날짜에 전화를 출원했다는 것이었다.

　그렇다면 전화 특허권은 벨과 자신에게 공동으로 부여되어야 한다고 그레이는 주장했다. 그러나 이미 벨어게 전화 제작권이 돌아간 이상 행정 처리를 반복할 수 없다고 특허국에서는 대답했다. 특허국을 상대로 해서는 더 이상 문제가 해결될 수 없다는 사실을 안 그레이는 즉시 이 문제를 법원에 제소했다. 이 문제를 맡은 연방 최고재판소는 참으로 난처하기 짝이 없었다. 왜냐하면 그레이의 주장에도 일리가 있었기 때문이었다.

　판사는 이 문제를 처음부터 다시 검토해 보아야겠다는 생각에서 그 당시 특허 출원을 접수했던 담당을 소환했다. 그 두 사람을 불러놓고 접수 과정을 알아보았더니 벨의 출원이 그레이의 출원보다 두 시간이 더 빨랐다는 사실이 밝혀졌고 결과적으르 원고인 그레이가 패소하고 말았다.

　이 얘기는 시간의 중요함을 깨우치기 위해서 자주 거론되고 있다. 우리는 두 시간 정도라면 별로 중요하지 않게 생각할 수도 있다. 그러나 그 두 시간 때문에 벨은 세계적인 발명가의 명예를 얻었을 뿐만 아니라 억만장자가 되었지만, 그레이는 그 운명의 두 시간 때문에 몇 년 동안 애쓴 보람도 없이 재산만 탕진하고만 것이다.

　한국인들이 시간 관념이 박약하다는 처음의 얘기로 되돌아가서 생각해 볼 때 우리는 벨과 그레이의 일화에서 많은 교훈을 얻을 수가 있다. 인간의 운명이란 거창한 원칙에 의해서 이미 예정된 것이 아니라 참으로 하잘것없는 자그마한 사건으로 인해서 뒤바뀌는 경우가 얼마든지 있다.

　오늘날 우리는 흔히 이 시대가 스피드의 시대라는 말을 자주 하며 단 몇 시간 때문에 사업이 도산하는 경우는 비일비재하다. 그러나 우

리는 시간이 그토록 중요하다는 사실을 모르고 있다. 약속 시간에 몇 시간 늦는 것은 식은 죽 먹듯 한다. 시간을 지킨다는 것은 손아래 사람이 아쉬운 소리를 할 때 하는 짓이요, 약점 잡힌 사람이나 할 짓으로 인식되어 있다.

상대편에게 권위 있게 보이기 위해서는 남들이 다 모인 다음 얼마가 지나서 뒤늦게 느긋하게 나가야 한다는 이 어처구니없는 세태는 참으로 한심스럽기 짝이 없는 일이다. 시간에 늦는 사람 치고 바빠서 늦는 경우란 사실상 거의 없다고 해도 과언이 아니다. 왜냐하면 바쁜 사람은 무슨 일이 있어서 바쁜 것이 아니라 시간을 엄수하느라고 바쁜 것이기 때문이다.

(1978. 11.)

늙어 가면서 끊어야 할 것

1976년부터 1978년까지 일본의 수상을 지낸 후쿠다 다케오(福田赳夫)라는 사람이 있다. 나의 동료 교수 중에 그분을 가까이 아는 친구가 있는데, 연전에 그 교수가 후쿠다 수상을 찾아가 문안 인사를 하며 노년을 어떻게 지내시느냐고 안부를 물었더니, 그분 말씀이 사람이 늙으면 세 가지를 마음 써야 하는데 그 세 가지란,

첫째는 고뿔에 걸리지 말고,
둘째는 넘어지지 말고,
셋째는 끊으면서 살 것

이라고 말하더라는 것이었다.

내가 젊어서 이 말을 들었을 때, 세계 3대 강국이라던 일본의 수상이 노년을 보내며 한 말 치고는 참으로 의외였고, 인간미 묻어 나오는 말

이라는 정도로 이해되었다. 그러나 나도 이제 환갑을 훌쩍 넘어 살아온 날보다 살아갈 날이 더 짧고, 이제는 '정리할' 일들을 고민하노라면 후쿠다 수상이야말로 참으로 인생을 달관한 분이었구나 하는 생각이 든다.

고뿔에 걸리지 말아야 한다는 말은 이해가 간다. 저항력이 약한 노년에는 고뿔이 만병의 근원이며, 고뿔 한번 치르고 나면 몸이 부쩍 쇠약해져 그 후로 일어서지 못하고 먼 길 떠나는 어른들을 우리는 많이 보았다.

넘어지지 말라는 말도 참으로 절실하게 가슴에 와 닿는다. 산에라도 갈라치면 문 밖까지 따라 나오며 넘어지지 말라고 당부하는 아내의 간곡한 성화를 들으면서 후쿠다 수상의 말이 새삼 떠오른다. 노년에 넘어져서 뼈가 접합되지 않아 고생하는 어른들을 한두 분 본 것이 아니다. 그래서 노인들은 주머니에 손 넣고 걷지 말아야 하고 층계를 오르내릴 때는 반드시 난간을 잡아야 한다.

그런데 끊고 살라는 말은 도대체 무슨 뜻일까? 영문을 몰라 무엇을 끊으라는 말이냐고 그 동료 교수에게 다그쳐 물어보았더니, "의리를 끊으라는 뜻"이었다고 한다. 나는 그 말을 들으며 한편으로는 멈칫했고, 한편으로는 당혹했다. 그리고 생각을 더듬어 정리를 해보니, 우리의 어른들이 떠나실 무렵에 '정을 뗀다'는 말이 떠올랐다.

나는 끊고 살라는 후쿠다 수상의 말에는 동의하면서도 끊어야 할 것이 무엇인가에 대해서는 생각이 조금 다르다. 의리를 끊으라는 말은 너무 처연(凄然)하고 각박하여 서글픈 생각이 든다. 오야붕(親分)과 꼬붕(子分)의 문화에 익숙한 일본 사람들에게는 그의 말이 바로 이해되었을지 모르지만 한국 사람들에게는 그의 말이 곧바로 받아들여지지 않는다. 늙어 가는 것도 서러운데 사랑하는 사람들과의 의리마저 끊어야 한다는 것은 너무 슬프다. 헤어지는 마당에 더 사랑하고 보듬어야 하지 않을까 하는 것이 나의 생각이다.

나 같으면 그 끊어야 할 것은 의리가 아니라 욕심일 것 같다. 노욕(老慾)은 동서고금의 많은 선현들이 경계한 바이다. 내 경우에 막상 정년 퇴직을 앞두고 마음의 정리가 잘 되지 않는 부분은 책들이다. 도서관에 주면 그만이지… 라고 생각하면 간단하지만, 대출 몇 번에 망가져서는 안 될 책들 때문에 고민이다. 어떻게 모은 책들인데… 누가 나만큼 이들을 아끼며 소장할 수 있을까? 잠이 오지 않는다.

그러나 곰곰이 생각해 보면 이것이야말로 내가 끊어야 할 욕심이고 미망(迷妄)이다. 나만이 책을 사랑하는 것처럼 생각한 것 자체가 교만이다. 이 교만과 미망을 끊어야 하는데 그게 마음대로 되지 않는다. 그냥 빈손으로 가는 거다.

다음 일이야 내가 남긴 덕망대로(혹 그런 것이 남겨진다면) 자식들이나 제자들이 알아서 처리해 주겠지. 그렇게 할 일 많던 예수님도 하늘을 우러러보며 빈손을 벌리고 있고, 부처님도 땅을 굽어보며 빈손을 벌리고 있는데 나 같은 속인이 뭐 그리 움켜쥐고 연연해야 할 일이 많은가.

(2003. 11.)

김 중령에게 보내는 편지
- 국가와 충성과 전쟁, 그리고 군인의 죽음을 생각하며 -

김 중령!

지금쯤 25킬로그램의 완전 군장을 한 채 대대 병력을 지휘하며 황톳길을 행군하고 있을 김 중령에게 위로와 격려의 말이라도 전하고 싶어 문득 붓을 들었다오. 이 민족 5천 년의 역사에 어느 한 순간인들 중요하지 않은 때가 있었겠소만 나라 안팎으로 어려움이 중첩한 이 시국에 나는 불현듯 군인의 길이라고 할까, 아니면 후방의 옛 전우요 시민으로서 김 중령에게 보내는 바람이라고 할까 하는 내용의 글을 전하고 싶은 생각이 드는구려.

남이라면 내가 굳이 김 중령에게 이런 말을 할 리가 있을까마는 나 자신이 이 민족의 항쟁사를 공부한 탓인지, 어떻게 사는 것이 가장 바람직한 인간상이냐 하는 자문을 할 때마다 나는 이 민족의 옛 역사에 명멸했던 군인의 모습을 생각해 보게 된다오.

물론 그런 식으로 대답한다고 해서 군인의 몸으로 평생을 살다간 투

사들만이 가장 위대했던 인물이라는 뜻은 결코 아닙니다. 종교인이든, 예술인이든, 자연과학자든, 아니면 일개 평범한 아낙네든 간에 주어진 여건 속에서 최선의 길을 추구하면서 살다간 사람이라면 그의 길이 어떠한 것이었든 간에 그의 삶은 장한 것이었노라고 말할 수 있겠지요. 남의 나라, 더구나 우리가 그토록 절치부심하는 일본인의 애기가 되어서 미안하오만 나는 한국의 군인의 길을 생각할 때면 일본의 한 육군 중위를 생각하게 된다오.

때는 1882년, 삼림이 울창한 만주 벌판에는 한 사나이가 사냥개처럼 무엇인가를 찾으며 산길을 헤매고 있었다오. 이 사람은 누구인가? 그는 일본군 정보참모부의 육군 중위로서 이름은 사코오 가게아키(酒勻景信)라 했습니다. 당시 일본은 만주의 완전한 지배와 수탈을 획책하고 있었고 언제인가는 숙명적으로 닥쳐올지도 모를 러시아와의 일전에 대비하기 위해 만주의 지형 지물을 측량하고 탐사할 필요가 있었는데 사코오 중위는 바로 그러한 임무를 띠고 이국의 벌판과 험산을 헤매고 있었던 것이지요.

만주의 집안현 통구라는 곳에 도착했을 때 그는 고색창연한 한 비석을 발견했습니다. 풍상에 씻기어 글자를 확실히 판독할 수는 없었지만 이끼 낀 비석이 범상한 것이 아님을 알아본 사코오는 이의 정체를 알기 위해 노력한 결과 하나의 놀라운 사실을 발견하게 되었는데, 그것은 다름이 아니라 이 비석이 저 유명한 고구려의 광개토대왕(廣開土大王)의 비(碑)라는 점이었습니다.

김 중령도 알다시피 오늘날 우리나라의 사학계에서는 이 광개토대왕의 비석의 해석을 놓고 적지 않은 논쟁이 일어나고 있습니다. 왜냐하면 사코오가 탁본한 것을 글자 그대로 해석한다면 일군이 한반도의

남부 일대를 지배했다는 논리가 가능하기 때문이지요. 일이 이쯤 되자 한국 측의 사학계에서는 일격을 맞은 듯이 술렁거리기 시작했습니다. 즉 일본측의 해석에 무리가 없다면 이는 한국사에서 커다란 오점이 되기 때문이지요. 따라서 한국 측에서는 일본의 주장과 해석에 반론을 제기하기 시작했습니다.

반론의 내용은 사코오 중위가 탁본을 뜰 때 몇 글자를 위조했다는 것입니다. 즉 그가 그 비석을 발굴하여 비문을 판독해 보니 그 내용이 자기 민족의 역사에 지극히 불리하더라는 것입니다. 그래서 그는 그 비석에 몇 글자를 새겨 넣었다는 것이 한국 측 사학자들의 주장입니다. 이것이 사실이라면 이는 참으로 놀라운 일이지요.

사코오는 정통적으로 역사를 전공한 사람도 아니며 일개 정보 장교에 지나지 않는 인물이었습니다. 그럼에도 불구하고 그가 이국 만리의 오지에 들어가 1,600년 전에 세워진 비석을 발굴하고 그것을 판독한 다음 그것이 자기 민족에게 유리하도록 위작할 수 있었다면 사코오 중위는 참으로 대단한 인물이었다고 말할 수 있지 않겠습니까?

입장을 바꾸어 놓고 생각해 본다면 한국의 명문 대학에서 사학과를 졸업하고 ROTC 장교로 임관되어 어떤 기회에 일본을 정벌하는 군대의 중대장이 되어 일본의 홋카이도에 출전했을 경우, 그가 눈 덮인 설원에서 1,600년 전에 세워진 어느 비석의 금석문을 발굴하여 그것을 판독한 다음에 그 내용이 한국에 불리하다 하여 그것을 개작할 만한 실력과 민족혼을 가진 장교가 과연 몇이나 되리라고 생각합니까?

이런 점을 생각하노라면 나는 오늘의 한국 군인들에게 좀 더 많은 공부를 하라고 권하고 싶을 따름입니다. 특등 사수가 훌륭한 군인으로 취급받던 시대, 그리고 72근 청룡언월도를 휘두르던 관우(關羽)가 천하를 호령하던 시대는 이미 지나간 셈이지요.

이제는 바야흐로 지장(智將)이 지휘하는 시대가 온 것입니다. 그 지장은 병법은 물론이요, 자기의 민족사에 대한 성찰의 시간을 가진 인물이어야 하며 전투가 아니라 전쟁을 생각하면서 민족의 앞날에 대하여 뜨거운 애정을 가진 인물이어야 할 것입니다. 오늘날과 같이 총성이 들리지 않는 침묵의 전쟁(silent war)에서 이기는 것은 사격술이 아니라 정신 전력이요, 슬기로움입니다. 이러한 정신 전력이나 지혜로움은 작게는 나 자신이 살아남는 힘이 될 것이요, 크게는 민족을 구원하는 길이 될 것입니다.

김 중령!

돛 달자 순풍이라더니 이 좋은 계절에 김 중령이 승진했다는 소식을 듣고 내가 잘된 것만큼이나 기쁘고 흐뭇합니다. 그러나 남의 윗자리에 앉는다는 것이 어디 그리 쉬운 일이우? 거느리고, 지도하고, 이끈다는 것은 어찌 보면 남의 밑에서 시키는 대로 일하는 것보다 더 고달프고 마음 쓰이는 일이 아닐 수 없는 거지요. 이제 김 중령도 초급 장교의 단계는 지냈으니 인사도 받겠고 명절이면 집안도 다소 왁자지껄 하겠수.

윗사람보다 아랫사람이 많다는 것은 여하튼 기분 좋은 일임에는 틀림이 없을 게요. 우리는 어쩌면 그날이 오기를 기다리며 지금까지 애쓰면서 살아왔을는지도 모르니까 말이오. 내가 오늘 이렇게 새삼스레 글을 쓰는 것은 이제 김 중령도 남을 거느리는 입장이 되었으니 한번쯤은 충성이란 무엇인가를 생각하기 바라는 뜻에서 나온 나의 조그마한 우정이니 오해 없이 받아주기 바라오. 그런 의미에서 나는 김 중령

에게 다음과 같은 고사 한 토막을 소개해 드릴까 합니다.

옛날 중국의 춘추전국시대 초(楚)나라에 장왕(莊王)이라는 군주가 살았습니다. 그는 어느 날 절영(絕纓)이라는 곳에 커다란 잔치를 베풀고 장수들을 초대했습니다. 그런데 잔치의 흥이 높아질 무렵에 갑자기 큰 바람이 불어 방 안의 불이 모두 꺼지고 말았더랍니다. 술도 거나하게 취하고 마침 불도 꺼진 참이라 초대된 손님 중에 장웅(蔣雄)이란 장수는 어둠 속에서 한 궁녀를 희롱했답니다. 화가 치민 그 궁녀는 그 무뢰한을 잡기 위해서 그 장수의 투구에 달린 금술을 떼어 왕에게 바치고 이 금술의 주인이 감히 전하의 궁녀를 희롱했으니 엄히 치죄해 달라고 고해 바쳤습니다.

여염집의 아녀자를 희롱한 것도 아니고 왕의 궁녀를 희롱했으니 절대 군주 치하에서 그 장수가 저지른 죄가 엄청난 것이었음은 더 말할 나위도 없는 것이었고 또 왕의 입장에서 보더라도 괘씸하기 짝이 없는 일이었습니다. 그러나 금술을 받아 든 장왕은 역시 제왕다운 금도(襟度)를 잃지 않았습니다.

왕은 시종들에게 명하여 불 켜는 일을 중지시킨 다음에 초대된 장수들로 하여금 모두 투구에 달린 금술을 떼어 왕에게 바치도록 했습니다. 영문을 모르는 장수들은 왕명대로 금술을 떼어 왕에게 바쳤고 불이 켜진 후에는 모든 장수들의 금술이 없어졌기 때문에 궁녀를 희롱한 장본인이 누구인지를 알 수가 없었습니다.

이런 일이 있은 지 몇 년이 지나 장왕이 진나라의 공격을 받아 사지에 빠졌을 때 죽음으로써 그를 구해 준 장수가 있었는데 그는 다름 아닌 지난날 궁녀를 희롱했던 장웅 바로 그 사람이었다고 합니다. 그는 결국 죽는 그 순간까지도 지난날에 왕으로부터 입은 은혜를 잊지 않았

던 것이지요.

이 얘기를 들으면서 우리는 장왕이 위대하다고 칭송할 것도 없고 장웅이 가상하다고 칭찬할 것도 없습니다. 왜냐하면 왕이나 신하가 모두 인간적이었기 때문이지요. 그들의 처사가 인간적이었다는 사실은 우리의 주변에서도 그런 일은 얼마든지 일어날 수 있는 일이요, 김 중령 자신이 바로 그러한 사건의 주인공이 될 수도 있음을 의미하는 것입니다. 바꿔 말한다면 김 중령도 장왕처럼 행동할 수 있는 것이요, 김 중령이 데리고 있는 박 상사도 장웅처럼 김 중령을 위해 충성할 수 있음을 의미하는 것이지요.

나는 김 중령이 승진했다는 말을 듣고 문득 이 얘기를 생각했다우. 그리고 김 중령은 약한 사람에게는 강하고 강한 사람에게는 약한 사람이나 되지 않을까 걱정했다우. 이런 얘기를 한다고 해서 나를 야속하게는 생각하지 마시구려. 세상 사람들이란 누구든지 한 자리 하고 나면 마음 변하기 일쑤니까 김 중령이라고 해서 그런 사람이 되지 말라는 법이 어디 있겠수? 김 중령은 지난 연말에 부하 병사들이 찾아왔을 때, 그리고 김 중령 자신이 높은 분에게 인사 치레 하러 갔을 때 무슨 생각을 했수?

부하들이 찾아왔을 때는 아주머니 앞에서 목에 힘이나 주지 않았는지, 그리고 상관의 집에 찾아갔을 때는 비록 그 앞에서는 손을 비볐지만 그 집 대문을 나서면서 면종복배(面從腹背) 하는 식의 생각은 하지 않았는지 모르겠구려. 그렇다면 김 중령은 진정 불행한 사람이요, 이번의 승진도 모두 부질없는 것일게요. 아니 김 중령뿐만 아니라 김 중령을 찾아갔던 부하 병사도, 그리고 김 중령이 찾아갔던 그 상관도 함께 불행한 사람임에 틀림이 없을거요.

우리나라 속담에 "정승집 개가 아프면 문병을 가지만 막상 그 정승이 죽으면 코빼기도 안 보인다"는 말이 있습니다만 김 중령에게는 그러한 불행이 없기를 진정으로 빌고, 또 그러지 않으리라고 믿고 싶소. 세상이 너무 각박하다고 푸념하는 사람들이 많지만 세상이 반드시 그런 것만은 아니라고 나는 믿으며 살아가고 있다오.

인생이라는 게 뭐유? 뜨겁게 사랑하는 것이 아니겠수? 부하 병사들을 볼 때면 고향에 두고 온 아우며 조카를 생각하고 상관을 볼 때면 형님을 생각하는 그런 마음가짐으로 살아가노라면 우리가 고향을 떠날 때 이를 악물며 결심했던 입신양명이 그리 어려운 것만은 아니라는 생각이 드는구려.

바라건대 김 중령은 이제 그만한 위치에 올랐으면 아무쪼록 덕을 남기는 사람이 되기를 바라오. 이번 2학기에 김 중령이 데리고 있는 그 이 상사의 아들이 등록금이 없어 발을 동동 구르며 종종걸음을 친 일을 김 중령은 알고나 있수? 어떻게 그런 일에까지 신경을 쓸 겨를이 있느냐구?

장왕이 장웅을 구해 주었을 때는 그 장수가 언제인가는 자기를 위해 대신 죽어 주리라고 기대했기 때문은 아닐게요. 그러나 그 은덕은 반드시 보답이 있었으니 어찌 하늘이 무심하다 할 수 있겠수? 이제 우리도 나이 40 줄이요, 공자님의 말씀을 빌리면 불혹(不惑)이라 했수. 그만한 집 간이나 장만했고 그래도 빚지지 않고도 살 수 있는 형편은 되었으니 '저 낮은 곳을 바라보며' 삽시다. 그러면 우리가 원치 않아도 우리에게 충성을 바칠 사람이 있을 것이고, 설령 인간에게는 배신을 당할지라도 하늘은 결코 우리를 저버리지 않을 테니까….

김 중령!

요즈음처럼 세계 도처에서 전쟁의 불길이 솟고 있을 때에는 도대체 인간이란 평화를 정말로 사랑하는 존재인지를 의심할 때가 있다오. 남의 얘기할 것도 없이 우리가 열 살도 안 된 시절에 한국전쟁을 겪은 기억은 30여 년이 지난 지금까지도 우리의 뇌리를 벗어나지 않는 것을 보면 전쟁의 상처란 얼마나 깊은 것인가를 새삼 생각하게 됩니다. 나같은 후방의 한낱 서생에 지나지 않는 범부도 그렇게 생각하겠거늘 지척에 적의 벙커를 바라보고 살아가는 김 중령의 생각이야 오죽하겠수?

나는 인간이 근본적으로 악한 존재라고 생각하지는 않지만 그렇다고 해서 인간이 태어나면서부터 착한 존재라고도 생각하지 않습니다. 전쟁사가들의 말에 의하면 인간이 이 지구상에 나타난 이래 전쟁의 포성이 멎었던 순간은 모두 합쳐도 80년을 넘지 않는다고 합니다. 그러니 말로만 평화를 외치면서 끝없이 피를 흘리는 오늘의 세계 정세가 얼마나 덧없는 것인가를 생각하게 되는구려. 굳이 이러한 역사적인 통계를 들지 않더라도 우리의 역사를 돌아볼 때 하루도 편할 날이 없었던 점을 생각한다면 우리 민족의 역사야말로 전쟁으로 얼룩진 역사라고 말할 수 있겠지요.

내가 즐겨 읽는 책 중에는 프러시아 육군사관학교 교장을 지낸 바 있는 독일의 명장 클라우제비츠(Karl von Clausewitz)의 『전쟁론』이라는 책이 있습니다. 이 책에서 클라우제비츠는 말하기를 정치란 피 안 흘리는 전쟁이요, 전쟁이란 피 흘리는 정치라고 했습니다. 그의 주장에 의하면 총성이 들리든 들리지 않든 간에 인간은 숙명적으로 전쟁의 소용돌이 속에서 살고 있는 셈이 되는 거지요. 사실이 그럴진대 우

리는 전쟁을 피하면서 살기보다는 차라리 전쟁을 사랑할 줄 알면서 사는 것이 오히려 지혜로운 일이 아닌가 하는 생각이 들 때도 있습니다.

우리는 우리의 역사를 공부할 때마다 '백의민족'이니 '금수강산'이니 '평화를 사랑하는 민족'이니 하는 말을 많이 들었지요. 그러나 평화를 사랑한 대가가 과연 무엇이었겠수? 지난날 우리의 고구려 민족이 말달리던 만주도 모두 빼앗겼고 휴전선 이북까지도 남의 땅이 되어 이제 우리의 면적은 10만 평방 킬로미터도 채 못 되는 실정이니 평화를 사랑한 대가가 고작 이런 것이라면 지난날 전쟁을 피하면서 살아온 우리 선조들의 처사는 분명 무언가 잘못되었다는 것을 알 수가 있지요.

다른 나라의 경우는 어떨까요? 오늘 세계의 지성들이 한번쯤 욕심을 부려 보는 것은 노벨 평화상을 타는 일이지요. 그 근본 정신으로 본다면 노벨 평화상이라 함은 당연히 그해에 인류의 평화를 위해 가장 힘쓴 사람에게 돌아가야 마땅하겠지요. 그러나 현실은 어떻습니까? 물론 테레사 수녀님 같은 분들도 노벨 평화상을 받기도 했습니다만 다른 측면에서 본다면 오늘날에는 그해에 사람을 가장 많이 죽인 자, 즉 그해에 가장 큰 전쟁을 치른 사람이 노벨 평화상을 타고 있다는 사실에 대해서 우리는 놀라움을 금할 수가 없습니다.

이를테면 중동 전쟁에서 가장 처참하게 인명을 살상한 사다트 이집트 대통령이라든지 이스라엘의 베긴 수상이 노벨 평화상을 탔고, 제2차 세계대전 이후의 최대의 비극인 월남 전쟁을 수행한 미국의 키신저와 월맹의 레둑토가 또한 노벨상을 탔으니 그것이 진정 평화를 위한 상인지 아니면 살생을 많이 했다고 주는 상인지를 알 수가 없습니다.

그러니 이와 같은 국제 정세 속에서 우리 민족은 어떻게 해야 되겠수? 60만 대군이 있으니 걱정 없다구요? 이 나라가 다시 전쟁의 소용

돌이에 휘말리게 되면 이 민족의 젊은이들이 결코 좌시하지 않을 거라구요? 천만에 말씀. 모두가 부질없는 얘기들입니다.

내가 알기로는 조국이 멸망하는 데 이 민족, 이 나라의 청년만큼 침묵을 지킨 예는 일찍이 역사에 없기 때문입니다. 결국 현대의 전쟁은 총력전(total war)이지 군인에게만 맡겨진 일은 결코 아닐 것입니다. 이와 같은 사실들을 현역의 군인들은 더 말할 나위도 없고 우리 국민 모두가 깊이 깨달아야 할 터인데 그렇지 못한 현실이 안타까울 따름입니다.

김 중령에게 내 마음속으로부터 우러나오는 부탁이 있다면 아무쪼록 부패하지 말라는 것입니다. 나폴레옹은 말하기를 "군대는 위로써 싸운다"고 했습니다. 내가 교편 생활을 한대서가 아니라 적어도 군인과 교사가 받는 봉급은 어느 그룹의 직원이 받는 봉급과는 성격이 사뭇 다르다는 긍지를 가지고 나는 살아가고 있습니다. 공무원이 부패하면 행정부가 물러나는 것으로 문제는 해결될 수 있습니다. 그러나 군인이 부패하면 그 국가의 존망이 위태롭다는 사실을 우리는 월남 전쟁을 통해서 뼈저리게 경험한 바가 있습니다

물론 지금의 현실이 넉넉지 못하여 국가의 존망을 어깨에 걸머지고 있는 군인에게 응분의 처우를 해주지 못하고 있는 실정을 모르는 바는 아니지만 내가 교직자라는 그 알량한 자부심 하나만으로 허기진 허리춤을 추스르며 살아가듯이 김 중령도 하나의 직업인이요 생활인이기 이전에 때로는 국가와 민족의 오늘과 내일을 생각하며 지금의 어려움을 감내(堪耐)하여 주기를 부탁하는 바입니다.

군인이란 한 송이 꽃을 바라보며 한 줄의 시구를 읊조리는 시인도 아니요, 한 편의 음악을 작곡하고 연주하며 삶의 기쁨을 찾는 예술가

도 아닙니다. 조국과 민족의 부름을 받은 선택된 무리일 뿐입니다. 지금도 7천만 개의 여린 눈동자가 김 중령의 어깨만을 바라보며 산다는 사실을 기억할 수만 있다면 지금 김 중령이 겪고 있는 생활인으로서의 어려움을 이기는 데에 다소의 위로가 되리라 믿습니다. 모쪼록 바라건대 그대의 삶이 이 민족의 역사와 함께하기를 비오.

김 중령!

내가 야간 대학에서 가르치는 학생 중에 이 대위라는 현역 군인이 있었다우. 그는 공수단의 엄한 군대 생활을 하면서도 결석을 하지 않고 열심히 공부를 했지요. 그런데 어저께 출석을 부를 때는 그의 씩씩한 대답을 들을 수가 없었습니다. 그가 왜 결석했는가를 물어보았더니 옆에 앉은 친구의 대답인즉 지난번 성남의 혈읍산(血泣山)에서 일어난 군 수송기 추락 사고 때 순직했다는 것이었어요.

나는 그의 출석부에 빨간 줄을 그으면서 눈앞을 가리는 그 무엇을 감추기 위해 캄캄한 밤하늘만을 바라보며 할 말을 잃었다우. 그가 나보다 더 오래 살아서 내가 죽으면 내 영전에 한 송이 들국화라도 꽂아 주기를 바랐는데 야속하게도 그는 나보다 먼저 이 세상을 떠났구려.

그러나 이제 생각해 보면 이것이 군인의 운명인지도 모르지요. 나는 가끔 이런 생각을 한답니다. 민족을 사랑하는 청년과 군인에게는 천수(天壽)가 없다고. 왜냐하면 군인은 조국의 운명과 함께 살고 죽을 수밖에 없기 때문이지요. 이 세상 어느 누구인들 천수를 누리고 싶지 않겠소만 군인에게는 그러한 바람이 자기의 뜻과 같지 않은 법입니다.

특히 그에게 조국을 위해 살고자 하는 일말의 애정이라도 있을 경우에는 더욱 그러하지요. 천추 열사 윤봉길(尹奉吉)은 24세에 죽었고 하얼빈의 영웅 안중근(安重根)은 29세에 죽었으며 이봉창(李奉昌)은 33세의 나이에 조국을 위해 산화했으니, 인간적으로 말한다면 그 꽃다운 나이들이 어찌 아깝지 않았겠소.

그러나 역사는 그들의 죽음이 빠름을 애석하다 기록하지 않으며 뜻 있는 청년은 오히려 그렇게 죽지 못함을 아쉬워하는 법이니 우리 민족이 오늘날 이만큼이나마 살아남을 수 있는 것은 모두가 그들의 죽음의 대가가 아닌가 싶소. 인간은 누구나 한 번은 죽는 것이고 다만 그 생애의 길고 짧음에 약간의 차이가 있을 뿐이라오.

윤봉길이나 안중근이나 이봉창이 천수를 누렸더라면 그들은 아마 30-40년은 더 살 수 있었을 테지요. 그러나 인류의 유구한 역사에 비추어 본다면 그 30-40년이란 세월은 그야말로 찰나에 지나지 않는 것이요, 그들이 30-40년을 더 살기 위해서 할 일을 하지 않고 청사에 기록되지 못했다면 그들의 여생에 무슨 의미와 보람이 있었겠수.

군인의 죽음을 얘기할 때마다 나는 문득 충무공(忠武公)의 생애와 최후를 생각하게 됩니다. 충무공도 53세의 한창 일할 나이에 죽었으니 그도 천수를 누렸다고는 볼 수 없는 것이요, 인간적으로 말한다면 안타까움이 없는 것도 아닙니다. 흔히들 역사의 기록에 의하면 충무공은 전사한 것으로 되어 있습니다만 나는 그렇게 생각하지 않습니다. 나는 그가 죽을 기회를 만나 자살을 한 것이나 다름이 없다고 생각합니다.

충무공의 생애를 살펴보면 우리가 피상적으로 생각하고 있는 것과는 달리 그는 매우 병약한 사람이었습니다. 그는 눅눅한 선창에서 7년에 걸친 전쟁을 치르는 동안에 폐결핵이 악화되었고 당신도 자신이 천수를 누릴 수 없다는 것을 잘 알고 있었지요. 그러기에 그는 역전의 용사답게 죽을 기회를 찾고 있었던 것이지요. 만약 충무공이 더 살고 싶

었더라면 도요토미 히데요시(豊臣秀吉)도 죽고 전쟁은 끝나 가만히 앉아만 있어도 전승 장군이 될 그 순간에 도망치는 왜적을 쫓아가다가 죽을 이유가 없는 것이지요.

그가 죽은 날짜는 전쟁이 모두 끝난 1598년 동짓달 열아흐렛날이었습니다. 그날의 바닷바람은 유난히도 차가워 뼛속 깊이 파고들었다고 합니다. 그러한 추위에도 불구하고 충무공은 왜 갑옷도 입지 않고 왜적을 추격하다가 죽었겠습니까? 그는 오랜 질병으로 드러누워 죽기보다는 역전의 용사답게 장렬한 최후를 마치고 싶었던 것이지요.

우리는 충무공의 죽음을 놓고 얘기할 때 애석하다고 말하지만 나는 그렇게 생각하지 않습니다. 그는 죽을 자리에서 행복하게 죽은 것입니다. 아닌 말로 그가 더 오래 살아 승전의 기쁨을 맛보았다고 합시다. 그러나 그의 여생이 영광스럽고 행복한 것이 되리라는 보장은 없는 것입니다. 오히려 전쟁이 끝나고 당쟁에 휘말려 만년에 욕되게 옥살이라도 하게 되었더라면 충무공 자신이 불행한 것은 더 말할 나위도 없는 것이요, 우리와 같은 후생들에게는 하나의 우상을 잃는 것이니 이 얼마나 불행한 일이었겠습니까?

그러니 인생에는 각기 죽음의 때가 있는 법입니다. 제2차 세계대전의 영웅인 패튼(George S. Patton) 장군이 토브루크 전투에서 롬멜(Erwin J. E. Rommel) 장군의 기갑 부대를 격파하고 승전 나팔을 들으며 그의 말처럼, 최후의 전투에서 최후의 적탄에 맞아 전사했더라면 그는 더욱 위대한 군인으로 역사에 기록되었겠지요. 그러나 불행하게도 그는 전쟁이 끝나고 귀국하기 전날 밤 아내의 선물을 사러 나갔다가 지프에 치어 죽었으니 죽음의 스타일에서 본다면 그는 참으로 불운했다고 말할 수 있지요. 김 중령 같으면 충무공과 패튼의 죽음 중에서

어느 것을 택하겠수?

　김 중령!

　이제 붓을 놓을 시간이 된 것 같소. 그대의 얼굴이 더욱 아련히 내 눈앞을 스쳐 가는군요. 아무쪼록 그대의 무운이 장구하기를 비오. 바라건대 우리 모두 이 어려운 조국을 뜨겁게 사랑하며 살아갑시다. 그리하여 먼 훗날 우리가 백발이 되어 다시 만났을 때 "당신은 1980년대를 어떻게 보냈느냐"고 묻는다면 "나는 그때 조국 전선에서 내 청춘을 불태웠노라"고 떳떳이 말할 수 있도록, 그리고 무릎에 앉은 손자들에게 부끄럼 없이 얘기 들려줄 수 있도록 지금의 이 순간을 진실로 진실로 애국하며 살아갑시다. 그대는 전선에서, 그리고 나는 강단에서.

1982. 한국전쟁 32주년을 맞으며

당신의 옛 전우 시몬 씀

당신은 얼마나 성공했습니까?

되돌아보니 참으로 앞만 보고 달려왔다. 허둥대며 달려오느라고 옆의 산천경개를 바라볼 틈도 없었고, 불쌍한 사람이 쓰러져 있는 것도 못 본 체하고 달려왔다. 나만 그런 것은 아니었고 우리 시대 대부분의 사람들이 그렇게 살아왔다고 하더라도, 후회되고 죄스러운 일이 하나 둘이 아니다.

왜들 그리 각박하게 살았을까? 성공하고 출세하기 위해서였다. 그것이 가난했던 서러움 때문이었든, 지체 낮은 집안의 자식으로 태어난 생채기 때문이었든, 아니면 허망한 욕심 때문이었든 간에 그런 삶 자체가 또 다른 한이 되어 다가온다.

그렇다면 도대체 무엇을 성공했다고 말할 수 있을까? 어디까지 이뤄야 행복하다고 말할 수 있을까? 그동안 서양(미국)의 책에서 보고들은 것과 동양의 오복(五福: 壽·富·康·攸好德·考終命), 그리고 나 자신의 경험에 따라서 나는 적어도 다음과 같은 열 가지의 항목을 행복의 척도라고 생각했는데, 나이 45세가 되기 이전에 그 중에서 일곱 가지를 이뤘으면 성공 또는 행복하다고 말할 수 있지 않을까?

(1) 다복한 가정 : 반드시 부귀와 영화를 누림을 의미하는 것은 아니며 화목하고 군핍(窘乏)하지 않은 가정 생활을 의미한다. 웃음과 대화가 가정의 생명이다. 부부든 자식이든, 말이 통하면 살 수 있다.

(2) 노동이 가능한 육신과 건강 : 장애인이라고 해서 모두 불행한 것은 아니겠지만 기왕이면 건강한 육신을 가지고 산다는 것은 분명히 대단한 축복이다. 나이를 먹을수록 이러한 인사는 더욱 절실하게 들린다.

(3) 일체의 빚이 없이 통장에 현금 5만 불의 잔고가 있을 정도의 재산 : 5만 불이라면 5천만 원 정도이니 그리 많은 돈은 아니다. 이것은 미국 사람들의 소망인데 미국보다 더 가난한 삶을 살면서 한국인의 물욕이 더 심한 것이 기이하게만 보인다. 아마도 트럭에 돈 싣고 다니는 정치인들이 들으면 웃을 노릇이지만 인간이 돈만으로 행복해지는 것은 아니다. 그러나 분명한 사실은, 인간 행복의 70퍼센트는 돈으로 살 수 있다는 점이다.

(4) 보람과 연금이 보장된 직장 : 어찌한들 먹고 살지 못할까마는, 어찌한들 세끼 밥을 먹지 못할까마는 기왕이면 나의 직업과 활동이 먹고 살기 위한 것만이 아니라 남에게도 베풀고 행복을 주는 일이라면 더 바랄 것이 없을 것이다. 특히 요즘 같은 산업 사회에서 노후의 연금은 매우 중요하다.

(5) 학위를 갖고 있으며, 하나의 외국어를 이해하고, 자신의 목소리가 텔레비전이나 일간지에 게재된 사실이 있을 정도의 지식 수준 : 대

학 안 나온 사람도 대통령 하는 시대에 학벌이 뭐 그리 중요할까마는, 우리나라에서는 못 배운 설움이 남다르다. 그래서 한국 사회에서는 대학에 가고 못 가는 것에 목을 걸지만 이런 현상이 바람직하지 않은 것은 사실이다. 그러나 한국에서 지식의 수준은 억울한 일을 겪지 않을 수 있는 중요한 수단임에는 틀림이 없다.

(6) 한 식구 당 5평, 단 식구 모두를 합해서 적어도 30평 이상의 주거 공간을 가지고 있을 것 : 30평이라면 그리 넓은 아파트도 아니다. 그런데 한국인은 주거에 대한 투자가 어느 나라 국민보다도 과다하다. 슈바베(H. Schwabe)의 법칙(1867)이라는 것이 있다. 생활비 중에서 주거비가 차지하는 비율이 높은 사람일수록 가난하다는 경제학의 법칙이다. 그런 점에서 본다면 가진 재산이라고는 강남의 고급 아파트뿐인 사람들은 가난하다고 볼 수 있다.

(7) 하나의 예술을 이해하고 취미로 즐김 : 이 점은 나폴레옹이 죽으면서 후회한 부분이다. 프랑스를 제패한 제왕의 몸이었지만 그는 한 떨기 국화를 바라보며 시심(詩心)에 젖어보지 못했고, 한 편의 심포니에 심취해 본 적이 없다. 예술을 모르는 삶은 메마르다.

(8) 종교적 행복 : 수녀와 비구니들은 왜 모두 아름답게 보일까? 남보다 더 좋은 화장품을 쓸 일도 없고, 돈이 많은 것도 아닐텐데 어쨌거나 그분들은 아름답고 행복해 보인다. 그것을 가리켜 종교에서는 법열(法悅)이라고 한다. 그들에게 왜 인간적인 고뇌가 없을까마는 세속의 허욕을 절연하고 초연히 죽음을 맞이할 수 있다는 점만으로도 그들은 행복하다.

(9) 이집트의 피라미드와 뉴욕의 맨해튼을 보았는가? 이 질문은 다소 엉뚱한 데가 있지만 곰곰이 생각해 보면 꽤 그럴싸한 질문이다. 아

마도 문화 수준을 묻는 것으로 보면 크게 틀리지 않을 것이다. 문명의 막장이라고 할 수 있는 피라미드 앞에서 망연자실해 본 사람은 역사의 유장함을 알 수 있을 것이며, 브로드웨이에서 최첨단 예술을 감상해 본 사람이라면 그 영혼이 그리 메마른 사람은 아닐 것이다.

(10) 천수를 누리고 평화로운 죽음을 맞음 : 아마도 이것은 내 노력으로 될 수 없을지도 모르며, 그래서 어쩌면 하느님의 몫일는지도 모른다. 그러나 가만히 생각해 보면, 베푼 만큼 받을 수만 있다면 이것도 결국은 나 자신의 적덕(積德)과 함수를 이룰 수도 있다는 점에서 전적으로 운명적인 것만은 아닌 것 같다.

자, 그러면 당신은 위의 항목 중에서 몇 점에 해당되는가? 나는 아무리 잘 봐줘도 6.5를 넘기기는 어려울 것 같다. 그러니 내 인생도 그리 성공한 것 같지는 않다. 내 딴에는 꽤 열심히 살아왔는데도….

(2006. 5.)

예술가에게도 조국은 있다

때는 1830년 11월 2일, 폴란드의 수도 바르샤바 역 대합실에는 20세가 된 청년이 가족의 전송을 받으며 기차에 오르고 있었다. 그의 이름은 쇼팽(F. Chopin)이었다. 그는 나이 20에 이미 세계적인 피아노 연주자라는 명성을 얻고 유럽 연주 여행을 떠나고 있었다. 발차 시간이 되어 기차가 서서히 역을 벗어나자 그는 자기가 사랑하는 조국 폴란드의 모습을 하나라도 더 눈에 담으려는 듯이 밖의 경치에서 눈을 떼지 않았다. 그가 폴란드를 떠나 처음으로 도착하여 연주 생활을 시작한 곳은 비엔나였다. 그 무렵 바르샤바로부터 자그마한 소포가 배달되었다. 거기에는 한 줌의 흙이 들어 있었고 친지의 편지에는 "이것은 조국 폴란드의 흙"이라고 적혀 있었다.

그가 아무리 음악의 천재라 할지라도 쇼팽은 파도처럼 밀려오는 조국 폴란드의 추억을 잊을 수가 없었고 또한 고독을 견딜 수가 없었다. 그리하여 그는 끝내 비엔나를 떠나기로 마음먹었다. 그는 애당초 런던으로 가고 싶었지만 그곳을 포기하고 파리에 정착하였다. 이곳에서의 생활은 비교적 행복했다. 여인과의 사랑이 있었고, 예술을 사랑하는 파리장들의 갈채가 그를 행복하게 해주었다.

26세 되던 해에, 그는 파리 사교계의 별과 같은 조르주 상드(G. Sand) 여사를 만나 모정과 애정을 함께 갓볼 수 있었다. 그러나 객지 생활의 고독과 우울 그리고 건강을 제대로 관리하지 못한 쇼팽은 이미 당시로서는 불치병이나 다름이 없는 폐결핵으로 쿨룩거리고 있었다. 연상의 상드 여사는 어머니와 같이, 아내와 같이 그리고 간호사와 같이 쇼팽을 보살펴 주었다.

이들의 행복한 세월은 9년 동안 이어지다가 상드 여사의 전남편 소생들의 양육 문제를 둘러싸고 이 두 사람은 다투는 일이 빈번하였고 끝내는 헤어짐의 쓰라림을 맛보게 되었다 쇼팽의 생활에는 또다시 고독과 우울이 찾아왔다. 그는 고향 바르샤바의 하늘을 바라보았으나 분할과 멸망의 소용돌이가 된 자기의 조국으로 이제는 돌아갈 수도 없게 되었다. 그럴 때면 그는 바르샤바 철도역 대합실에서 마지막으로 본 고국의 경치를 머릿속에 그려보기도 했고 친지들이 보내준 조국 폴란드의 흙냄새를 맡으며 향수를 달래곤 했다.

쇼팽은 끝내 조국에 대한 그리움을 이겨내지 못했다. 폐결핵은 더욱 악화되어 갔다. 그는 자기가 청년 시절에 그리워했던 영국으로 건너가 정착하고 싶었다. 런던에 도착한 쇼팽은 건강도 다소 회복되자 연주도 다시 할 수가 있어 친지의 초청을 받고 스코틀랜드로 연주 여행을 떠났다. 1848년의 스코틀랜드는 유난히도 추웠다. 북해에서 불어오는 찬바람과 안개 낀 눅눅한 그곳의 기후는 폐결핵을 앓고 있는 쇼팽에게 극약이나 다름이 없었다. 이때의 여행으로 쇼팽은 회생할 수 없는 치

명상을 입게 되었다.

죽음을 앞둔 대부분의 사람들이 그렇듯이 쇼팽도 고향이 그리웠다. 그러나 지금은 남의 땅이 된 폴란드로 돌아갈 수 없는 쇼팽은 그의 제2의 고향인 파리로 돌아갈 수밖에 없었다. 1848년 11월, 파리로 돌아온 그는 그 후 일년 동안 병석에 누워 있다가 꿈에도 그리던 고국에 돌아가지 못하고 1849년 10월 17일, 끝내 눈을 감았다. 그때 쇼팽은 나이도 아까운 39세였다. 그가 임종한 머리맡에는 작은 상자가 하나 놓여 있었다. 그가 19년 동안 어디를 가든 함께 들고 다녔던 조국 폴란드의 흙이었다.

1949년 10월 30일, 파리 마드레느 교회에서 거행된 그의 장례식에는 모차르트의 진혼곡만이 구슬피 울려 퍼졌다. 그의 유해는 파리 교외의 팔 라시에즈에 안장되었다. 하관(下棺)이 끝나자 한 친우가 그의 관 위에 그가 그토록 못 잊어 했던 한 줌의 폴란드 흙을 뿌려 줌으로써 그의 장례식은 끝났다.

그 후 며칠이 지나 폴란드 바르샤바의 한 교회에서는 쇼팽의 또 다른 장례식이 거행되었다. 그 장례식에는 관도 없었고 자그마한 상자 하나만이 매장되었다. 그 안에는 쇼팽의 심장이 들어 있었다. 그의 친지들은 고국에 돌아가고 싶었던 쇼팽의 영혼을 위로하기 위하여 심장만이라도 고국에 묻어 주기로 했던 것이다.

국경이 없다는 예술의 세계에서도 이토록 처절한 애국이 있고 몽매에도 잊을 수 없는 조국이 있다는 사실이 새삼 감동으로 다가온다. 비록 지금은 찢겨진 땅, 어려운 시대에 살고 있을지언정 우리가 진실로 조국을 사랑하며 살 수만 있다면 얼마나 행복하겠는가?

(1983. 4. 25.)

삼악(三握) · 삼토(三吐)의 교훈

일찍이 중국 주나라의 문왕(文王)은 천하의 대업을 이룩하면서 인물을 구하는 것이 시급한 문제라 생각하고 경륜 있는 정치가를 구하는 데 주력했다. 그때 한 신하가 이르기를 강여상(姜呂商)이란 인물이 가히 천하를 다스릴 재주가 있다고 추천했다. 문왕은 제왕의 몸으로 그를 부를 수도 있었지만 그것은 어른을 모시는 예가 아니라 생각하고 손수 여상을 찾아가기로 했다. 문왕이 여상을 찾아 위수(渭水)라는 곳에 이르니 마침 여상은 낚시를 나가고 없었다.

문왕은 다시 낚시터를 찾아가 여상을 만나 천하를 다스리기 위해 선생님을 모시러 왔노라고 말했으나 여상은 낚시만 내리고 말이 없었다. 아침나절에 도착한 문왕은 조금도 불쾌한 표정을 짓지 않고 여상의 뒤에 지켜서서 보니 낚시는 곧은 낚시였고 고기는 한 마리도 낚지 못했다. 저녁 무렵이 되도록 지치지 않고 제왕의 몸으로 점심도 거른 채 서서 기다리는 문왕을 보고 그제서야 여상은 문왕의 청을 받아들여 주나

라의 정치를 맡기 시작했는데 이를 가리켜 후세인들은 강태공(姜太公)
이라 부른다.

문왕이 죽자 그 아들 무왕(武王)이 등극했고, 무왕의 뒤를 이어 성왕
(成王)이 포대기에 싸인 채 등극했다. 어린 성왕이 정사를 처리할 수
없으니 문왕의 차남이며 무왕의 아우인 주공(周公)이 섭정을 하게 되
었다. 그는 자기의 조카인 성왕을 꾸짖을 일이 있으면 차마 왕을 나무
라지 못하고 애꿎게 자기 아들인 백금(伯禽)을 잡아다가 종아리를 치
니 이를 보고 왕은 깨달으며 자기의 잘못을 고쳐 나갔다.

아들 백금이 성장하여 노(魯)나라의 제후로 떠날 때 주공은 아들을
앞에 앉혀 놓고 훈계하기를 "나는 왕의 숙부이지만 천하에 뜻있는 손
님이 찾아오면 머리를 감다가도 미처 손질을 못하고 머리채를 움켜쥔
채 달려 나가기를 세 번이나 했고(三握), 밥을 먹다가도 손님이 찾아오
면 씹던 밥을 삼킬 겨를이 없어 그것을 뱉어 내고 달려 나가기가 세 번
이었으니(三吐), 아무쪼록 너는 제후의 몸으로서 더욱 겸손하며 거만
함이 없도록 삼가라"고 타일렀다.

문왕이 일개 촌로를 모시기 위해 제왕의 몸으로 뙤약볕 아래에서 하
루를 기다렸고, 주공이 왕의 숙부의 몸으로 삼악·삼토하며 자식의 종
아리에 회초리를 대었기에 800년의 주나라가 흥왕할 수 있었고, 중국
의 성현 공자조차도 그를 스승으로 생각했다.

지금의 우리 현실은 어떠한가? 참으로 난세이다. 나 자신을 포함해
서, 내 자식을 포함해서 위아래도 없는 호로(胡虜: 예의를 모르는 북방
오랑캐)의 삶을 살고 있다. 그리고 그들이 정치를 한답시고 천둥벌거
숭이처럼 날뛰고 있다. 마치 브레이크가 고장난 차를 타고 비탈을 내
려가는 듯한 불안과 두려움이 앞에 가득하다.

어쩌다가 이 사회가, 동방예의지국이라던 이 나라가 이 꼴이 되었는가? 그 이유는 간단하다. 우리 사회는 어른이 없는 사회가 되었기 때문이다. 할아버지와 할머니는 도시의 아파트가 싫어 고향에 계시고, 애비라는 사람은 늦게 들어와 일찍 나가니 하숙생이나 다름이 없다. 젊은 것들은 핵가족이랍시고 모두 분가해 나갔다. 그러니 그 가정에서 자란 자식들이 오죽하겠는가? 더구나 그들이 정치를 한다니 더욱 세상이 어려워진다.

이미 늦었지만, 이제부터라도 어른이 나서야 한다. 손주의 종아리를 치며 법도 있게 가르쳐야 한다. 그런 기풍이 이루어져 지금으로부터 20년쯤 지나면 조금은 더 나은 세상이 올 것이다. 그것이 멀다고 생각하기에는 우리의 미래가 더 길기에 낙심할 필요는 없다. 인생이 70을 산다지만 부모와 더불어 40년을 올려다보며 살고 자식과 더불어 40년을 내려다보며 산다. 그렇게 사노라면, 우리는 죄지을 수가 없고 우리에게도 행복은 오지 않겠는가.

(1992. 3.)

도적질에도 도(道)가 있는데…

옛날 중국의 춘추전국시대에 도척(盜跖)이라고 하는 탁월한(?) 도둑이 살고 있었다. 어느 날 공자(孔子)께서는 좋은 일 하고 살기에도 짧은 세상에 도척이 그토록 나쁜 짓만 한다는 말을 듣고 그를 타이르러 갔다가 그의 학문이 너무도 깊은 데 놀라 무안만 당하고 나오는데 말고삐를 잡으려다가 세 번 놓쳤고 눈앞이 아득하여 아무것도 볼 수가 없었다고 한다.

그런 도척이 늘그막에는 일선에서 은퇴하여 도둑질을 가르치는 학원을 세워 후진 양성으로 여생을 마치었다. 그런데 이 학원의 명성이 높아지자 천하에 이름난 고수들이 특강을 받기 위해 모여들었다. 어느 날 도척이 도둑질에 관하여 강의를 하는데 한 제자가 일어나 도둑질에도 도(道)가 있는가를 물어보았다. 도척은 정색을 하면서 이렇게 대답했다.

도둑질에는 다섯 가지의 도가 있으니,

첫째로 저 집 안에 도둑질할 만한 패물이 있는지 없는지를 미리 아는 것은 성스러운 것이요(聖),

둘째로 이번의 도둑질이 성공할 것인지 아니면 실패할 것인지를 사전에 예측하는 것은 지혜로운 일이요(智),

셋째로 도둑질을 하면서 동지들보다 앞장을 서서 들어가는 것은 용기 있는 일이요(勇),

넷째로 도둑질을 마치고 그 집에서 제일 나중에 나오는 것은 의리 있는 일이요(義),

다섯째로 도둑질한 장물을 동료들과 함께 공평하게 나누어 갖는 것은 어진 일이니(仁) 어찌 도둑질에 도가 없다 하겠는가? 아무쪼록 제군들은 이를 명심하여 도둑질을 하면서 세상의 속물들처럼 분별 없는 짓을 저지르지 말도록 하라.

이 험한 세상 살면서 아무리 정직하게 산다고 할지라도 우리는 모두가 도둑에 지나지 않는다. 다만 정도의 차이만이 있을 뿐이다. 예수께서 그 제자들이 간음한 여인을 데리고 와서 돌로 쳐 죽여야 한다고 말하니까 "너희들 중에 죄 없는 자가 먼저 돌로써 이 여인을 치라"고 말하고 바닥에 무언가를 썼다고 한다. 이 시대의 누가 감히 도척을 도둑이라 지탄할 것이며 비난할 수 있을 것인가? 결국은 오십소백(五十笑百)에 지나지 않는 일이다.

물론 이 시대 이 사회에는 부지런하고 성실한 덕분에 넉넉하게 사는 사람들이 있다. 그런가 하면 화장실이 가족 수대로 있고 초등학교 1학년짜리에게도 단독 전화를 주고 사는 사람도 있다. 그러나 재산의 양

은 도둑질한 양과 정비례하는 것이라면 우리의 재산이 장물이라는 사
실을 부정할 만한 사람이 과연 몇이나 될까? 나는 이 시대의 가진 자들
이 도척의 다섯 가지 도를 모두 지키면서 살기를 기대하고 있지는 않
다. 다만 그 다섯 가지의 도 중에서 마지막의 도(仁)만이라도 실천해
주면 우리의 삶이 조금은 따뜻해지지 않겠는가?

(1979. 2. 8.)

죽은 천리마의 뼈

옛날 중국의 춘추전국시대, 군웅이 할거하며 쟁패할 적에 특히 연(燕)나라와 제(齊)나라의 다툼이 심했는데 대체로 연나라가 핍박을 당하는 편이었다. 연나라의 왕위에 오른 소왕(昭王)은 우선 나라를 일으키기 위해서는 훌륭한 인재를 맞아들이는 일이 먼저라고 생각하고 신하 중에 곽외(郭隗)라는 사람을 불러 상의하였더니 곽외는 다음과 같은 고사(故事)를 들려주었다.

옛날에 어느 임금이 살았는데, 그는 천리마 한 필을 갖는 것이 소망이었다. 그리하여 그 임금은 부하를 불러 황금 천 냥을 주면서 천리마를 구해 오도록 당부했다. 그 부하는 천리마를 구하러 떠난 지 며칠 만에 돌아왔는데 구해 오라는 천리마는 구해 오지 않고서 가지고 간 황금 500냥으로 죽은 천리마의 뼈 몇 개만을 사가지고 왔다. 화가 난 임금은 살아 있는 천리마를 구해 오랬지 누가 죽은 말 뼈를

그 비싼 값으로 사오라고 그랬느냐고 꾸짖었다. 그런데 그 부하의 대답인즉, "천리마란 흔한 것이 아니요, 있다고 할지라도 누가 그것을 쉽게 내놓겠습니까? 이제 임금께서 천리마를 사랑하심이 지극하여 죽은 말의 뼈도 500냥에 샀다는 소문이 나면, 살아 있는 천리마를 가진 사람이 어찌 나타나지 않겠습니까?"라고 진언했다.

이런 일이 있은 지 1년이 못 되어 그 임금에게는 과연 세 사람이 천리마를 가지고 찾아왔다. 이 말을 들은 연왕(燕王)은 깨달은 바가 있어 우선 곽외를 우대하며 천하에 인재를 사랑함이 지극하니 과연 전국으로부터 영웅·재사들이 모여드는데 그 중에서도 특히 악의(樂毅)라는 인물이 뛰어나 6개월 안에 제나라를 깨뜨리고 70개 성을 빼앗았다고 한다. (『십팔사략』(十八史略) 중에서)

국가든 기업이든 그 흥망성쇠는 사람을 쓰는 데 있다. 나는 대한제국의 멸망도 인재(人災)라고 확신한다. 그러므로 사람을 잘 쓰는 것이 천하를 얻는 방법이다. 인사(人事)가 만사(萬事)이다.

(1991. 7.)

대통령이 육군 중장으로 강등한 이야기

조국이니 민족이니 하는 얘기를 자주 하다 보면 그런 것은 높은 사람이나 생각할 문제요, 우리같이 낮은 사람에게는 도무지 생각할 겨를조차도 없는 일이라는 푸념을 듣고 당황하게 되는 때가 많다. 그러나 민족은 어느 특정인의 소유물도 아니요, 또 그들을 위해서 있는 것도 아니며 공경대부(公卿大夫)로부터 초부목동(樵夫牧童)에 이르기까지 누구나가 조국을 위해서 일할 수 있는 기회는 공평하게 부여되어 있다.

해주(海州) 기생 월선(月仙)은 동료들과 함께 무명지를 깨물어 태극기를 그려 만세에 참여함으로써 그 붉은 마음을 청사(靑史)에 드리웠다. 그러므로 조국 전선에는 부귀도 공경도 모두 초개와 같은 것이요, 이것을 위해서라면 나의 모든 것을 버려도 아까울 것이 없을 것이다. 그 한 예가 미국의 국부(國父) 워싱턴(George Washington)이다.

1732년 버지니아의 웨스트모어랜드에서 태어난 워싱턴은 정규 교육

을 받은 적이 없다. 그는 다만 자기 어머니인 메리 여사의 전남편 소생 즉 그의 이부형(異父兄)인 로렌스에게서 틈틈이 글을 배운 것이 전부였다. 17세 때부터 그는 자기 고향에서 토지측량사로 생계를 이어가다가 아버지와 형이 모두 죽은 후로는 막대한 토지를 상속받아 농장을 경영할 수가 있었다. 워싱턴의 청년 시절은 국가적으로 볼 때 매우 다사다난했다. 미국이 비록 영국의 식민지였다고는 하지만, 이곳에 상당한 이해관계를 가지고 있던 프랑스의 도발이 비일비재하게 벌어지고 있었다.

워싱턴은 22세가 되면서부터 그와 같은 프랑스군의 침략을 스스로 막아내지 않을 수가 없었는데 1754년의 대(對)프랑스 전투에서 혁혁한 무공을 세운 후로는 농장주라기보다는 군인으로 더욱 유명해지게 되었고 1755년에는 육군 대령으로 버지니아군 사령관이 됨으로써 정치가로서의 생애가 시작되었다. 27세가 되던 해, 워싱턴은 한마을에 살고 있는 과수댁으로서 두 아이의 어머니인 거티스 여사와 결혼했다.

미국의 독립전쟁이 일어나자 워싱턴은 제1~2차 대륙의회의 의원이 되었으며 1775년에는 미국 독립군 사령관이 되었다. 전쟁이 끝나자 워싱턴은 1789년에 신헌법에 따라 만장일치로 대통령에 선출되었으며 1793년에 재선되었다. 그 당시의 국내외적인 여건으로 보나 워싱턴 자신의 개인적인 명성으로 볼 때 국왕제를 채택할 수도 있었지만 그는 세 번째의 대통령 당선을 사퇴하고 고향 버지니아로 돌아가 농부가 되었다.

여기까지의 얘기는 세상에 흔히 알려진 것이어서 소개하기조차 새삼스러운 것이다. 그러나 이 글에서 말하고자 하는 것은 그가 대통령으로부터 물러난 뒤의 이야기이다. 워싱턴을 중심으로 하는 '건국의

아버지'들이 독립전쟁을 성공리에 완수했고 또 워싱턴이 재임 8년 동안 그 직무를 훌륭하게 수행함으로써 미국의 국기(國基)가 튼튼해졌다고는 해도 건국 초기 미국의 대외 관계는 여전히 불안하였다.

워싱턴이 물러나고 2대 대통령으로 취임한 사람은 애덤스(John Adams)로서 그는 워싱턴 밑에서 부통령을 지낸 인물이었다. 애덤스가 대통령으로 취임한 이듬해인 1798년부터 미국은 또 다른 외환을 맞이하게 되었다. 그것은 다름 아닌 프랑스의 위협이었다. 신대륙에 널려 있는 막대한 이해 관계의 유혹을 뿌리칠 수 없었던 프랑스는 미국에 대해 군사 작전을 획책할 정도로 적극적이었다.

애덤스 대통령은 이 위급한 상태에서 이를 극복할 수 있는 전략가를 찾아보았지만 퇴임한 전직 대통령인 워싱턴만한 적임자가 없었다. 그리하여 애덤스는 워싱턴을 찾아가서 이 난국(難局)을 타개할 수 있도록 도와달라고 부탁하였다. 이러한 애덤스의 부탁에 대하여 워싱턴은 기꺼이 응낙했다. 그리하여 워싱턴은 지난날 자기가 거느리던 애덤스 밑에 들어가 육군참모총장이 될 것을 승낙했다.

그러자 한 가지 문제점이 생겼다. 그것은 다름이 아니라 육군참모총장은 어느 나라를 막론하고 현역 군인이어야 한다는 사실이었다. 그러나 보통 사람이라면 모르지만 전직 대통령인 워싱턴에게 어떤 계급을 부여할 것인가에 대하여 애덤스는 고심하지 않을 수가 없었다. 이러한 문제가 야기되자 워싱턴은 역시 국부다운 금도(襟度)를 보였다. 그는 그 당시로서는 최고 계급이었던 육군 중장의 계급을 달기로 결심한 것이었다.

워싱턴이 육군 중장의 계급장을 달고 현역으로 복귀한 이후 그의 탁월한 전략 전술은 프랑스의 군사적 위협을 제거하기에 충분한 것이었

다. 그러나 나이가 이미 66세에 이른 워싱턴은 건국 초기의 온갖 전화(戰禍) 속에서 이미 몸은 회복할 수 없을 만큼 병들어 있었다. 워싱턴은 결국 육군참모총장으로 복귀한 지 일년 만인 1799년 12월 14일 군복을 입은 채로 세상을 떠나 고향인 마운트 버논(Mount Vernon)에 묻혔다.

우리에게 조국은 무엇일까? 조국 앞에 우리는 누구일까? 시대가 어지럽고 혼탁할수록 지도자가 그립다. 워싱턴 같은….

(1978. 9.)

희망만이라도 물려주자

아무리 인명이 재천(在天)이라고는 하지만 아마도 우리나라는 비명 횡사율이 세계에서 가장 높은 나라 중의 하나임이 틀림없는 것 같다. 비행기가 떨어지고, 배가 가라앉고, 열차가 탈선하고, 이제 다리마저 무너졌으니 여염에서 자조하는 말로 육·해·공에서 모두 사고가 났다. 이런 사회에서 살아남는 것이 용하고, 옛 어른들의 말씀처럼 "밤새 안녕하시냐?"는 인사가 유행하고 있다. 물론 사람이 하는 일이니 사고가 있을 수 있다고는 하지만 그것이 한두 번이 아니니 터질 때마다 다시는 그런 일이 없도록 하겠다는 약속도 이제는 진절머리가 난다.

대통령이 사과 성명을 발표하고 다시는 그런 일이 없도록 하겠다고 대국민 방송을 하고 있는 그 순간에 또 배는 가라앉고 있었다. '우째 이런 일이' 있을 수 있을까? 한 마디로 말해서 양심의 마비요, 도덕성의 황폐가 빚은 결과이다. 기술이 없어서 그렇다면 우리는 이토록 분노하지 않는다. 아마 소말리아에도 이런 일은 없을 것이다. 당초에 설

계 하중을 초과했다는 변명도 실감이 나지 않는 것이, 로마제국 당시에 건설한 다리가 아직도 튼튼한 것을 어떻게 설명할 수 있겠는가?

옛날 중국의 춘추전국시대 노(魯)나라에 미생(尾生)이라는 청년이 살았다. 어느 날 미생은 사랑하는 여인과 데이트가 있었는데 장소는 다리 밑이었다. 그는 약속 시간이 되어 다리 밑에 나가 기다렸지만 그의 애인은 나타나지 않았다. 그러나 그는 낙심하지 않고 다리 밑에서 하염없이 기다렸다.

그런데 그때가 마침 장마철이어서 갑자기 폭우가 쏟아지기 시작했다. 장맛비는 억수같이 쏟아져 미생이 있는 곳까지 물이 차올랐지만 그는 약속을 지키기 위해 자리를 뜨지 않았다. 그는 떠내려가지 않기 위해 교각을 잡고 버티다가 결국 물에 빠져 죽고 말았다. 장마가 걷히고 물이 빠진 후에도 미생은 교각을 부둥켜안고 애인을 기다리고 있었다.

아마도 이 우화의 필자인 장자(莊子)가 하고 싶은 말은 세상살이에서의 신의의 중요함일 것이다. 그러나 우리에게 이러한 신의가 사라진 지는 이미 오래되었다. 기업의 윤리도 없고 정치하는 사람의 책임도 없다. 오로지 목전의 돈에만 연연할 뿐이다.

연전에 어느 운수회사에서 운전수에게 오리엔테이션을 하면서 교통사고가 날 경우 불구자를 만드는 것보다는 아예 죽이는 것이 해결하기도 편하고 돈도 적게 든다고 설명했다는 말을 들으면서 나는 소름끼치는 충격을 받은 적이 있다. 아마 요즘의 건설회사들도 공사비를 다 들이기보다는 차라리 위자료로 해결하는 것이 더 싸게 먹힌다고 계산을 하고 있을지도 모른다.

우리는 이 땅이 눈물도 없고 슬픔도 없이 오로지 젖과 꿀이 흐르는

천국이 되기를 바랄 만큼 이상주의자는 결코 아니다. 우리는 적어도 이 땅이 상식이 통하는 터전이 되기를 바랄 뿐이다. 시멘트 대신 비닐을 넣고, 철제 대신 스티로폼을 쓰고, 공사비의 40퍼센트를 하도급에서 착취하고, 거기에 다시 관청 문을 드나들 때마다 뜯기는 이 야만의 땅이 싫을 뿐이다.

인류 최초의 금속활자니 석굴암이니 하는 얘기며 충무공이나 세종대왕이 지금 우리의 삶에 무슨 의미가 있겠는가? 오히려 부끄러움만이 있을 뿐이다. 그러니 이제부터라도 다시 시작해야 한다. 우선은 인간으로서의 최소한의 양심이라도 되찾는 것이며 그 다음은 정치의 부패를 청산하는 것이요, 그렇게 함으로써 이 시대를 풍미하고 있는 냉소주의를 희망으로 바꾸는 일이다.

우리는 그러한 꿈이 우리 당대에 이루어지리라고 바라지는 않는다. 적어도 우리 자식의 대에서 만이라도 이 척박한 인면수심(人面獸心)의 땅에서 살지 않게 되었으면 좋으련만….

(1994. 11. 10.)

모택동의 아들과 상해 임시정부청사

　중국 건국의 아버지라고 할 수 있는 모택동(毛澤東)은 장사(長沙) 사
범학교 시절, 그가 그토록 존경하던 스승 양창제(楊昌濟)의 집안을 드
나들면서 그의 딸 양개혜(楊開慧)를 사랑하게 된다. 부모의 반대에도
불구하고 이들은 결국 결혼해서 안영(岸英)이라는 아들을 낳는다.

　당시 중국은 국공 내전의 시기로서 이들 세 식구는 참으로 신산(辛
酸)한 삶을 산다. 모택동은 혁명에 참가하여 가족을 돌볼 틈이 없었고,
어머니는 어린 아들을 데리고 고향에 남아 있다가 국부군에 잡힌다.
양개혜는 국부군이 전향을 요구했으나 이를 거부하다가 옥중에서 처
형되었는데 이때 모안영의 나이는 8세였다.

　고아 아닌 고아가 된 모안영은 온갖 고초를 겪으며 소년기를 지낸
후 청년이 되자 모스크바로 유학하여 기계기술자가 되어 돌아온다. 모
택동은 그를 무섭게 단련시킨다. 모안영이 모스크바에서 공부를 마치
고 오자 모택동은 "중국의 지도자는 농사 짓는 법을 알아야 한다"고

말하고 시골에 가서 농사를 지으라고 한다. 안영은 시골에 내려가 열심히 고구마 농사를 지어 수확물을 들고 아버지를 찾아간다. 시골에서 돌아온 아들을 본 모택동은 고구마는 쳐다보지도 않고 손을 보자고 한다. 아들이 손을 보여주자 모택동은 그제서야 그 정도면 되었다고 말했다.

이 무렵에 한국전쟁이 일어나자 모택동은 아들을 지원병으로 한국에 보내어 팽덕회(彭德懷)를 돕게 한다. 그는 당시 신혼 초였다. 모안영은 미군의 반격이 시작되자 퇴각하다가 평안북도에서 폭격으로 28세의 젊은 나이로 전사한다. 그가 죽자 주은래(周恩來)는 그의 시신을 중국으로 옮길지를 모택동에게 문의한다. 그때 모택동은 이렇게 말한다.

"죽은 자리에 그대로 묻어 주어라. 전사는 역사의 현장에 묻히는 것이 영예롭다."

오늘날 우리 사회에서는 상해(上海)와 중경(重慶)에 있는 임시정부의 청사를 한국에 옮겨 독립기념관에 복원하려는 움직임이 있다. 그뿐만 아니라 중국 각지에 흩어져 있는 애국 지사들의 시신을 모국으로 천장(遷葬)하려고 주선하고 있다. 애국 지사의 천장이 고인의 뜻이라면 이를 반대할 이유는 없다.

그러나 임시정부청사를 한국에 옮겨오는 것이 무슨 의미가 있는가? 영국의 대영박물관이나 파리의 루브르 박물관에 소장되어 있는 수많은 이집트·그리스의 유물은 이미 역사의 현장을 떠난 것이며, 하나의 약탈물에 지나지 않는다.

역사를 보전하면서 가장 먼저 지켜야 할 원칙은 원형을 있는 그대로 보전하는 동시에 역사의 현장에 놓아두는 것일진대, 임시정부청사를

한국에 옮겨오는 것은 역사학적으로도 온당하지 않다. 그것이 현장을 떠났을 때 그 의미는 이미 반감(半減)되는 것이며, 한낱 벽돌장과 서까래에 지나지 않는다. 그것이 한국에서 복원될 경우 과연 얼마나 진한 역사적 감동을 우리에게 줄까를 고려해야 한다.

그러므로 이 문제는 본국으로의 이전과 같은 역사적 감상주의의 시각에서 해결할 일이 아니다. 진실로 임시정부의 의미를 자손에게 물려주려면 당국은 우선 그 건물들을 인수하여 원형을 복원한 다음 그곳을 기념관으로 꾸미는 방법이 최선일 것이다.

머지않아 한중 국교가 수립되고 한중 관계가 근거리화함으로써 왕래객들이 많게 되면, 그것이 상해에 있든 중경에 있든 거리가 얼마나 떨어져 있는가의 문제는 그리 심각하지도 않고 중요하지도 않다. 이런 문제일수록 냉정하고도 긴 안목으로 해결해야 한다. 낭만적 단견으로써 처리한다면 역사적 유물을 보전하려는 본의와는 달리 그를 훼손하고 상실하게 될 터이니 그것이 안타깝다.

(1992. 5.)

제 3 장 느네 아빠 연금 타니?

느네 아빠 연금 타니?

내 나이 어느덧 50대 중반, 아직도 마음은 청춘인데 문득 세월의 빠름을 느끼며 스스로 서글퍼질 때가 많다. 돋보기를 쓰고도 글씨가 안 보여 조교를 부를 때, 내 눈에는 아직도 아이로 보이는데 자식들의 혼담이 오고 갈 때, 아내의 주름진 얼굴을 바라볼 때, 반백(半白)인 머리를 거울 앞에 비춰 볼 때, 가까웠던 친구들이 하나둘 먼 길을 떠날 때, 학과 회의에서 "원로(?) 교수님께서 먼저 말씀하시죠"라는 말을 들었을 때, 학생들과 등산을 하다가 "작년만 못하시군요"라는 말을 들을 때, 약수터 갈 때 물병이 일곱 개에서 다섯 개로 줄었을 때, 나는 내가 살아온 날들보다 살아갈 날들이 적음을 알고는 조바심을 느끼곤 한다.

그러나 내가 가장 괴로운 것은 은퇴하신 은사님들에게 세배를 갔을 때이다. 몸도 잘 추스르지 못하시면서 초점 없는 눈길로 나를 보시며 내 건강을 염려하시는 말씀을 들을 때면 너무 민망해서 몸둘 바를 모르겠다. 내가 그분을 처음 만났을 때 그분은 지금의 나보다 더 젊으신

연세였다. 그때만 해도 당신께서는 그 카랑카랑한 목소리로 천하를 호령하시는 듯했는데 벌써 지는 황혼에 사신(死神)이 얼굴에 어른거리는 것을 보며 나는 나 자신을 생각하곤 했다. 나도 늙으면 저렇게 될 테지… 하는 생각을 하며 나는 무거운 발걸음을 옮긴다.

늙음이라는 것은 누구에게나 운명적으로 찾아오는 것이니 그것은 그렇다 하더라도, 플라톤(Platon)의 말처럼, 가난한 노후는 너무 안쓰럽다. 행복한 노후를 맞이하려면 세 가지를 갖추어야 한다는 어느 정신과 의사의 충고를 잊을 수가 없다. 그의 말에 의하면, 첫째로는 사랑하는 아내(남편)와 해로하며 다정한 친구를 곁에 둘 것이며, 둘째로는 인생을 너무 모질게 살지 말고 좀 넉넉한 마음을 가질 것이며, 셋째로는 돈을 벌어 둘 것이다.

위의 세 가지 충고 중에서 첫 번째와 두 번째는 그럴싸했지만 세 번째 대목에서는 나는 마치 전기를 맞은 것처럼 전율했다. 죽는 데도 돈이 든다는 말은 들어봤지만 늙어서 돈이 필요하다는 정신과 의사의 충고는 너무도 절절해서 얼마 동안 망연자실했다.

그러나 곰곰이 생각해 보면, 그만한 일로 망연자실한 내가 어리석은 사람이었다. 내가 원했건 원치 않았건 간에 우리는 자본주의의 시대에 살고 있고, 그래서 돈이 미덕인 사회에 살면서 부자가 행복하다는 말에 망연자실할 일이 아니었다. 가난은 죄가 아니라 다만 불편한 것이라는 것은 내가 살아온 인생을 되돌아보아도 알 만하다. 그러나 가난이 불편한 정도가 아니라 남에게 폐가 된다는 것을 깨달은 것은 자식들이 커 가면서부터였다.

얼마 전에 어느 대학 여학생회에서 가장 훌륭한 시아버지의 상(像)과 가장 훌륭한 시어머니의 상에 관한 여론 조사를 한 적이 있었다. 그

때 뽑힌 가장 훌륭한 시아버지의 상은 노후에 손자에게 용돈과 교육 보험을 들어줄 만한 연금을 타는 남자였고, 가장 훌륭한 시어머니의 상은 아들이 좋아하는 반찬을 만들어 아파트 경비실에 맡기고 그냥 돌아가는 여자였다.

또 다른 예로 남녀가 데이트를 하다가 정이 들면 여자 쪽에서 묻는 말이 "느네 아빠 연금 타니?"라는 말이라고 한다. "부모님과 함께 살아야 하니?"라는 말은 아예 하지도 않는다. 으레 따로 살려니 생각하고 있기 때문이다. 이런 얘기를 듣고 충격받으신 분들은 "내 자식은 그럴 리 없어"라고 강변할 필요도 없고 "너희도 늙는 날이 있을게다"라고 푸념할 필요도 없다. 어차피 다른 시대를 살아온 우리는 말이 핏줄이지 남이나 다를 바가 없기 때문이다.

내가 존경하는 한 은사는 우리를 만날 적마다 퇴직금을 일시불로 타지 말고 연금으로 타라는 말씀을 거듭거듭 강조하신다. 그분의 논리인즉, 정년 퇴직 후에 7년을 살면 연금이나 퇴직금이 같고, 그 이상을 살면 그만큼 이득이며, 어려운 시대를 살아오느라고 골병 든 우리는 먼저 죽을 터이지만 아내는 장수할 터이니 아내가 받는 연금(50퍼센트)은 그대로 남는 것이라는 것이 그분의 계산이다.

그러나 그분이 일시불보다 연금을 원하는 데에는 그보다 더 깊은 뜻이 있었다. 어차피 선생의 연금은 먼저 본 놈이 임자라는 자멸감(自蔑感)과, 연금도 없어 경로당에 갈 적마다 며느리에게 손 내미는, 그래서 자식들로부터 죽기나 기다리는 인생의 비참함을 그분은 알고 계신 것이다. 경로당에서도 돈 없는 늙은이는 문간에 앉는다던가….

이런 문제에 대해서는 비교적 초연하여 젊었을 적부터 자식과 함께 살지 않으리라고 맹세조로 말하던 내 아내가 어느 날 침울하니 내게

말을 걸어왔다. 얘기인즉, 자기 친구가 장가간 아들에게 자동차를 사 주려고 돈을 들고 아들 집을 찾아갔더란다. 마침 아들은 없고 며느리가 맞으면서 돈을 받고는 "온라인으로 부치시지 이만한 일로 뭘 오셨어요." 하더란다. 그리고 그 친구는 자식에게 고맙다는 인사라도 듣고 싶었던 모정을 안으로 삭이며, 울면서 집으로 돌아왔다. 우리가 농촌에서 살 때의 가장 풋풋한 인사였던 "노시다가 주무시고 가세요" 소리는 생각할 수도 없는 인사였다.

얘기를 마친 우리는 미련스럽게도 늙는 데 드는 돈을 계산하기 시작했다. 유료 양로원의 보증금이 부부 1억 4천만 원(이것도 우리 죽은 다음에야 자식들이 타 가겠지), 월 생활비 2백만 원을 이자로 탈 수 있는 은행 예금 2억, 장례비 4천만 원, 도합 4억 원은 필요하다. 다행히도 나는 죽을 때까지 연금이 나오고 나 죽은 후 아내가 절반을 탈 수 있으니 그것으로 생활은 된다 치면 2억은 벌어 놓은 셈이다.

그런데 나는 죽기 전에 목돈 쓸 일이 하나 더 있다. 나는 나의 전집(全集)을 남기고 싶다는 허망한 꿈을 가지고 있다. 이 돈을 마련하는 일이 버겁다. 잘 가르치지도 못한 제자들에게 신세지고 싶지는 않다. 이 나이가 되도록 글 쓰는 것을 업으로 삼았고 다른 일은 해본 적이 없지만 글을 쓰면서 이토록 처연해 본 적이 없다. 마치 유언이라도 쓰는 것 같아 코끝이 찡해 온다. 그러나 이것이 어찌 나만의 일이겠는가? 인생의 황혼이 목전에 다가오는, 산업 사회에 사는 우리 모두의 문제일 것이다. 그러니 독자들에게 간곡히 부탁하오니, 퇴직금을 일시불로 타시지 말지어다.

(1995. 9.)

부자 되고 싶으세요?

세계 초일류 기업을 지향하는 삼성(三星)으로부터 원고 청탁을 받았을 때 언뜻 돈에 관한 글을 써야겠다는 생각이 든 것은 그만한 연상(聯想)이 가능한 일이지만, 제 가정도 하나 넉넉하게 추스르지 못하고 이 나이가 되도록 셋방살이를 하는 주제에 감히 부자가 되는 얘기를 쓴다는 것이 나를 아는 분들에게 웃음거리가 되지 않을까 두렵다.

그렇다고 해서 내가 이제까지 가난하게 살아온 것이 부끄러운 적은 없지만 나도 한 가정의 가장이 되어 처자식을 거느렸을 때는 가난이 자랑할 것도 아니라는 사실도 알게 되었다. 그러나 그것을 깨닫기에는 상당한 시간과 아픔이 뒤따랐다. 우리가 원했건 원치 않았건 간에 우리는 지금 돈이 말을 하는 자본주의의 사회에 살고 있고 때로는 돈이 미덕이 될 경우가 허다하다는 사실이 나 같은 서생을 괴롭게 만든다.

우리 세대가 모두 그렇듯이 우리가 가난을 체험한 것은 매우 이른 나이였고 어쩌면 그것은 운명이요 역사적 필연이었을지도 모른다. 세

상을 살아가는 동안 우리는 수많은 가슴앓이들을 겪게 되는데 인간의 슬픔 중에는 뭐니뭐니해도 배고픔보다 더 절절한 것은 없었다. 자식들에게 옛날에는 양식이 없어서 칡뿌리를 씹으며 허기를 면했다는 말을 했다가 "그러면 라면이라도 끓여 먹으면 되잖아요?" 하는 말을 들은 후로는 말을 잘못했다는 후회도 해보았고, 이것이 세대 차이라는 것인가 보다라는 생각을 하며 처연한 적이 있다.

이것이 어찌 나만의 경험일까마는 특히 나에게서 가난은 젊은 날의 궁극적 관심이었다. 그러나 곰곰이 생각해 보면 가난이 운명은 아니었던 것 같다. 어쩌면 자청한 업보였는지도 모른다. 돈만 벌자고 작심을 했더라면 돈을 벌 기회도 있었다. 그러니 내가 가난하다고 누구를 탓하랴.

모건 상사(Morgan Co.)의 2대 총수인 존 피어폰트 모건(John P. Morgan: 1837-1913)은 미국 굴지의 재벌이며 미술품 수집가로서 가장 탁월한 역량을 가지고 있는 사람으로 알려져 있다. 어느 날 그가 오랫동안 데리고 있던 하인으로부터 이제 자기도 나이가 늙어 하인 생활을 그만두고 여생을 편히 쉬고 싶노라는 말을 듣는다. 정승·판서도 저 싫으면 그만이니 그만두겠다는 하인을 더 잡아 둘 수 없어 모건은 그렇게 하도록 응낙하고는 사람을 구하기 시작했다.

모건이 하인을 구한다는 소식을 듣고 여러 사람이 응모했으나 그 중 두 사람이 끝까지 경합했다. 모건으로서는 둘 중의 누구도 놓치기가 아까웠기 때문에 누구를 선택해야 할지 고민이었다. 그때 은퇴하는 하인이 모건에게 그 중 하나는 자기가 하인으로 채용하겠노라고 말했다. 그는 그동안 모건 가(家)의 하인 노릇을 하면서 큰 부자는 되지 못했지만 하인을 두고 여생을 보낼 만큼의 돈은 벌었던 것이다. 그가 그만한 부를 축적하기까지 얼마나 근검·절약했을까는 미루어 짐작할 만하다. 물론 그것이 미국이라고 하는 자본주의의 천국이요, 그래서 능력껏 발전할 수 있는 풍토이기에 가능한 일이었다고 하더라도 그 하인은 가난을 면하고 싶은 우리에게 하나의 교훈을 주고 있다.

세상에는 돈을 뜬구름처럼 생각하며 살아가는 사람이 더러 있다. 그리고 그들은 청빈(淸貧)이라는 말을 즐겨 쓴다. 21세기를 눈앞에 둔 지금도 공직자나 서생들에게 이 말이 하나의 미덕처럼 입에 오르내리고 있다는 것은 참으로 희한하게만 느껴진다.

현재의 초등학교 교재에는 우리가 지난날 필수적으로 읽던 『흥부전』이 없다. 아이를 여남은 명씩 낳고 너무 가난하여 입힐 것이 없어 홑이불에 구멍을 뚫고 머리만 내밀고 사는 모습이 이 시대에 아무런 교훈이 되지 않을 뿐만 아니라 억척같이 벌어 결과적으로는 개과천선하여 이웃에 베풀며 산 놀부가 오히려 자본주의 정신에 부합하기 때문이라는 것이 문교 당국의 설명이다.

나는 『흥부전』에 대한 향수를 가지고 있는 것은 사실이지만 문교 당국의 조치에 동의하는 사람이다. 그러나 교육은 자본주의를 지향하고 현실은 청교도적 또는 전근대 사회의 선비적 자세를 요구하는 이 사회의 이중성을 납득할 수가 없다.

지난날을 되돌아보면 가난은 죄랄 것은 없지만 자랑할 것은 아니었다. 다만 한 가지 분명한 것은 가난은 몹시 불편한 것이었다. 더구나 가난은 대물림할 것은 못 된다. 나는 내 멋에 겨워 그렇게 살아왔다 하더라도 내 자식도 가난을 천형(天刑)처럼 받아들이고 살아야 할 이유도 없으려니와 그들은 그러한 애비를 납득하지도 않을 것이기 때문이다. 가난은 젊어 한때의 경험이요, 성공한 다음에 되뇔 수 있는 하나의

추억으로 충분하다. 적어도 가난은 당대에 그쳐야 한다. 그러기 위해서는 젊은 날에 죄짓지 않는 범위 안에서 억수같이 벌어야 한다.

삼성을 생각하면 거대한 부(富)를 연상할 것이며 또 억만장자를 꿈꾸는 사람이 아니라 할지라도 그를 부러워하는 사람이 많이 있을 것이다. 나는 이재(理財)에 어두운 사람이어서 어떻게 하는 것이 부자가 되는 길인가를 그들에게 가르쳐줄 수는 없다. 그러나 역사에는 이렇게 쓰여 있다.

"큰 부자는 하늘이 내는 것이지만 작은 부자는 부지런함으로써 이루어질 수 있다."(大富在天而小富在勤, 사마천(司馬遷)의 『사기』(史記) 중에서)

(1995. 7.)

자식 성화 그리고 돈

새로운 문민 정부의 출현과 더불어 세상이 부패하고 타락했다는 소리가 천하를 진동하고 있고 정치하는 사람들은 이를 척결하겠다고 서슬이 퍼렇다. 이 사회의 부정 부패가 어제오늘의 얘기가 아닌데 지금에 와서 소동이 일어나는 것은 새로운 정부에 대한 기대 심리 때문인 것으로 보이는데, 이러한 국민적 여망이 어느 정도나 충족될는지는 현재 누구도 장담할 수 없을 것 같다.

대통령이 새로 취임하고 어떻게 보면 국민 모두가 축하해야 할 이 시점에서 덕담을 하지 못하고 미래를 암울하게 보는 이유는 우리의 부패가 너무도 깊이 골수에 박혀 있을 뿐만 아니라 그 규모가 가히 총체적이라고 말할 수 있기 때문이다. 이 사회에서 마지막까지 양심을 지켰어야 할 무리들, 이를테면 나 자신을 포함해서 학교가 부패했고, 종교 · 언론 · 법조 그리고 인간의 생명을 다루는 병원까지 부패했으니 이제 이 땅에는 더 이상 썩을 곳이 없게 되었다.

　어쩌다가 이 사회가 여기까지 왔을까? 시기적으로 이 시대가 부패할 수밖에 없는 것은 지금이 자본주의의 구조적 모순이 가장 적나라하게 표출될 때이고, 따라서 전통 사회에서 산업 사회로 넘어가는 과도기적 가치 혼돈이 극심하기 때문일 것이다. 죄악에 가까운 소유욕은 수단과 방법의 도덕성에 관계없이 돈에 미친 사회를 만들었고, 돈만 있으면 대부분의 문제가 해결되는 이 사회의 부패 사슬이 상승 효과를 일으켜 악은 더욱 팽배해지고 있다. 여기에서 사태를 더욱 악화시키고 있는 것은 빗나간 자식 사랑이다.

　이 세상에 자식이 소중하지 않은 사람이 어디 있을까마는 가족 중심의 가치관이 심하고, 따라서 자식에게 많은 유산을 남겨 주겠다는 집념과 못 배운 사람이 가슴앓이가 심했던 탓에 무슨 수를 쓰더라도, 설령 남의 가슴에 못질을 할지라도 자식을 대학에 보내야 하고 유산을 물려주어야 한다는 사회 풍조는 이제 누구도 말릴 수 없을 만큼 완강하다. 자식 사랑을 꼭 이런 식으로 해야만 하는 것일까? 그렇지 않을 것이다. 내 자식이 소중한 만큼의 절반이라도 남의 자식을 사랑했더라면 우리 사회는 많이 밝아졌을 것이다.

　프랑스의 지성사에서 빼놓을 수 없는 인물로는 저 유명한 『수상록』(隨想錄)을 쓴 몽테뉴(Michel E. Montaigne)를 든다. 오늘날 몽테뉴는 수필가로 유명하지만 실은 그는 당대에 손꼽히는 영주였다. 그의 증조부인 라 몽드는 젊은 날에 근면하여 억만장자가 되자 프랑스의 남서부에 있는 도르도뉴 계곡에 거대한 장원을 꾸미고 이곳을 몽테뉴라고 이름지었다. 이 가문이 가장 번창했던 것은 미셸의 아버지인 피에르의 시절이었다. 피에르는 거대한 장원과 농노를 거느리는 봉건 성주답지 않게 자기의 영지에 살고 있는 농노들을 지극히 사랑했다.

미셸의 전기에 그의 형제에 관한 기록이 전혀 보이지 않는 것으로 보아 그는 아마 외아들이었던 것으로 보인다. 그 귀한 아들을 아침에 깨울 때면 실내악단이 문 앞에서 잔잔한 음악을 연주했다. 피에르는 하나밖에 없는 아들을 어떻게 키울 것인가에 대해 많은 관심을 기울였다. 우선 그는 자기의 아들이 비록 성주의 아들이라 할지라도 이웃에 대하여 깊은 사랑을 갖지 않으면 안 된다고 생각했다. 그리하여 그는 아들을 낳자마자 가난한 농노의 아내를 유모로 맞이하여 태어날 때부터 가엾은 사람들의 삶을 이해하도록 해주었다.

그뿐만 아니라 미셸의 소꿉친구들은 농노의 자식들이었으며 그가 세례를 받을 때의 대부(代父)도 농노였다. 세월이 흘러 미셸이 성주가 되었을 때에도 그는 대부인 그 농노에 대한 갖춤이 지극하고도 정중했다. 그가 그토록 주옥같은 글을 남길 수 있었던 것은 그의 가슴속에 자리 잡고 있는 인간에 대한 애정과 연민 때문이었다.

내 자식들을 생각할 때나 내 자식들로 인하여 마음 상할 때면 나는 문득 나의 청년 시절을 회상하곤 한다. 어느 해인가 대학 시절, 나는 그 흔한 야유회라는 것을 갔다. 경기도 광릉이었다. 남들처럼 나도 술이 좀 취해 유원지를 내려오던 중에 앞길에 어떤 건물이 나타났다. 나는 취한 김에 호기롭게 대문을 밀고 그 건물 안으로 들어갔다.

그때 느닷없이 어떤 꼬마가 나의 품속에 뛰어들며 "아빠!" 하고 부르는 것이었다. 나는 얼떨결에 그 아이를 껴안으며 주위를 살펴보니 그곳은 고아원이었다. 나는 술이 확 깨면서 말로 형언할 수 없는 충격을 받았다. 그 꼬마는 아빠가 얼마나 보고 싶었으면 떠꺼머리 총각의 품안으로 뛰어들며 아빠라고 불렀을까를 생각하니 온몸이 자지러지는 듯했다.

이 일은 내 일생에서 지울 수 없는 기억으로 나의 뇌리를 떠나지 않는다. 나는 그 고아원의 아이를 껴안으며 내가 언제인가 사람 노릇을 할 때가 되면 반드시 다시 찾아와 너의 아빠 노릇을 해주겠노라고 마음 깊이 다짐했다.

그 후 세월이 흘러 나도 한 사회인으로 자리를 잡게 되었을 때 나는 나의 어린 자식들을 데리고 광릉의 그 고아원을 찾아 갔다. 그러나 그 자리에는 수목원이 들어섰고 고아원은 폐허가 되어 있었다. 고아원이 어디 그곳밖에 없을까마는 나는 나 자신과의 약속을 지키지 못한 게으름으로 몹시 괴로웠다. 30여 년이 지난 지금도 고열로 신음할 때면 그 아이들을 부른다고 나의 아내는 말한다.

우리 세대 누구나가 다 그랬듯이 우리는 참으로 가난했다. 가난과 비천함이 한이 되었던 나는 분수에도 맞지 않게 공부를 더 하고 싶었고 그래서 고생도 많이 했다. 낙숫물 떨어지던 왕십리 단칸방의 신혼 시절, 먹을 것이 없어 아내가 친정에서 훔쳐 온 봉지쌀을 나 모르게 통에 붓던 소리, 그 소리를 못 들은 체 돌아앉아 울먹이며 원고 쓰던 우울한 기억들, 이제는 추억이라고 말할 수 있지만 그것은 참으로 고통스러운 세월이었다.

그러나, 그러나, 우리가 여기에서 꼭 기억해야 할 점이 있다. 그것은 다름이 아니라 돈을 벌고 쓰면서 남의 가슴을 할퀴는 일을 해서는 안 된다는 점이다. 무엇이 우리에게 마지막 행복을 주는가? 그것은 사랑하며 베푸는 것이다. 젊은이에게 사랑이 없으면 그것은 메마르다. 돈 많은 이에게 연민이 없다면 그는 졸부(猝富)이다. 그러므로 젊은이여, 이제 우리 이만큼 살게 되었느니 베풀며 살자.

산다는 게 뭔데… 그것은 뜨겁게 사랑하는 것이다. 그러기에 우리의 선조들은 덕을 베푸는 것, 유호덕(攸好德)이 인생 오복의 하나라고 가르쳤을 것이다. 케임브리지 경제학의 창시자인 마샬(Alfred Marshall)의 말처럼, 머리는 차갑고 가슴은 따뜻한 사람들이 그립다.

(1993. 4.)

사람만이 국산인 나라

요즘 항간에 오가는 얘기를 들어보면 돈이 없어 살기가 어렵네, 사업 자금이 부족하네 하지만 어쩌다가 잘사는 사람의 집엘 가보면 돈이 없다는 얘기도 거짓말이요, 마치 별천지에 온 듯한 느낌이 든다. 내 연구실에 드나드는 월부 서적 외판원의 말을 들어보면 어느 집은 사람만 국산인 가정도 있다고 한다. 강남 의상실에는 한 벌에 70만 원이나 되는 여자 팬티도 있다고 한다.

나는 그런 소문을 들을 때면 세태가 한심하다는 생각이 들기 이전에 아내에게 정장 한 벌 철따라 맞춰 주지 못하는 자신이 정말 무능한 사람인가를 생각해 보게 된다. 어디 사치만이 그럴까마는 어느 사회에서나 지나침은 오히려 부족함만 못하다는 공자(孔子)의 말씀은 참으로 귀를 기울일 만하다. 돈 쓰는 일이 없다면 자본주의 사회에서 사는 맛이 무엇이며, 내 돈 가지고 내가 쓰는데 웬 참견이냐고 독살을 떨 사람들이 있겠지만 분수를 지키며 산다는 것은 참으로 어려운 일인가 보다.

중국 역사상 가장 학정(虐政)을 한 군주로는 달기(妲己)라는 여인에 빠져 나라의 기강을 무너뜨린 은(殷)나라의 주왕(紂王)을 친다. 어느 날 주왕은 그 사치의 한 예로 나무 젓가락을 상아로 바꾸었다. 이 모습을 본 당시의 성인인 기자(箕子)는 탄식하며 장차 나라가 어지러워 질 것을 걱정한다. 한 나라의 제후의 몸으로 상아 젓가락쯤 썼기로 나라의 장래를 걱정할 것까지 있느냐고 옆에서 물으니 기자는 이렇게 대답했다.

주왕의 사치가 상아 젓가락을 쓰는 것으로 그칠 수만 있다면 걱정할 것이 없다. 그러나 상아 젓가락을 쓰다 보면 흙으로 만든 그릇으로는 밥을 먹을 수 없는 것이요, 적어도 소의 뿔로 만든 잔과 구슬이 박힌 잔을 써야 하기 때문이다. 상아 젓가락으로 구슬 박힌 그릇과 뿔로 만든 잔에 음식을 먹자면 콩잎을 무쳐 먹을 수는 없는 것이요, 남쪽에서 잡아온 들소와 코끼리의 고기를 먹어야 하고 표범의 태로 만든 귀한 음식을 먹어야 하기 때문이다.

남쪽에서 잡아온 들소와 코끼리의 고기나 표범의 태로 만든 진미(珍味)를 먹자면 검소하고 짧은 옷을 입을 수는 없을 것이요, 비단 옷을 입지 않을 수 없기 때문이다. 비단 옷을 입고 살자면 초가지붕 밑에서는 살 수 없는 것이요, 적어도 아홉 겹이나 둘러싸인 집과 높은 누대에서 살아야 할 것이니 비록 그 시초는 상아 젓가락에서 시작되었다 하더라도 그 구색을 맞추다 보면 그 끝은 참으로 가공할 것이기 때문이다.

주왕은 상아 젓가락을 사용한 지 5년이 지난 후, 여자를 즐기고 사람

을 숯불에 굽는 형벌을 행하고 술지게미로 만든 언덕과 술로 된 연못에서 놀다가 주(周)나라의 무왕(武王)에게 멸망당하고 말았다. 주나라의 성인인 노자(老子)는 이와 같은 역사적인 사실을 가리켜 말하기를, 작은 잘못을 미리 깨닫고 그것을 고치는 일이야말로 참으로 맑은 마음이라고 가르치고 있다.

나는 이 사회의 병든 모습들, 이를테면 여인들의 지나친 사치와 오늘날 문제가 되고 있는 압구정동의 철없고 방종한 아이들, 그리고 요즘에 문제가 되고 있는 졸부들처럼 늘어지게 늦잠 자고, 골프장에 나갔다가 돌아오는 길에 사우나에서 땀 빼고, 잠시 증권회사에 들러 시세를 알아본 다음 룸살롱에 들러 시시덕거리다가 그 여자와 러브호텔까지 풀코스를 거치고서야 새벽녘에 집에 들어와 다시 늘어지게 자고 … 하는 이 세태를 일일이 비난하고 싶은 생각은 없다. 찢어지게 가난했던 지난날에 대한 한풀이와 나의 자식만은 그렇게 가난하게 살도록 만들고 싶지 않은 그 얕은 소견을 이해하지 못하는 바는 아니다.

그러나 이 점만은 한번 물어보자. 그의 아내가 그 정도의 속옷을 입고 그 자식이 하루 용돈 40만–50만 원, 한 달 용돈 7백만–8백만 원을 쓰기로 한다면 그 여자와 그의 자식들과 그 당사자는 과연 얼마짜리의 겉옷과 액세서리를 갖추어야 할 것이며, 그 정도의 치장에 어울리려면 차는 무엇을 타야 하고, 그가 사는 집은 어떠해야 하며, 만약 그의 남편이 공직자라면 그는 아내와 자식의 욕망을 충족시켜 주기 위해 얼마나 많은 비리를 저질렀어야 하며, 그가 사업을 하는 사람이라면 그 회사의 저임금 노동자들은 얼마나 혹사를 당했을까?

우리 사회에서 지금 공공연하게 오고가는 악담들, 이를테면 이 나라에 전쟁이 다시 한번 일어나면 ○○○동부터 쳐들어가 '접수'(?)하겠다

는 파출부들과 저임금 노동자들의 저주에 가까운 푸념들을 우리는 어떻게 받아들여야 하는 걸까?

되돌아보면 우리 사회에 소비가 미덕으로 여겨지는 풍조가 만연한 지도 어언 20년은 지난 것 같다. 이 기간이라면 이제는 씀씀이도 싫증 날 때가 되었을 것이다. 방콕이나 연변에 가서 그만큼 추태를 부렸고 이제 영계 맛도 볼 만큼 보았으련만 우리의 탐욕과 사치 그리고 허영 은 아직 그칠 줄을 모른다.

가난했던 시절에 대한 한풀이도 이쯤에서 멈출 수도 있으련만 제동 장치가 고장난 자동차가 비탈을 내려가듯 그 끝이 언제일지도 보이지 않는다. 아무리 제 돈 가지고 자기가 쓰는 세상이라고는 하지만 자식 의 하루 유흥비가 그 회사 여공의 한 달 봉급보다 많다면 우리 시대는 분명히 죄를 짓고 있는 것이다.

그렇다면 어디에서부터 일이 잘못되기 시작한 것일까? 결국 우리는 우리의 가정을 돌아보지 않을 수 없다. 우리의 사회가 산업 사회로 접 어들면서 제일 먼저 나타난 비극은 어른 없는 사회가 되었다고 하는 사실이다. 예전 같으면 손자를 앞혀 놓고 회초리를 들었을 할아버지는 적막 강산 같은 아파트가 싫어서, 아니면 며느리 자식과 뜻이 맞지 않 아 고향에 계시고, 그 대신 집안을 다스려야 아버지는 어떤 이유로든 자식과 눈 맞출 시간도 없고, 부모가 자식에게 보여줄 것이라고는 죄 짓는 모습밖에 없다면 그 가정과 이 사회가 어찌 될 것인가는 불을 보 듯 자명한 것이다.

이런 점에서 본다면 이 사회가 잘못된 것은 나 자신을 포함해서 모 두 어미 아비의 잘못이다. 이제 우리는 잠시 비틀거리는 발걸음을 멈 추고 지난날의 취생몽사(醉生夢死)하던 삶을 되돌아보아야 할 때가 되

었다. 지금은 베풀며 살아가는 것의 아름다움과 가슴에 따뜻한 연민이 담긴 사람이 행복함을 알아야 할 때가 된 것이다. 지금처럼 창 밖에서 누구인가 울고 있는 때일수록 더욱 그러하다. 당신도 굶주려 하늘이 노랗던 시절이 있지 않았던가?

(1992. 12.)

자식은 핏줄인가?

　미국의 교육학자인 대로우(Clarence Darrow)의 말에 의하면, 우리 인생의 전반부는 부모에 의하여 망가지고, 나머지 후반부는 자식에 의하여 망가진다고 한다. 다분히 개인주의적인 서구 사람들이 이런 말을 했을 때에는 이기적인 의미가 담겨 있겠지만 한국에서는 이러한 현상이 하나의 당연한 현실로 받아들여져 이기적이라는 비난을 받을 여지도 없었으며, 특히 자식을 위한 희생은 당연한 것으로 인식되어 왔다. 부모가 자식을 위해 자신을 희생하는 것이 동서고금을 통한 공통된 현상이라고는 하지만 한국인들은 이 점에서 유별나다.

　한국인은 우선 혈연 의식이라는 점에서 특이하다. 인간이 가지고 있는 종족 보존의 본능이 어디 한국인에게만 있는 일일까마는 우리나라 사람들이 자식 특히 아들을 얻으려는 성화는 참으로 남다르다. 자식을 낳지 못하는 것은 천지간에 가장 무거운 죄요 그래서 무슨 수를 써서라도 자식을 두어야 한다고 우리 조상들은 생각했다. 그런데 불임증이

라도 걸려 자식을 낳지 못한다면 어쩔 것인가? 그럴 경우라도 자식은 얻어야 한다.

예컨대, 아내가 불임증에 걸렸을 경우, 그의 남편은 아내의 양해 아래 계약에 의해 일시적으로 외간 여자와 동거하여 자식을 얻을 수 있다. 남편은 임신의 확률이 높은 이웃 마을의 과수댁과 동침을 하는데 그날 밤에 아내는 그 방의 문 밖에서 정한수를 떠놓고 돗자리 위에서 기도를 해야 한다. 그리하여 자식이 태어나면 그의 생모는 그 핏덩어리를 돌아보지도 않고 떠나야 한다. 그때 그 소생이 아들이면 땅을 몇 마지기 받을 수 있고 딸이면 쌀 몇 가마니만을 받을 수 있다. 이를 씨받이라고 한다.

이 대목에 대하여 여권주의자들은 분개할 수도 있다. 불임증이 어디 여자뿐이었겠느냐고. 남편이 불임증 환자이면 어떻게 하나? 그럴 경우 남편은 자기 자식의 출생을 둘러싼 비밀을 지키기 위해, 그 마을에 다시 나타날 일이 없는 뜨내기를 그의 아내와 동침시켜 자식을 얻는다. 물론 훗날에 있을지도 모르는 친생 관계의 분쟁을 방지하기 위해 그 남자에게는 상당한 종자돈을 지불한다. 그리고 그 아이가 백일이나 첫돌이 되면 남편은 아내에게 선물을 준다. 함을 열어 보면 그 안에는 은장도가 들어 있다. 이제 우리 집안에 대를 이었으니 이 비밀을 영원히 입 다물기 위해 당신이 죽어 주기를 바란다는 뜻이다. 그 아내는 남편의 요구대로 자살을 하고 남편은 그럴싸한 이유로 정문(旌門: 열녀문)을 세워 준다. 이를 씨내리라고 한다. 우리나라에는 여러 가지의 여성잔혹사가 있었지만 이보다 더한 인격 모독은 없었을 것이다.

씨내리였든 아니면 씨받이였든 그렇게 해서 얻은 자식이 그들 모두의 핏줄이 아닌 것은 분명하다. 이것은 입양이지 핏줄이 아니다. 그럼

에도 불구하고 그 부부는 그 자식을 사랑하며 여느 부모 자식과 똑같이 살았다. 이런 식의 자식 얻기는 지난날과는 방법에서는 다소 차이가 있을지 몰라도 지금 이 순간에도 우리 사회에 흔히 있는 일이다.

그런데 여기에는 내가 이해할 수 없는 일이 한 가지 있다. 즉 씨받이든 입양이든 내 핏줄이 아니라는 점에서는 똑같은데, 왜 씨받이는 괜찮고 입양은 안 되는가 하는 점이다. 씨받이나 씨내리가 절반의 핏줄이라는 점은 인정할 수 있다. 그러나 그것이 그리 중요한 일일까?

한국인의 이와 같은 빗나간 혈연 의식은 이제 세계 제일의 고아 수출국이라는 오명으로 집약되어 있다. 국민 소득 9천 불에 GNP가 세계 9위인 이 나라에서 지금 이 순간에도 버려지는 아이가 그렇게 많고 김포공항을 빠져나가는 핏덩어리가 그토록 많다니 이러고도 이 나라를 문명국이라고 말할 수 있을까?

고대 그리스의 역사학자였던 헤로도토스(Herodotos: 484-425 BC)는 『역사』(*History*)를 쓰기 위해 중동을 여행하던 중 리디아(Lydia)라는 나라에 들른 적이 있었다. 그런데 중동의 대부분의 국가들이 일부다처제(一夫多妻制)인 것과는 달리 이곳은 일처다부제(一妻多夫制)였다. 이러한 풍속에 대하여 헤로도토스는 한 가지 의문을 갖게 되었다. 즉 일부다처제에서는 아버지와 어머니의 확인에 아무런 문제가 없지만 일처다부제에서는 아이의 아버지가 누구냐 하는 것이 문제였다.

그래서 유심히 관찰해 보았더니 그 아이가 걸음을 걷기 시작하면 엄마는 자기의 남편들을 한 줄로 세워 놓고 그 아이의 등을 밀어 그 중 한 남자의 손을 잡도록 해서 그 아이가 맨 먼저 손을 잡은 남자를 아버지로 결정하는 것이었다. 이때 그 아이가 손을 잡은 남자는 자기를 가장 사랑해 준 남자요 자기가 가장 사랑하는 남자이지 혈육의 아버지일

가능성은 희박한 것이다. 그럼에도 불구하고 그 아버지와 그 아이는 일생토록 아무런 갈등도 없이 부모 자식으로 사랑하며 살아갔다는 것이다.

한국의 씨받이나 씨내리, 그리고 헤로도토스의 글이 의미하고자 하는 것은, 부모 자식이란 사랑이요 존경이지 핏줄은 그리 중요하지 않다는 점이다. 우리의 주변을 돌아보면 혈육이 없어 남의 자식을 입양하여 사는 가정이 가끔 있다. 입양이란 서구에서는 흔히 있는 일이다. 그런데 놀라운 것은, 그 부모가 자기의 핏줄도 아닌 그 아이를 물고 빨며 한없이 사랑하며 일생을 다복하게 살아간다는 점이다. 자식이 핏줄 뿐이라면 어찌 이런 일이 있을 수 있을까? 이 대목을 어떻게 설명할 수 있을까?

한국 사회의 부모 자식 관계에서 내가 이해할 수 없는 또 하나의 의문은 그들의 빗나간 사랑이다. 부모의 사랑이라는 것이 당초부터 그에 대한 대가를 바라고 베푼 것은 아니었다고 할지라도, 한국의 부모들이 과연 그들의 헌신적인 베풂만큼 보답을 받고 있는가의 문제를 생각해 본다면 그 대답은 그렇게 상쾌한 것은 아니다.

물론 성년이 되자마자 부모와 헤어져 때로는 남 보듯 하는 서구 사회에 비교한다면 아직 우리 사회에는 유교적 효도의 의식이 남아 있다고 자위할 수도 있고, 또 오늘날 나타나고 있는 가족 질서의 붕괴가 일시적으로 부모와 자식의 사이를 그토록 소원(疎遠)하게 만든 것이라고 말할 수도 있다. 그러나 한국의 가족 관계를 면밀히 살펴보면 부모와 자식 사이에 잘못된 부분이 있음을 발견할 수 있다.

자신의 희생적인 사랑에 대하여 보상을 받지 못하는 것은 당초부터 바라지도 않았던 일이니 그렇다 하더라도, 자식을 위해 일생을 바치고

서도 우리의 부모는 존경을 받기는커녕 왜 버림받고 노경에 이르러서 자식으로 인해서 상처받아야 하는가? 그 이유는 간단하다. 우리네 부모의 사랑이 무조건적이고 빛나갔기 때문이다.

그래서 우리 선조들의 말을 빌리면 천륜은 오히려 더러운 것일 수도 있다. 얼마 전의 신문에 경상도의 어느 청년이 빚은 자살 사건이 보도된 적이 있었다. 시골에서 순박하게만 살아온 이 청년은 이웃의 한 처녀를 사랑하게 되었다. 그러나 안타깝게드 이들의 사랑은 이루어질 수 없었다. 괴로워하던 그 청년은 끝내 농약을 먹고 자살을 기도했다.

죽어 가는 자식의 모습을 바라보며 몸부림치는 그의 노모에게 이웃의 아낙이 말하기를, 농약을 먹으면 위어서 독이 흡수되는 것이 아니라 혀에서 흡수되기 때문에 혀를 빨아 주면 산다고 일러 주었다. 응급 조치의 지식도 없이 자식을 살리겠다는 생각뿐인 그 노모는 굳어 가는 자식의 혀를 빨며 농약을 핥아 내었다. 그리고 그 노모가 먼저 죽었다.

나는 그 기사를 읽으며 망연자실했다. 그리고 나의 어머니를 생각했다. 4대 독자인 나를 위해 어머니는 못할 일이 없이 사시다가 내가 미국 유학을 할 때 자식의 얼굴을 그리며 세상을 떠났다. 나는 임종도 못했고 장례식에 참석하지도 못했다. 내가 그 청년의 입장이었다면 우리 어머니는 어찌 하셨을까? 우리 어머니도 그러셨을 것이다.

입장을 바꿔 나의 어머니가 농약을 드셨다면 나는 어찌 했을까? 나는 그러지 못했을 것이다. 내 자식이 그렇게 되었다면 나는 어찌 했을까? 응급 조치의 수단이 없었다면 나도 그렇게 했을 것이다. 내 자식은 어미를 위해 혀를 빨아 주었을까? 그러지 않았을 것이다. 부모는 자식을 위해 대신 죽는데 자식은 부모를 위해 죽지 못했다고 해서 자식을 탓할 일만은 아니다. 이게 부모 자식이기 때문이다.

이에 관한 나의 생각은 단호하다. 자식은 핏줄만은 아니라는 점이다. 바꿔 말하면, 남의 자식도 내 자식처럼 사랑해야 하며, 핏줄이 아니더라도 부모 자식이 될 수 있다고 나는 생각한다. 이 점을 오판한 채 끝까지 핏줄에만 얽매이다가는 늙어서 베갯머리에 눈물 마를 날이 없을 것이다. 부모 자식은 피차의 존경과 보편적 사랑일 뿐이다. 그리고 그 사랑은 우러나는 것이 아니라 결심일 뿐이다.

나의 핏줄만을 앞세우는 사랑은 아무리 희생적이었다 하더라도 성장한 자식이나 지식을 갖춘 자녀로부터 존경을 받기는 어렵다. 바꾸어 말하면 설령 핏줄이 아니라 하더라도 존경과 사랑이 있으면 부모 자식이 될 수 있다. 핏줄, 그것은 우리가 극복해야 할 이 시대의 허상일 뿐이다.

(1998. 3.)

여인의 아름다움

오래 전에 우리나라에서 상영된 영화로서 『나는 살고 싶다』(I Want to Live)라는 것이 있었다. 수잔 헤이워드(Susan Hayward)가 주연한 이 영화는 미국에서 실제로 있었던 사건을 주제로 다룬 것이었는데 주인공인 수잔 헤이워드는 경찰에 체포되어 유죄 판결을 받고 사형을 받게 된다. 사형장으로 들어가는 수잔 헤이워드의 모습은 매우 인상적이었다. 아름다운 투피스 정장을 하고, 무도회에 초대받은 백작 부인만큼 정성 들여 화장을 했으며 스타킹에 하이힐을 신었으며, 달랑거리는 귀고리까지 찼다.

그는 가스실에 들어서면서 몸 매무시를 다시 가다듬었으며 가스실 의자에 앉아서도 투피스를 다독거렸다. 그의 마지막 장면을 보면서 역한 감정을 느낀 사람도 있을 것이다. 죽으러 가는 판국에 파마가 어디 해당되는 일이며 투피스, 귀고리에 스타킹을 갖출 겨를이 어디에 있느냐고 빈정거릴 수도 있다. 그러나 여인이 아름다워지고 싶은 충동은

눈을 감는 날까지도 변함이 없다.

나는 행당동 시장 골목에 살고 있는데 퇴근길에 왁자지껄한 장거리를 지나가노라면 인간 세태의 밑바닥에 깔린 삶의 적나라한 모습을 보는 것 같아서 많은 것을 생각하게 된다. 거기에는 우선 위선이 없이 삶을 그대로 노출하는 것이 마음에 든다.

그 시장에는 늘 두서너 마리의 생닭을 모판에 놓고 파는 여인이 있다. 시장 경비원이며 경찰이 나타나면 그 여인은 모판을 들고 비호처럼 달리는데 그 삶의 의지가 매우 처절하게 느껴진다. 그런데 내가 그 여인을 볼 때마다 생각나는 것은 그 여자의 화장이 남달리 짙다고 하는 사실이다. 아니, 차라리 야하다고 말하는 편이 옳을 것이다. 주위 사람들은 저렇게 화장할 돈이 있으면 차라리 그 구차스러운 모판 장사를 하지 않겠다고 빈정거린다.

그러나 그 여인은 그렇게 생각하진 않을 것이다. 왜냐하면 그 여인은 바로 그 화장을 버릴 수가 없기 때문에, 그 월부 화장품 값을 갚기 위해서 오늘도 두 마리의 생닭을 담은 모판을 들고 시장 거리를 달리고 있기 때문이다. 그리고 그 여인은 비록 자기의 그 장사가 고달플지라도 자신의 화장한 얼굴에 대하여 상당한 긍지를 가지고 있을는지도 모른다. 아름다워지고 싶은 여인의 충동은 보는 이에 따라서는 치사하게 느껴질는지 모르지만 이토록 간절한 것이다. 그런 점에서 여자가 아름다워지고 싶다는 것은 결코 욕할 일이 아니다.

문제는 공자의 말씀처럼 지나침은 부족함만 못하다(過不如不及)는데에 있는 것이다. 이를테면 분별을 잃은 화장이며 남에게 불쾌감을 주는 정도의 꼴불견만 아니라면 여자는 얼마든지 아름다움을 추구할 권리가 있고 또 아름답게 보여주어야 할 의무가 있다고 나는 생각한

다. 그렇다면 여기에서 지나침이란 어느 정도를 의미하는가?

때는 프랑스 대혁명이 일어나기 전인 1776년, 프랑스 파리의 한 보석상에 희대의 다이아몬드가 나타났다. 그것은 한 쌍의 귀고리였다. 귀족 사회의 사치가 아무리 극도를 이루었다고 할지라도 그것을 살 만한 사람은 없었다. 그 다이아몬드 귀고리의 가격은 34만 8천 프랑이었다. 그런데 도무지 매입자가 없을 것만 같던 이 다이아몬드 귀고리에도 드디어 임자가 나타났다.

그는 다름 아닌 국왕 루이 16세의 왕비인 마리 앙투아네트(Marie Antoinette)였다. 당시 겨우 스물한 살이었던 이 간 큰 여인은 그 보석을 구입하기 위하여 남편을 졸라댔고 그 못난 남편은 굶주리는 백성들은 아랑곳없이 거금을 집어 주었다. 당시에 34만 8천 프랑이면 수입이 좋은 1천 가구의 일년 생활비를 능가하는 것이었다고 후세인들은 그 값을 산출하고 있다. 이러고도 죽지 않았다면 그것이 오히려 이상하지 않겠는가?

그렇다면 여자의 아름다움은 과연 돈으로만 가능한 것인가? 결코 그렇지는 않다. 그 한 예로서 이런 경우를 들어보자. 내가 아는 어떤 사람은 어느 날 친구의 초대를 받고 친구의 집을 방문한 적이 있었다. 주인과 손님이 내실에서 담소를 하고 있는데 건넌방에서 여인들의 웃음소리가 들려 왔다. 그런데 그 여럿의 웃음소리 중에서도 유독 아름다운 웃음소리가 있었다. 그 웃음소리는 그야말로 은쟁반에 옥구슬을 굴리는 것만 같았다. 그 사람은 얼굴은 아예 보지도 않고 그 웃음의 주인공을 사랑하게 되었다. 결국 그 남자는 그 여인과 결혼했는데 그 웃음소리 하나만 가지고서도 그 남자는 지금까지 아내를 지극히 사랑하며, 또 지극히 행복하게 살아가고 있다.

요컨대 남자는 여자의 모든 것을 사랑하는 것은 절대로 아니다. 그 여자의 어느 하나만을 사랑한다. 버선같이 아름다운 코, 앵두 같은 입술, 파란 하늘이 들어와 박힌 듯한 눈동자, 처음 만났을 때 깊은 인상을 받았던 삼단 같은 머리칼, 오동통하고 매끈한 종아리, 무심결에 넘겨보았던 블라우스의 안쪽, 이런 것 중의 어느 하나만을 사랑하면서도 제 아내가 양귀비 못지않게 아름다운 여인인 것처럼 환각 속에 살고 있는 것이다.

우리 주변에는 지지리도 못난 여인인데도 남편의 사랑을 흠씬 받으며 살아가는 아내가 얼마든지 있다. 우리는 그 남편이 눈이 삔 녀석이라고 비웃지만 그 남자는 결코 눈이 삔 녀석은 아니다. 그 아내는 어느 하나의 포인트로써 그 남편을 사로잡고 있는 것이다. 키가 150센티미터에 체중이 70킬로그램이든 그것은 문제될 것이 없다. 그 남자의 눈에 한 가지의 매력의 포인트만 발견될 수 있다면 얼굴의 흉터도 예뻐 보이고, 주먹코는 복코라고 우겨댈 것이며, 조선무 같은 다리는 풍만해서 좋다고 허허거릴 것이다.

그러니 여자들이여! 완전한 미를 갖추기 위하여 그 엄청난 시간과 돈을 낭비하지 마시라. 한 가지의 매력으로 승부를 내야 한다. 남편이 특히 아름다운 눈을 좋아한다면 쌍꺼풀 수술을 해야 되지 않겠는가? 탐스러운 귓밥을 좋아한다면 송곳으로 뚫을 수밖에 없지 않겠는가? 지바고 머리를 좋아한다면 그렇게 해야지 어쩔 것인가?

시누이가 이러쿵저러쿵 하는 얘기며, 동창계에서 보고 들은 얘기에 신경 쓸 일은 하나도 없다. 왜냐하면 여자의 행복은 남편의 사랑에 거의 전적으로 의존해 있기 때문이다. 여자에게서 남편의 사랑은 그 여자의 숙명과 같은 것이다. 그 행운의 숙명이 단 한 가지의 매력으로 올

수도 있고 갈 수도 있다.

혼담이 오고갈 때 신붓감의 얼굴이 신통치 못하면 매파는 으레 "얼굴 뜯어 먹고 사나?"라는 말을 한다. 사실상 아내의 얼굴이 예쁘다는 것은 물질적으로 손해가 되면 되었지 단돈 서푼어치도 덕이 될 것이 없다. 그럼에도 불구하고 여인은 아름다워야 한다. 『마의상서』(麻衣相書)라고 하는 관상 책에는 "얼굴이 고운 것은 몸이 튼튼한 것만 같지 못하고 몸이 튼튼한 것은 마음이 고운 것만 같지 못하다"(相好不如身好 身好不如心好)라는 구절이 있다고 한다. 역시 철학 서적다운 데가 있어 인상적이다.

그러나 우리는 결코 도인(道人)이나 철인(哲人)들과 함께 살아가고 있는 것은 아니다. 콩나물 값을 아껴서라도 콜드크림 하나쯤 사고 싶어하는 가장 인간적이고 소시민적인 여인을 아내로 두고 살아가는 우리에게는 그 나름대로의 애환이 있다. 그러므로 여인은 모름지기 아름다워야 한다. 설령 두 정거장 가다 헤어질 남남끼리의 시내 버스 동기생이라고 할지라도 옆자리의 여인이 아름답다는 것은 기분 좋은 일이다.

그리고 그 여인은 그 남자와 아무리 다시 못 볼 남남이라 할지라도 불쾌감을 주는 추한 모습을 해서는 안 되며, 그 남자는 그 옆자리의 여인에게 정중한 신사도를 발휘해야 할 것이다. 이런 점에서 보건대 여인은 자신의 아름다움에 대해 책임을 져야 한다. 허물없는 부부라고 해서 새집 같은 머리에 흐트러진 몸 매무새로 남편을 보내고 맞는다는 것은 실례일 뿐 아니라 여자로서의 가장 신성한 권리를 포기하는 것이다. 남남끼리도 그렇거늘 부부의 관계에서야 더 말할 나위가 있겠는가?

(1989. 6. 5.)

허영의 끝

링컨의 말을 빌리면 여성은 나이 40세가 되어서부터는 자기의 아름다움에 책임을 져야 한다고 했지만 그게 어디 40대뿐일까? 여인이 아름다워야 한다는 것은 하나의 미덕이기 이전에 신성한 의무라는 것이 나의 평소 생각이며, 지나치지만 않는다면 여인이 자기의 아름다움을 위해 '다소' 돈을 들이더라도 욕이나 흉이 될 것이 없다.

그러나 문제는 정도이다. 여인이 자기의 아름다움에 대하여 정도가 넘으면 그것은 자신의 욕일 뿐만 아니라 그 남편을 파멸시킬 수도 있다. 왜냐하면 그의 남편은 아내의 지나친 사치를 위해 더러운 돈에 손을 대지 않을 수 없기 때문이다. 그뿐만 아니라 여인의 사치를 위해 쓰는 돈이 설령 도둑질한 돈은 아닐지라도 힘들이지 않고 번 돈이라면 그 사치는 비탈을 내려가는 마차처럼 멈추지 않을 것이며 죄의 가속도는 그만큼 높아질 것이다.

역사적으로 사치 때문에 일신을 망치고 패가망신한 여인이 많지만 그 중에서도 나폴레옹의 동생 폴린만한 여자도 드물었다. 그의 올케인 조세핀도 사치라고 하는 면에서는 보통내기가 아니었지만 폴린만 하지는 않았다. 나폴레옹은 이 두 여인의 사치와 허영을 위한 싸움 속에서 몰락하고 만다. 이 두 시누이 올케의 사이의 의가 좋을 리가 없었다. 헐뜯고 질투하며 심술부렸다. 폴린은 1백만 프랑 어치의 다이아몬드, 369개의 진주로 만든 목걸이, 그리고 수도 헤아릴 수 없는 각종 보석을 사들였다. 그는 언제인가 이 보석으로 올케의 기를 죽여 놓으리라고 작정하고 있었다. 그러던 어느 날 기회가 왔다. 오빠 부부의 초대를 받은 것이다.

폴린은 멋들어진 의상과 호화찬란한 토석으로 단장하리라고 생각했다. 여러 모로 생각한 끝에 그는 연두색 비로드로 차려 입기로 결심했다. 그러나 그 사실은 밀정을 통해 조세핀에게 알려졌다. 조세핀은 즉시 접견실의 색조를 모두 하늘색으로 바꿔 놓았다. 연둣빛 비로드의 빛깔을 죽이기 위해서였다. 그리고 자신은 그 색조에 맞는 옷과 패물로 치장하고 폴린을 기다렸다.

그러나 연둣빛 의상이 하늘색에 가려 빛을 잃으리라는 조세핀의 적개심은 빗나갔다. 1천 개가 넘는 다이아몬드로 장식된 폴린의 연둣빛 의상은 하늘색 방과 조화되어 더욱 은은하고 더욱 찬란히 빛났다. 조세핀은 이 날의 실패를 절치부심했고, 이 두 사람의 사치 싸움은 나폴레옹의 몰락과 더불어 헤어지는 날까지 끝나지 않았다.

보도에 의하면 우리나라의 여성 화장품 중에는 한 병에 순금 가루 1그램이 들어 있는 크림이 있다고 한다. 그리고 그것이 꽤나 팔린다고 한다. 고생고생하던 사내가 먹고 살 만하면 오입할 생각하고, 콩나물 장사하던 여인이 횡재하면 화장이 야해지기 시작한다. 우리가 언제부

터 얼굴에 순금 가루 바르며 살게 되었는가? 그리고 또 그만한 경제력이 있다고 한들, 그래도 되는 건가? 아직도 점심 굶는 아이가 학급마다 있고, 흥청거리는 룸살롱 밖에서 누군가 울고 있다. 제발 바라건대, 그럴 돈 있으면 사랑하고 베풀며 살자. 산다는 게 뭔데. 그것은 뜨겁게 사랑하는 것이다.

(1989. 5. 15.)

사랑이 뭐길래

도대체 사랑은 주는 건가, 받는 건가? 이건 진부한 삼류 소설의 대사도 아니고 뽕짝 가수의 가사도 아니다. 우리는 이 절박한 물음에 대한 대답에 따라 삶의 가치를 평가할 만큼 이는 우리에게 밀착되어 있다. 대부분의 위선자나 신파조의 비극적인 히로인이라면, 사랑은 주는 것이라고 찔끔거리며 막(幕) 뒤로 사라질 것이고, 사랑은 받는 것이라고 말했다가는 상종도 못할 악종이라는 평을 들을 것이다. 그러나 이 질문에 대한 대답은 그리 간단하지 않으며 흑백 논리에 의해서 그 어느 쪽의 하나를 택할 수는 없다. 왜냐하면 이에 대한 대답은 사람에 따라 다르며 특히 성별(性別)에 따라서 다르기 때문이다.

애기를 좀 더 구체적으로 부각시켜 본다면 사랑이라는 것에 대해서는 그 성별에 따라서 주는 것과 받는 것이 확연히 다르다. 이를테면 남자는 사랑을 하는 것이 사랑을 받는 것브다 중요하며, 여자의 경우에는 사랑을 받는 것이 사랑을 하는 것보다 훨씬 더 중요하다고 생각한다.

나는 대학 2학년 때 한 여인을 만나 몇 년을 쫓아다니다가 결혼을 해서 은혼식을 지낸 지도 어느덧 몇 해가 지났다. 그러나 나는 아직도 내가 그 여인을 지극히 사랑하고 있다는 것밖에는 모르며 그 여인이 나를 사랑한다는 것을 모르고 산다. 굳이 알고 싶지도 않고 또 그 여인도 나에게 그런 말을 신파조로 고백한 적도 없다. 그럼에도 불구하고 나는 내가 그 여인을 사랑하는 것으로 흡족하지 그 여인이 나를 사랑하는지 사랑하지 않는지 실감하지 못한다고 해서 나의 결혼이 불행하다거나, 외롭다거나, 불편하다고 느껴본 적은 없다.

이런 점에서 보건대 결혼과 애정이라는 문제를 성별과 관련지어 생각해 보면 남자는 모름지기 자기가 사랑하는 여인과 결혼하는 것이 행복하며, 여자는 자기를 사랑해 주는 남자와 결혼하는 것이 행복하다. 왜냐하면 생태적으로 남자는 사랑하지 않고는 견딜 수 없으며 여자는 사랑받지 않고는 살 재미가 없기 때문이다. 두 사람이 지극히 서로 사랑하며 산다면 금상첨화요, 더 바랄 것이 없겠지만 그런 결혼이 과연 몇이나 될까?

사랑은 남녀 간의 문제일 뿐만 아니라 모든 대인 관계의 기본이 되는 것이다. 세상 사람들의 가슴속에는 모두가 일말의 사랑이 담겨 있을 것이다. 문제는 그 사랑이라는 것이 제 처자식에게만 국한될 경우에 인간의 비극이 시작된다. 그렇기 때문에 사랑의 문제는 남녀의 애정의 차원을 넘어서 이웃과 동족 그리고 인류에 대한 사랑으로 승화되지 않는 한, 그것은 사랑이 아니라 죄가 될 것이다.

연전에 한 일간 신문에는 이화여자대학에 봉직하는 김 아무개 교수의 짤막한 글이 실린 적이 있었다. 그 글의 내용은 한국전쟁 때 피난 가던 이야기였다. 한강 인도교가 폭파되자 김 교수도 다른 사람처럼

한강변에 나와 도강(渡江)할 수 있는 길을 찾지 않을 수 없었다. 그는 운 좋게도 작은 배에 오를 수 있었다. 그러나 생사를 건 피난민들이 너무 많이 탔기 때문에 배가 뜰 수가 없었다.

사공은 누군가가 내려야 한다고 소리쳤지만 아무도 꼼짝하지 않았다. 사공이 배를 띄우지 않자 몸집이 비대한 한 신사가 자기 짐을 지고 내렸다. 한강변의 석양 길로 사라지는 그 사나이의 뒷모습을 보면서 김 교수는 예수를 생각했다고 한다. 그 사나이는 방송 작가였던 주태익(朱泰益)이었다고 김 교수는 그 후 털어놓은 바가 있었다.

사랑이 지극했던 사람, 그리고 그것으로 살고 그것으로 죽은 사람을 우리는 성자라고 부른다. 그러나 우리는 인류의 역사에서 누구누구가 성자였는지를 가려내기 위하여 그리스도니, 석가모니니, 소크라테스니 아니면 슈바이처니 하는 이름을 거창하게 떠벌릴 것도 없다. 한강변의 그 사나이가 바로 성자였기 때문이다.

주태익은 한강변을 걸어 적 치하로 들어가면서 무엇을 생각했을까? 그는 평양신학교(平壤神學校)를 다니면서 심취했던 성경의 한 대목을 기억했으리라. "네 이웃을 위하여 너의 목숨을 버리면 그보다 더 큰 사랑이 없나니…" 하던 그리스도의 말씀을 생각하면서, 어쩌면 죽음이 다가올지도 모를 그곳을 향하여 걸어갔을 것이다.

인류가 비록 죄 속에서 괴로워하고 있을지라도 오늘날 이만큼이나마 살아남을 수 있도록 해준 근본적인 저력은 무엇일까? 그것은 사랑이다. 나라를 팔아먹고 조국을 배신하는 사람은 있을망정 지금 이 순간에도 이 조국의 무궁한 내일을 위하여 남모르게 기도하는 어느 전도사의 기도와 사랑이 있기에 이 조국이 이만큼이나 살아남을 수 있었을 것이며 비록 승용차의 트렁크에 어린 학생을 쑤셔 박는 유괴범이 있을

지라도 버림받은 아이, 말 못하는 아이, 불우한 아이를 위하여 이 순간에도 기도하는 어느 고아원·영아원 보모의 사랑이 있기에 하늘은 그들마저 심판할 수 없어 우리를 덤으로 살려주는 것이리라.

세상 사람들은 사랑해야 한다고 외치고 또 저 혼자만이 사랑을 풍성하게 가진 것처럼 떠들어대지만 사랑을 준 것과 사랑을 받은 것을 대차대조표로 정리해 본다면 이는 역시 적자이다. 즉, 사랑을 베푼 사람보다는 사랑에 목말라하는 사람이 더 많다. 그만큼 이 사회에는 아직도 사랑이 메말라 있다는 얘기가 될 것이다.

그러니 우리는 지금의 삶이 다소 유족(裕足)하다고 해서 뽐낼 것도 없다. 높은 곳에서 본다면 이 세속진토(世俗塵土) 속에서 살아가는 우리 모두가 죄인이요, 가엾은 존재이기 때문이다. 행·불행에서 다소의 차이가 있을지는 모르지만 그 차이야말로 참으로 보잘것없는 것이요, 덧없는 것이다. 우리가 이 세상의 여행을 마치고 영원의 나라로 들어갈 때 남는 것이라고는 사랑의 단편적 흔적밖에는 없을 것이다.

그렇다면 사랑한 대가로 우리는 무엇을 받을 수 있을까? 하늘 나라에 간다구? 그건 사랑해야 하는 이유가 되지 못한다. 하늘 나라가 있건 없건 간에, 우리는 사랑해야 한다. 산다는 것은 뜨겁게 사랑하는 것이다. 하늘 나라에 가기 위해서 남을 사랑하고 착한 일을 하는 것이라고 한다면 하늘 나라가 없다고 믿는 사람에게는 남을 사랑할 이유가 없기 때문이다.

그러므로 사랑한다는 것은 그 자체가 즐거워야 하며, 구차한 조건이나 구실은 필요치 않다. 다만 저 사람은 남이 아니라 또 다른 나의 분신이요, 저 고아도 바로 내 자식이나 다름없다고 생각할 때만 우리에게 사랑이 우러나올 것이다. 내가 비록 지금은 남에게 죄짓지 않고 아

쉬운 소리 하지 않고 산다고 할지라도 내 아들도 빗나갈 수 있고 내 딸이 비록 예쁘고 반에서 일등을 했다고 할지라도 서러움을 겪을 수 있다.

그러니 자식 키우는 사람은 입찬소리 할 수 없는 것이요, 남의 가슴을 할퀴는 일을 해서는 안 된다. 내가 죄를 받고 안 받고가 문제가 아니라, 우리 자식들 때문에라도 어찌 죄를 지을 수 있겠는가? 조상의 음덕으로라도 내 자식들이 잘살 수 있기를 바라는 이기심이라도 좋다. 그저 사랑하며 살자. 하늘은 죄값은 내리지 않을 수는 있어도 남을 사랑한 대가는 반드시 갚아 주리라는 확신 속에서 살 때 우리의 내일은 분명 밝아 올 것이다.

(1979. 6.)

댁의 부인은 어떠세요?

남자에게는 야망이 있다. 남자들은 돈·명예·권력 ― 그 어느 것에 몰두하며 그것이 삶의 목표요, 행복의 척도요, 성공의 기준이라고 생각한다. 정말로 그럴까? 단호히 말하건대 그건 아니다. 적어도 내가 살아온 경험에 의하면 한 인간의 원초적인 행복은 화목하고 사랑이 넘치는 가정이다. 그리고 건강해야 한다. 좀 가난하면 어떠랴. 그리 출세하지 못했다고 한들 그게 그리 대단한 문제일까?

어머니의 품속과 같이 푸근한 아내, 그리고 건강하게 자라며 선량하고 더 욕심이 있다면 좋은 학교에 갈 만큼 공부 열심히 하는 자녀들 ― 이보다 더 큰 행복은 없다. 그건 돈으로, 명예로, 권력으로 얻어지는 것이 아니기에 더욱 소중하다.

그런 점에서 본다면 한 남자에게서 현숙한 아내를 맞이하는 것보다 중요한 일은 없다. 한 남자가 악처(惡妻)를 만나는 것은 하느님이 내린 가장 가혹한 저주일 것이다. 헤어지면 그만이라지만 그게 어디 그리

쉬운 일인가? 물론 여자야 또 있겠지. 옛말에 여자는 골골이 있다니까. 그러나 자식은 어쩔 것이며, 또 조강지처 버리고 잘된 녀석이 어디 있던가? 그런즉 여자 팔자는 남편 복이라지만, 진실로 남자의 일생이야말로 두 여자에 의해서 결판나는 것이다. 어머니와 아내가 바로 그들이다.

때는 1750년, 이탈리아의 식민지인 코르시카 섬에 레티치아(Letizia)라는 여성이 태어났다. 가문의 내력은 잘 알려져 있지 않으나 식민지 치하의 대부분의 가정이 그러했듯이 그도 평범한 한 여성의 출생에 불과했을 것이다. 그는 나이 열다섯 살에 카를로 보나파르트(Carlo Bonaparte)에게로 시집을 간다. 명문거족은 아니었지만 그 시대에 대학을 나와 변호사가 되어 고향에서 개업한 카를로의 신혼 시절이 불행했다고는 말할 수 없다. 다만 독립 운동을 하는 변호사의 아내에게는 가정을 꾸려 나가고 남편이 겪어야 하는 박해를 함께 겪어야 한다는 어려움이 있었다.

그러나 그때까지만 해도 그의 삶의 고통이란 이 세상 여자들이 겪는 것의 평균 수준도 되지 못하는 것이었다. 레티치아의 불행은 남편의 사별(死別)과 함께 찾아왔다. 그의 나이 34세이던 해에 남편은 13남매를 두고 비정하게 세상을 떠난다. 결혼 생활 19년 동안에 자식을 열셋이나 낳았으니 그 중 적어도 7명은 연년생이었고 나머지 6명은 격년생이었다. 실상 그녀의 배는 비어 있던 허가 없던 셈이다. 레티치아에게 가장 견딜 수 없는 것은 가난이었다. 쥐새끼만한 창자를 채워 주기 어렵다는 것은 어머니가 겪을 수 있는 가장 큰 고통이었다. 그러나 그는 절망하지 않고 꿋꿋하게 어린 자식들을 키웠다.

레티치아가 태어난 지 5년 뒤인 1755년 오스트리아의 황실에서 한

여인이 태어났다. 그의 이름은 마리 앙투아네트였다. 그는 국왕 프란시스 5세와 황녀 마리아 테레사 사이에서 열한 번째로 태어난 아기였다. 공주의 몸으로 태어났으니 고생이란 소설책에서나 본 것이었고 인생은 온통 무지개처럼 아름답기만 했다. 그는 레티치아처럼 꿈 많던 열다섯 살의 나이에 시집을 갔다. 그러나 남편은 가난한 변호사도 아니었고 식민지 지배하의 독립 투사도 아니었다. 그의 남편은 유럽 제일의 강대국이요 부귀영화가 인류 역사상 전무후무한 프랑스 루이 14세의 황태자였다.

남편이 왕위를 계승하여 루이 16세로 등극했을 때까지만 해도 그는 이 세상에서 가장 행복한 여자라고 생각했고 또 남들도 그렇게 믿었음이 틀림없다. 왕비가 된 앙투아네트에게는 향락이 유일한 행복이었다. 어찌 마련되었건 간에 돈은 얼마든지 있었다. 돈으로 살 수 있는 것 중에서 그가 갖지 못할 것은 없었다. 그러니 그에게 쇼핑은 빼어 놓을 수 없는 일과였다.

그 무렵 코르시카의 여인은 근검하며 어린 자식들을 키우고 있었다. 여인의 미덕은 가정에 있다는 것이 그의 삶의 철저한 자세였다. 그 어려운 중에도 그에게는 즐거움이 있었다. 그것은 그 많은 자식들이 속 썩이지 않고 잘 자랐다고 하는 사실이었다. 모두가 영리했지만 그 중에서도 특히 파리 유년사관학교에 진학하여 열심히 공부하고 있는 둘째 아들 나폴레옹이 레티치아에게는 가장 큰 보람이었다.

나는 불교도는 아니지만 인생은 연(緣: 만남)이라고 생각한다. 이 점에서 나는 부처님의 말씀에 전적으로 공감한다. 부모 자식의 만남, 부부의 만남, 친구의 만남, 직장의 만남, 우리는 이 끈끈한 인연 때문에 할 짓 못하고, 못할 짓 하며 산다. 그런 점에서 이 두 여인의 인연도 참

으로 기구한 데가 있다.

당시 프랑스의 계몽주의는 앙투아네트의 보석 사재기를 더 이상 용납하지 않았다. 굶주림을 견디지 못하던 프랑스의 빈민들은 바스티유 감옥을 폭파하고 왕과 왕비의 처형을 외치며 거리로 나왔다. 드디어 프랑스 대혁명이 일어난 것이다. 난세는 영웅을 낳는다. 이러한 혁명의 와중 속에서 26세의 청년 장교 나폴레옹은 프랑스의 군부를 장악하고, 30세에 통령(統領)이 되었다가 36세에 황제의 지위에 오른다. 세상 사람들이 모두 나폴레옹을 칭송하고 그에게 아부했지만 레티치아만은 그렇지 않았다.

그는 아들의 입신출세를 틈타 부귀를 탐하지 않았다. 그는 왕궁에 들어가지도 않았고 사저에 살면서 검소한 나날을 보냈다. 아들의 황제 대관식이 있던 날에도 그는 앞에 나서지 않았다. 그는 수수한 옷차림으로 궁전 발코니에서 아들의 모습을 지켜보고 있었다. 그리고 한 인생에서 세속적 부귀영화란 얼마나 덧없는 것이며, 더군다나 그것이 권력을 통한 것일 경우에는 얼마나 허망한 것인가를 몇 번이고 마음속으로 다짐했다. 그리고 그는 자식의 훗날을 생각해서 일년에 백만 프랑씩 저축해 두는 것을 잊지 않았다. 그렇다고 해서 그가 턱없는 돈을 탐냈다는 기록은 없다.

혁명의 와중 속에서 앙투아네트는 인생이 미망(迷妄)임을 깨달았다. 이제는 금은보화가 문제가 아니라 당장 목숨을 부지하는 것 자체가 기약 없는 신세가 되었다. 그는 도망쳐야 되겠다고 생각했다. 한 나라의 제왕과 왕비의 몸으로서 야반도주한다는 것이 얼마나 비굴한 것인가를 생각할 겨를도 없었다. 그의 어린 아들과 함께 남편을 재촉하여 밤중에 도망을 치다가 툴레리에서 군중들에 붙잡히게 된다. 그는 파리로

끌려와 한 음침한 사원(寺院)에 갇힌 몸이 된다.

그 당시 프랑스에서는 허영이 지나친 못된 여자들을 가리켜 앙투아네트를 빗대어 '오스트리아 여자'라고 했다. 그토록 오만방자하고 백성들이 빵이 없다고 외칠 때면 "빵이 없으면 케이크를 대신 먹으면 된다"고 독살스럽게 쏘아부치던 그가 이제는 감옥에서 메마른 빵을 씹지 않을 수 없었다.

그는 결국 공금 횡령, 국고 낭비, 반역죄로 기소되어 1793년 그의 나이도 아까운 서른여덟 살에 단두대의 이슬로 사라진다. 어지간해서는 여자를 사형시키지 않는 것이 신사도로 되어 있는 프랑스 사람들이 그를 처형한 것을 보면 그의 허영이 얼마나 지나쳤던가를 가히 짐작할 수가 있다. 그는 죽는 순간까지도 자신의 아름다움을 유지하기 위해 노력했고, 사형대에 섰을 때에도 후회하는 빛을 보이기는커녕 자신의 처사에 대한 굳은 확신을 보임으로써 세상 사람들을 다시 한 번 놀라게 했다.

1812년의 모스크바 원정 실패로 치명적인 상처를 입은 나폴레옹은 끝내 그 위세를 회복하지 못한 채 엘바 섬으로 귀양을 간다. 그가 황제의 자리에서 물러나던 날, 그의 본처인 조세핀은 얼굴에 미소를 지으며 러시아 황제와 시시덕거리고 있었고, 그의 세 번째 부인인 마리 루이즈는 도망을 쳤다. 오직 그의 어머니 레티치아만이 아들을 만나기 위해 베르사유 궁을 찾아갔으나 나폴레옹은 자신의 비참한 모습을 어머니에게 보여주고 싶지 않았기에 면담을 거절했다. 훗날 귀양지에서 나폴레옹은 이렇게 중얼거렸다.

"아무런 대가도 없이 나를 사랑해 준 여인이 이 세상에 단 두 사람이 있었다. 한 사람은 나의 어머니며, 또 한 사람은 마리 와레부스카(두 번째 부인)였다.”

1815년, 나폴레옹은 기구하게도 그의 생일(5월 5일)에 엘바 섬에 도착했다. 그리고 석 달이 지나자 65세 된 노모가 귀양지로 찾아왔다. 일 년 동안의 귀양 생활은 모처럼 모자의 정을 느낄 수 있는 시간이었다. 그러나 레티치아는 자기의 아들이 귀양지에서 와석종신(臥席終身)할 인물이 아니라는 것을 잘 알고 있었다. 그리하여 아들이 엘바 섬을 탈출하기 위해 작별을 고하는 날 어머니는 자식에게 “이 섬에서 초라하게 죽지 말고 군인답게 칼에 죽어라”라고 말한다. 이것이 모자의 마지막 이별이었다. 자식의 마지막 패배의 소식을 들은 노모는 충격에 눈이 먼 채 아픔을 씹으며 아들보다 더 살다가 85세에 세상을 떠난다.

나폴레옹의 세 번째 부인인 마리 루이즈가 앙투아네트의 이질녀(姨姪女)였으니까 그들은 사돈이었으나 만난 적은 없다. 그것은 차라리 악연(惡緣)이었다. 앙투아네트와 레티치아는 왕비였거나 모후(母后)였다는 점에서 여인이 누릴 수 있는 부귀는 모두 누렸다. 그러나 그들에게는 이 점밖에는 닮은 점이 없다. 그리고 그 나머지는 너무나 판이하게 다르다.

앙투아네트는 부자로 태어나 부자로 죽었기에 가난과 고생이 무엇인지를 몰랐다. 레티치아는 가난하게 살다가 부귀를 누렸고 다시 가엾은 여인으로 죽었다. 그러나 그들의 죽음은 같지 않다. 가장 중요한 것은 앙투아네트가 일찍 죽고 레티치아가 천수를 누렸다는 것이 아니라 전자의 죽음에는 한이 많았지만 후자의 삶에는 후회가 없었다는 점이다.

둘 다 돈을 많이 모았다. 레티치아는 돈에 인색하여 비난을 받았지만 앙투아네트는 돈이 헤펐기 때문에 비난을 받았다. 전자는 용서받을 수 있지만 후자는 용서받을 수 없다. 왜냐하면 돈을 어떻게 번 것이냐

하는 것도 중요하지만 그 돈을 어떻게 썼느냐 하는 것도 중요하기 때문이다. 어차피 돈은 더러울 수밖에 없다. 그러므로 그 돈을 어찌 썼느냐에 따라서 그 돈을 벌 당시의 흉은 용서받고 묻힐 수가 있다. 그래서 사람들은 돈을 쓰는 것이 돈을 벌기보다 어렵다고 말하는 것이다.

마리 앙투아네트가 보여준 여인으로서의 부덕함은 남편을 죽이는 원인이 되었지만 레티치아의 현숙함은 아들을 영원히 살게 하는 데 도움이 되었다. 루이 16세가 좀 더 지혜로운 여인을 아내로 맞이했더라면, 물론 그 시절의 구조적 모순을 근본적으로 벗어날 수는 없었겠지만, 제왕의 몸으로서 신하의 칼에 죽지는 않았을 것이다. 나폴레옹에게 그토록 지혜롭고 꿋꿋한 어머니가 없었더라면 과연 그가 불세출의 영웅으로 클 수 있었을까를 장담할 수는 없다. 그래서 여인은 위대한 것이다.

이 두 여인과 그들로 인한 두 남자의 숙명을 보면서 역사는 이렇게 말하고 있다. 아내를 잘못 만난 남자는 어머니를 잘못 만난 남자보다 더 비참하다고. 어머니를 잘못 만난 남자, 바꿔 말해서 소년 시절이 불우한 남자 중에서도 그 역경을 딛고 일어서 한 시대의 역사를 이끌어 간 사람은 훌륭한 어머니 밑에서 커 성공한 사람만큼이나 많다. 그러나 부덕한 아내를 만나 성공한 남자는 없다.

소크라테스며, 톨스토이며, 강태공의 아내가 어쩌구저쩌구 하지만 그 여인들은 자신의 격에 맞지 않는 비범하고 기이한 남자를 만난 평범한 아낙이었지 결코 몹쓸 여자들은 아니었다. 오히려 그들의 남편들이 아내로부터 박해를 받아 마땅한, 그러한 낙제 남편이요, 부족한 가장이었을 뿐이다. 그런즉 댁의 부인은 어떠신가?

(1989. 봄)

포키온의 아내

계절이 바뀌어 거리를 오가는 사람들의 모습을 보노라면 사람의 마음이란 어떤 것인가 하는 점을 가끔 생각해 보게 된다. 인간이 아름다움을 보이기 위하여 본래 자신의 모습을 되바꾸거나 부족한 부분을 감추는 것은 흉될 것도 없고 욕할 일도 아니다.

그러나 자신을 아름답게 보이기 위하여 가꾼 것이 분수에 맞지 않을 경우 우리는 그 가꿈이 오히려 그 사람을 욕되게 하는 경우를 흔히 볼 수 있다. 그 정도가 되면 유행이나 치장은 이미 아름다움이 아니라 허영이라고 말할 수가 있을 것이다.

고대 그리스 로마 일대에서 명멸했던 50여 명의 영웅·지사·현인의 행적을 기록한 『플루타크 영웅전』을 읽노라면 어느 하나 비범하지 않은 사람이 없다. 그러나 나는 그 중에서도 아테네의 정치가였던 포키온(Phokion)의 일생을 특히 좋아한다.

기원전 402년경에 태어나 기원전 317년에 정적의 모략으로 죽기까

지 그가 걸어간 85년의 인생은 부패와 허영에 대항하는 끝없는 도전의 연속이었다. 포키온 자신도 일국의 정치인으로서 세속적인 물욕에 빠지지 않으려고 무던히도 애를 썼지만 이 글에서 소개하고자 하는 것은 그의 아내에 관한 이야기다.

당시는 연극이 한창 유행하던 시절이었다. 포키온의 아내도 어느 날 연극을 보기 위하여 극장엘 갔다. 그때 개막 예정 시간이 되어도 주연 여배우가 무대 위에 나타나지 않았다. 내막을 알아본즉 여왕의 배역을 맡은 주연 여배우가 불만이 있어 출연을 거부하고 있기 때문이었다. 그의 불만은 여왕인 자기가 거느린 시녀의 수가 너무 적고 옷도 화려하지 못하다는 것이었다.

일이 이쯤 되자 화가 난 주최자 멜란티우스는 그 여왕 역의 주연 여배우를 무대 위로 끌고 나와서 소리쳤다. "저기 앉아 있는 포키온의 아내를 보시오. 저렇게 지체 높으신 대장군의 아내도 수수한 차림에 시녀를 하나밖에 거느리지 않았는데 당신은 어찌 그리도 분수를 모르는가?"라고 꾸짖은 것이다. 이 말을 들은 관중들은 모두 포키온 부인에게 박수를 보냈다.

또 어느 날에는 포키온의 집에 이오니아의 여인이 손님으로 찾아왔다. 그는 몸에 걸친 온갖 보물을 내보이며 자랑을 늘어놓았다. 그러자 포키온의 아내는 그 여자를 향하여 말하기를, "내가 자랑할 것이라고는 내 남편이 대장군으로서 조국을 섬기는 것이 금년으로 20년째가 된다는 사실밖에는 없습니다"라고 했다. 나는 이와 같은 포키온의 일생과 그의 아내의 이야기를 읽노라면 포키온이 훌륭했기 때문에 아내가 그렇게 훌륭했는지, 아내가 훌륭했기 때문에 그 남편이 그토록 청렴결백하고 고결한 것이었는지 궁금하지 않을 수가 없다.

나는 1985년 겨울, 친구들과 함께 미니버스를 타고 대관령을 넘다가 비탈진 커브 길에서 중앙선을 넘은 반대편 차선의 고속버스를 피하려다가 대형 사고를 겪은 적이 있다. 그 사고로 나는 척추를 다쳤고 왼손은 불구가 되었다. 그 후 나는 내 충동질로 겨울 여행을 떠났다가 사고를 겪고 고생하는 동승 친구들에 대한 죄의식과 차량공포증으로 지금까지 고생하고 있다.

한 달의 치료를 마친 후 깁스를 풀고 나는 모처럼 왕십리 경찰병원 옆의 목욕탕을 찾아갔다. 몸의 추함이 말이 아니었다. 본시 목욕탕에서 남 시켜 때를 밀지 않는 것이 내 버릇이었다. 언제부터 우리가 남 시켜 때 밀며 살았는가 하는 가책 때문이었다. 그러나 그날은 경우가 달랐다. 왼손이 불구인데 어쩌랴.

나는 침대에 누워 때밀이 청년에게 불구가 된 왼손을 보여주며 왼손에 때가 많으니 잘 좀 밀어 달라고 부탁했다. 그랬더니 그 청년은 누운 나를 내려다보며 이렇게 말했다.

"이곳은 경찰병원 옆이어서 교통사고 환자들이 많이 오는데, 왼손을 다친 사람은 한결같이 왼손을 잘 밀어 달라고 부탁합니다. 그런데 실은 왼손을 다친 사람은 바른손에 때가 더 많거든요. 인생이 그런 건가 봐요."

그의 얼굴에서 나는 부처의 얼굴을 보았다. 그리고 나는 그 화두에서 부부도 또한 그렇다는 것을 배웠다.

(1989. 5. 8.)

조용한 강아지

다른 집 아이들도 다 그렇겠지만 우리 집 아이들도 강아지를 몹시 좋아한다. 함께 먹고 함께 잘 정도이니까 그 도가 좀 지나친 것 같다. 얼마 전에는 이웃집에서 강아지를 낳았는데 너무 예뻐서 꼬마들 등쌀에 한 마리를 더 얻어 왔다. 좁은 집에 강아지 소리만 요란하고 더구나 밤이 되면 어미 젖이 떨어진 새끼의 울음소리 때문에 잠을 설쳐 짜증스럽기까지 했다.

그러던 차에 지난 복중(伏中)에 집 안의 개 짖는 소리를 듣고 개장수가 기웃거리더니 후한 값으로 팔라고 은근짜를 놓았다. 팔 턱이야 없는 일이지만 나는 그에게 밤잠을 설치는 고충을 푸념했다. 그랬더니 어차피 개를 사갈 수는 없다고 체념한 개장수는 그런 거야 걱정하지 않아도 좋은 방법이 있다고 말했다. 개장수의 말인즉 우선 가까운 자전거 수리점에 가서 바퀴에 바람 넣는 펌프를 개의 귀에다 대고 바람을 세게 넣으면 고막이 터져 주변에 무감(無感)해지기 때문에 일단은

개 짖는 소리를 줄일 수 있다는 것이었다.

그 얘기가 너무 잔혹해서 듣기가 혐오스러웠지만 내가 정작 당혹한 것은 그 다음의 말이었다. 그러고도 개가 계속 짖으면 동물병원에 가서 개 목의 울대를 제거하면 완전히 조용한 강아지를 기를 수 있다는 것이다. 그의 말에 의하면 몇 백만 원짜리 강아지를 키우는 돈깨나 있는 사람들은 그렇게 함으로써 그 강아지를 더욱 사랑스럽게(?) 키우고 있다는 것이다.

하느님이 만든 오감(五感) 중에서 최고의 걸작은 눈이지만 귀는 가장 신경 쓴 작품이다. 보기 싫으면 눈을 감으면 그만이고, 징그러우면 만지지 않으면 그만이고, 냄새가 싫으면 고개를 돌리면 그만이다. 그러나 귀는 줄곧 열려 있으며 듣기 싫어도 들어야 한다. 지금은 퇴화되었지만 모든 포유동물의 귀는 더 잘 듣기 위해서 방향에 따라서 귀를 움직일 수도 있었다.

그러한 신의 섭리를 무시하고 귀를 멀게 하고 입을 막은 후에도 나는 너를 사랑한다느니, 너를 위해서 그랬다느니 하는 것은 위선(僞善)이며 가증스럽기까지 하다. 진실로 그들을 사랑했다면 그들이 자유롭게 듣도록 했어야 하고, 뜻대로 짖을 수 있도록 했어야 했다. 짖지 못하고 듣지 못하는 그 개에 대한 연민(憐憫)이 나의 머리를 맴도는 이유는 무엇일까? 그것은 내게 무슨 대단한 불심(佛心)이라도 있어서가 아니라 문득 이 시대가 머리에 떠오르기 때문이었다.

(1985. 9. 2.)

남자의 수렁

잘사는 집 자손은 잘살았기 때문에, 못사는 집 자손은 가난과 천대가 한이 되어 소년 시절이나 청년 시절에 출세라는 것을 수없이 생각해 보았을 것이다. 돈이든, 명예든, 아니면 권력이든, 남보다 우뚝 서 보고 싶은 것은 인지상정이며, 그 야망이 다소 지나쳤다 해도 그것이 젊은 날의 흉허물이 될 것은 없다. 그러나 출세라는 것이 욕심대로 되는 것이 아니니 어쩌랴!

우리 주변에 소위 출세했다는 사람을 보면 무언가 남다른 데가 있다. 그들은 적극적으로 무엇을 했다고 볼 수도 있지만, 달리 생각하면 소극적인 의미에서 그들은 인생살이에서 반드시 피해야 할 일들을 피해 갔다. 그들은 성공의 길을 간 것이 아니라 망하는 길을 피해 간 것이다. 바꿔 말해서 실패하고 망한 사람들은 꼭 저지른 실수가 있다. 그것은 교만과 허욕과 나태였다.

첫째, 교만은 천천히 자살하는 것이다. 사마천(司馬遷)의 『사기열전』

(史記列傳)과 증선지(曾先之)의 『십팔사략』(十八史略)에서 공통되게 성자(聖者)로 추앙받는 인물로는 안자(晏子)라는 사람이 있다.

어느 날 안자가 외출할 일이 있었다. 그의 수레를 모는 마부의 아내가 그의 집 앞에서 안자의 행차를 구경하고 있었다. 그런데 보자니 안자의 모습은 겸손하기 이를 데 없는데 남편인 마부는 수레의 앞자리에 버티고 앉아 상전인 안자보다도 더 거만스럽게 네 마리의 말에 채찍질을 하며 의기양양하기가 짝이 없었고, 마부 자리가 매우 만족한 모양이었다. 그날 밤 마부가 집에 돌아오자 아내는 대뜸 부부의 정을 끊고 헤어지자고 말을 했다.

> 대부(大夫) 어른께서는 키가 6척이 못 되는데 제(齊)나라의 재상이라는 높은 벼슬에 계시고 천하의 제후들에게 공손하여 조금도 교만한 빛이 없으십디다. 그런데 당신은 8척이 넘는 몸집에 겨우 마부에 지니지 않으면서도 그 오만불손함이 대부 어른을 욕되게 하니 무슨 희망을 가지고 당신과 같은 사람을 남편이라 의지하고 살겠소?

이 말을 들은 마부는 크게 깨닫는 바가 있어 그 후부터는 교만한 마음을 버리고 겸손해졌다. 안자는 마부가 어느 날 갑자기 그토록 겸손해진 것을 이상히 여겨 그 까닭을 물었더니 마부는 사실대로 자초지종을 아뢰었다. 안자는 그가 잘못을 고치는 데 조금도 주저함이 없음에 감탄하여 그를 대부로 삼았다고 한다.

우리의 얘기로 돌아가서, 실제로 오늘과 같은 경쟁 사회에서 살아남는 첫 번째 지혜는 능력이다. 그러나 능력 있는 사람이라고 해서 모두가 출세하는 것은 아니다. 오히려 능력이 있으면서 교만한 사람으로

잘 풀린 사람은 없지만, 능력은 다소 부족하더라도 겸손한 사람 치고 사회에서 낙오된 사람은 그리 흔치 않다.

그러므로 젊은이여, 끝없이 겸손하라. 우리는 주변에서 실패하고 몰락한 사람들을 수없이 보았다. 그리고 그들은 한결같이 무엇인가 자기 자신이 아닌 다른 곳에서 자신이 몰락한 이유를 찾는 모습을 본다. 그는 자신이 겸손하지 못해 실패했음을 인정하려 하지 않는다. 그는 겸손이 본질적으로 남에 대한 처신이 아니라 자기 자신과의 싸움이라는 사실을 끝까지 깨닫지 못하고 있다. 실패한 원인은 나에게 내재하고 있는 것이다.

겸손함에서 꼭 기억해 두어야 할 사실은 그것이 비굴함과 혼동되어서는 안 된다는 사실이다. 잘못된 겸손이 오히려 욕되고 잃는 것이 많은 것은 바로 이 비굴한 겸손 때문이다. 그러므로 당당해야 할 때 당당하지 못한 것은 추하고 왜소해 보인다. 그리고 좀스러워 보인다. 당당함과 겸손함은 동전의 앞뒷면과 같다.

상대가 거만한 녀석이라고 해서 똑같이 머리를 뒤로 젖히는 것은 참으로 미련한 짓이다. 거만함을 꺾는 방법은 같이 거만한 것이 아니라 겸손한 것이다. 속이 뒤틀리더라도 두서너 번쯤은 인내를 가지고 겸손해야 한다. 그러는데도 상대가 거만함을 버리지 않는다면 그런 사람이거니 하고 체념해 버리면 그만이다. 당신이 잃을 것은 없다. 두서너 번 겸손하게 보인 것이 비굴하게 여겨졌을 리는 없기 때문이다. 다시 부탁하건대 젊은이여 끝없이 겸손하라. 왜냐하면 교만은 천천히 자살하는 것이기 때문이다.

둘째, 허욕은 수(壽)를 감(減)한다. "욕심이 죄악을 낳고, 죄악이 사망을 낳느니라"(야고보서 1:15)는 말이 믿는 사람들 사이의 얘기라 치더라도, 분수를 지키며 만족함을 안다(守分知足)는 것은 세속 도시에서 흔히들 아는 얘기이면서도 그게 그렇게 쉽게 실천되지 않는 것을 보면 욕심을 누르며 맑은 마음으로 산다(淸心小慾)는 것이 얼마나 어려운가를 알 만하다.

인간이 살아가면서 욕심 없이 산다는 것은 전설에서나 있을 수 있는 얘기이고 어느 정도의 욕심을 갖는다고 해서 그것이 비난받을 이유는 아닐 것이다. 문제는 정도이다. 영국의 정치철학자인 로크(John Locke)의 말을 빌리면, 예컨대 음식을 가질 경우 남아서 썩을 정도라면 그 욕심은 죄가 된다고 한다. 하기야 냉장고가 없던 시절에 살던 그로서는 그런 말을 할 수도 있었겠다는 생각이 든다.

결국 욕심이 죄가 되는 것은 분수를 넘을 경우를 의미한다. 여기에서 분수를 넘는다는 것은 가질 만큼 가졌음에도 불구하고 더 갖고자 하는 경우와 자기의 그릇(경륜 또는 器局)을 넘게 갖고자 함을 의미한다. 분수에 넘는 욕심을 허욕(虛慾)이라고 할 수 있다.

역사적으로 허욕에 눈이 어두워 패가망신한 사람이 많지만 콜럼버스(C. Columbus)의 말로(末路)는 흥미로운 데가 있다. 1486년에 선원 88명과 함께 미 대륙을 발견했을 때만 해도 그에게는 낭만적인 모험심 같은 것이 있었다. 그가 근본적으로 장사꾼이라는 점을 감안하더라도 그의 초기 탐험에는 칭찬받을 만한 점이 있었다.

그러나 두 번째, 세 번째 미 대륙을 다녀왔을 때 그는 완전히 황금에 눈이 먼 사람이 되고 말았다. 그의 끝없는 탐욕은 동료 선원들을 무자비하게 수탈하고 학대하게 만들었다. 이제 세상은 그를 신대륙을 발견한 위대한 탐험가로 추앙하지 않았다. 그는 결국 허욕에 찬 악인으로 멸시와 냉대를 받다가 울화병으로 비참하게 세상을 마쳤다. 허욕이 그

의 명(命)을 재촉한 것이다.

셋째, 게으름은 죄를 짓는다. 세상살이의 모습이 달라짐에 따라서 죄를 짓게 되는 원인도 달라지는 것 같다. 예전에는 먹고 사느라고 죄를 지었으나, 이제는 먹고 사는 일에 대한 걱정이 없어지자 도덕적 타락에서 오는 죄가 늘고 있다. 이와 같은 후자의 죄는 주로 심심함(無聊)에서 비롯된다. 인간이 뭔가에 몰두해 있을 적에는 다른 생각을 할 겨를이 없다.

그러나 이제 사회적으로 '님' 자 소리 듣고 '사'(士) 자 붙은 직업을 갖게 되니 지난날 어렵던 시절의 각오는 잊혀 간다. 아니, 잊었다기보다는 생각하기 싫어졌다는 것이 오히려 더 정확한 표현일지도 모른다. 강사 생활을 면해 정식 교수가 되면 더 열심히 공부해야지, 이 지긋지긋한 셋방살이를 면해 서재 있는 아파트에 살면 더 좋은 논문을 써야지…, 그때는 하루에도 몇 번씩 그런 각오를 했다. 그러나 지금은 사철의 춥고 더움을 모르고, 변소 붙은 서재에 자개상 놓고 글을 쓰는데 왜 지난날 그 어렵던 시절만큼 진한 글을 쓸 수 없을까?

공자(孔子)의 말씀에 의하면 배움에 싫증 내지 않고 가르침에 게으름 피우지 않는 것(學不厭而敎不倦)이 학자의 태도라고 했는데, 말이 쉽지 배움에 즐겁고 가르침에 부지런하다는 것은 참으로 어려운 일이다. 나 자신을 포함해서 오늘날 대학에서 스스로 망가지고 있는 소위 무능 교수의 문제를 면밀히 들여다보면, 그 지탄받는 교수들은 모두가 한때 재주 있다는 평을 듣고 촉망받던 인물들이었다. 애시당초부터 자질이 부족한 사람들은 열심히 하는 것으로 화(禍)를 면하지만, 소위 스스로 재주 있다고 자만하던 사람들은 게으름을 피우고 끝내 파멸에 이르게 된다.

인간의 재능에는 차이가 있을 수 있다. 그러나 재주가 부족한 사람이 낙오되고 지탄받는 것만은 아니다. 그들은 열심히 사는 것이 아름답게 보여 면죄된다. 그러기에 "공부가 좀 부족하다 하더라도 부지런하면 그 부족함을 메워준다"(學無之境 勤能補拙)는 옛 말씀이 우리에게 많은 가르침을 준다. 열심히 살고, 뭔가에 몰두하며 사는 삶의 모습은 참으로 아름답다. 그리고 진지하게 보인다.

그러므로 청년들은 자신의 시대에 근면하도록 노력함은 물론 먼 훗날 그의 시대가 왔을 때에도 젊은 날의 각오가 식지 않도록 무섭게 자신을 채찍질해야 한다. 그러기에 부처님께서는 "해가 중천에 뜨도록 퍼질러 자는 것이 가장 큰 죄"(『디가 니카야』)라고 경계하셨다. 누구인들 좀 쉬고 싶지 않겠는가? 누구인들 좀 더 편해지고 싶지 않겠는가? 그러나 싫고 귀찮은 일을 모두 빼고 나면 인생은 결국 게을러지고 그 게으름은 죄 되는 짓만을 생각하게 될 것이다.

특히 청년에서 중년으로 넘어가면서 어느 정도 사회적인 기반이 닦였을 때 이러한 현상은 흔히 나타난다. 젊었을 적에는 살기에 허둥대느라고 곁눈질할 새가 없었다. 그러나 이 고비가 지나 좀 살 만하다, 좀 편하다 싶어질 때 우리는 더욱 긴장하며 춥고 배고프던 젊은 날의 각오를 되씹어 보아야 할 것이다. 그렇지 않고서는 당신도 우리 사회에서 흔히 나타나는 그 통속적인 삼류 신파극의 한 몰락한 조연 배우에 지나지 않게, 그래서 노후를 쓸쓸하고 춥게 보내게 될 것이다.

(1990. 가을)

여자가 반드시 망하는 길

그렇지 않아도 속 빈 졸부들의 행각이 나라의 앞날을 우울하게 하던 차에 금융실명제까지 실시되고 나니 이제 돈 쌓아 두어 무엇하랴 싶은 생각 때문인지 사치는 더욱 심해지고 나라 살림은 더욱 어려워지고 있다고 한다. 나라가 어려워지는데 남자 여자를 따질 겨를이 어디 있으랴만 이런 때일수록 안에서 여성들이 더 알뜰해야 할텐데… 하는 아쉬움이 지워지지 않는다.

작게는 한 가정은 더 말할 나위도 없고 크게는 나라 살림에 이르기까지 세상사라는 것이 여자 하나 마음먹기에 따라서 웃을 수도 있고 울 수도 있는 것이 우리의 살아가는 모습이기에 한국 여성들이 지혜롭게 살아가 주기를 바라는 마음이 더욱 간절해질 수밖에 없는 것이 지금의 현실이다.

우리는 한국의 여성들이 남달리 희생적이었고 가슴에 절절하게 묻어둔 한(恨)이 많다는 것도 잘 알고 있다. 그리고 특히 오늘을 살아가고 있는 여성들은, 우리 시대의 모두가 그렇듯이, 격동의 세월을 살아오면서 많은 풍상(風霜)을 겪었고, 그래서 온갖 가치관의 혼란을 겪으면서 유혹이 남달리 많았던 것도 사실이다. 그래서 우리 시대의 여성들 중에는 입지전적으로 가정을 일으킨 위대한 여성상이 있는가 하면 그 유혹에 휘말려 헤어나지 못하그 눈물짓는 안타까운 모습들도 많이 있었다.

무엇이 한국의 여성을 거듭 울게 만들었을까? 그 이유는 대체로 다음과 같은 세 가지의 경우, 즉 첫째로는 사치와 허영에 빠지는 것이며, 둘째로는 천박해지는 것이며, 셋째로는 추하게 늙는 것 중의 한 예에 속할 것이다.

사치와 허영: 그 몰락의 심연(深淵)

1980년대에 들어오면서 우리에게는 갑자기 소비가 미덕인 낯선 세태가 나타났다. 그러니 시대가 별천지처럼 느껴질 수밖에 없었다. 젊어 한때 잘살아 보자고 이를 앙다물던 시절의 각오와는 달리 이제는 힘 안 들이고도 들어오는 돈을 보면서 문득 가난했던 시절의 이런저런 일들이 한풀이처럼 머리에 떠올랐고 이와 함께 다가오는 주위의 숱한 유혹들을 뿌리칠 수가 없었다. 그 중에 대표적인 것이 곧 사치와 허영이었고 그 가운데 한국의 여인들은 천천히 망가지기 시작했다.

1957년, 국민들로부터 추앙을 받던 필리핀의 막사이사이(R. Magsaysay) 대통령이 불의의 비행기 사고로 죽자 부통령이었던 가르시아(Carlos Garcia)가 대통령을 승계했다. 어느 나라나 모두 마찬가지이겠지만, 재임 중에 큰 허물이 없으면 재선에 당선되는 것은 그리 어려운 일이 아니다. 그 점에서는 가르시아도 마찬가지였다.

재선에 출마한 그는 자신만만했다. 특히 그의 아내는 온갖 방자를 다 떨었다. 어느 날 유세에서 기자들은 그 여자를 잡고 취미가 뭐냐고 물었다. 그때 이 푼수떼기 여편네는 온통 반지를 낀 열 손가락을 내보이며 보석 수집이 취미라고 대답했다. 그리고 가르시아는 선거에 떨어졌다.

천박함: 그 무지의 비극

세상살이하면서 사람 만나는 일보다 어려운 일이 없으며 그보다 더 부대끼는 일이 없다. 그 중에서도 사내 막되어 먹은 것과 여자 천박한 것은 참으로 견디기 어렵다. 무엇이 여자를 천박하게 만드는가? 그 대답은 간단하다. 책을 읽지 않았기 때문이다. 책을 읽지 않았으니 속에 든 것은 없고 말과 행동은 가진 돈만큼 돋보이지 않으니 사람이 천박해 보일 수밖에 없다. 이럴 경우 그 여자는 무의식 속에 자기의 지식이 짧다는 것을 누구보다도 잘 안다. 그것이 병(열등감)이 되어 남보다 더 말이 많아지고 말이 많을수록 천박함은 더욱 상승 효과를 일으키는 악순환이 되풀이된다.

이런 의견에 대해서 한국의 주부가 책 읽을 겨를이 어디 있느냐고 반문할 수도 있다. 그러면서 빨래하고 밥하고 아이들 입시 치다꺼리하다 보면 하루가 가고 파김치가 된다고 말한다. 그러나 이것은 변명에 지나지 않는다. 왜냐하면 가장 바쁜 사람이 가장 많은 책을 읽는 것이 통례이기 때문이다. 시간이 남아서 책을 읽는 것보다 따분한 일은 없다. 독서는 삶의 한 부분이기 때문에 그것은 취미 삼아 할 일도 아니며 심심파적으로 할 일은 더구나 아니다. 그것은 밥을 먹는 것과 같다.

그러니 바빠서 책을 못 읽는다는 것이 얼마나 어이없는 변명인가?

그러므로 오늘 당장이라도 동네 서점에 나가 유홍준의 『나의 문화유산 답사기』나 신영복의 『감옥으로부터의 사색』이라도 한 권 사서 읽어 보시라. 우선 커가는 자식들 보기에도 이보다 더 아름다운 장면은 없을 것이다.

추하게 늙는 것: 용서받을 수 없는 죄

"얼굴만 예쁘면 무얼 하나, 마음이 고와야지"라는 말을 우리는 흔히 한다. 이론으로 따진다면야 백 번 옳은 말이지만 그것은 어디까지나 교과서적인 설교일 뿐이지 계룡산에서 도 닦다 내려온 사람이 아닌 바에야 어찌 마음씨 고운 것만 바라보며 살 수 있겠는가?

멀쩡하니 자기의 아내를 옆에 끼고 가면서도 옆에 지나가는 여인의 아름다움을 훔쳐보는 것이 남자의 마음인데 이를 속물이라고 비난해서는 안 될 일이다. 여성의 아름다움은 신이 만든 최고의 걸작이기 때문에 세상 사람들은, 특히 남성들은 그 아름다움을 칭찬해 주어야 할 의무가 있다.

여성의 아름다움은 미덕일 뿐만 아니라 신성한 의무이다. 그러므로 여성은 모름지기 아름다움을 위해 끝없이 노력하고 투자해야 한다. 그리고 남자들은 여성의 그러한 노력을 사치라고 비난하지 말고 이해하며 도와주어야 한다. 자다 깬 듯한 머리며 흐트러진 매무새는 이미 여자이기를 포기한 것이나 다름이 없다.

그렇다면 무엇이 여성을 아름답게 하는가? 우선은 물리적으로 아름다워야 한다. 그러기 위해서는 여성에게드 최소한의 돈이 필요하다. 전부라고는 말할 수 없어도 여성의 행복의 상당 부분은 돈으로 살 수 있다. 그 다음으로는 내면적인 아름다움을 위해 투자해야 한다. 그것

은 지성미라고 말할 수도 있고 교양미라고 말할 수도 있는데 이는 오로지 책을 통해서만 얻어질 수 있다. 이와 관련하여 우리 조상님들의 말씀을 빌리면 여성의 아름다움은 맵씨, 맘씨, 말씨, 솜씨, 글씨의 다섯 가지라고 한다. 여성이 추하게 늙는 것은 죄짓는 것이나 다름이 없다.

세상을 살아가노라면 성공하기 위해서 아등바등할 수도 있지만 실패하거나 망하는 길을 피해 갈 수만 있다면 적어도 패가망신은 안 할 것이며 결국은 후회 없는 삶이 될 것이다. 요컨대 여자의 일생에서 사치와 허영을 버리고, 천박하지 않으며, 추하게 늙지 않을 수만 있다면 먼 훗날 되돌아보아도 크게 부끄럽지는 않을 것이다. 이것은 내가 내 아내와 딸들에게 늘 하는 말이다.

(1990. 겨울)

아버지의 실종

해마다 이맘때면 어김없이 가정의 달이 찾아온다. 그런데 이제 가정의 화목을 위한 행사도 할 만큼 했을 터인데 세상은 날이 갈수록 어수선하다. 노름빚에 쪼들린 아들이 부모를 난자하여 죽이고 게다가 불까지 질렀다 하여 천하가 우울하다. 어쩌다 세상이 여기까지 왔나? 무언가 분명히 잘못 되어 가는데 말리려는 사람도 드물고, 혹 누군가 나서서 수습해 보려 해도 세상 돌아가는 것이 막무가내이다.

문민 정부 이후 권위주의를 청산한다고 말하지만 역설적으로 말해서 요즘에는 진정한 권위도 보이지 않는다. 우리가 어렸을 적에 들은 말을 빌리면, 어른이 없는 사회요, 막돼먹은 애들만이 눈에 보인다. 왜 그럴까?

한 마디로 말해서 우리 가정에서 근엄한 아버지의 모습이 사라졌기 때문이다. 우리 본래의 아버지는 그렇지 않았다. 근엄하고, 자식을 사랑할 일이 있어도 "자식은 재워 놓고 사랑한다"는 말씀에 따라 내색하

지 않았고, 자식에게 책잡힐 일도 하지 않았고, 자세가 흐트러지는 일이 없이, 그러면서도 한 생활인으로서 부족함이 없는 그런 모습이었다. 그런데 이제는 그러한 아버지의 모습을 볼 수가 없다.

시건방진 서구 문물이 들어온 후 남녀 평등은 부부무별(夫婦無別)의 사회가 되었다. 연속극에 나오는 여자들은 딱 부러지게 남편에게 반말이고, 남편이 아내에게 야! 너! 하는 것도 다반사가 되었다. 우리는 그에 대해 으레 그러려니 생각하며 텔레비전 앞에서 시시덕거리지만, 그게 상것들이나 하는 짓이지 어디 어른 모시고 사는 양가댁에서 생각이나 할 수 있는 일인가?

나도 이제 나잇살이나 먹고 또 하는 일이 젊은이들 만나는 것이고 보니 학생들로부터 주례를 해달라고 부탁받는 경우가 흔히 있다. 그러나 나는 한사코 주례를 거절한다. 모처럼 쉬는 주말이 아까워서도 아니고 그 지긋지긋한 교통 전쟁 때문도 아니다. 그것은 막돼먹은 애들에게서 겪은 마음의 상처 때문이다.

주례를 부탁하러 오는 학생들은 존경한다느니 일생의 스승으로 모신다느니, 온갖 입에 발린 소리를 다 한다. 그런데 놀라지 마시라. 결혼식을 마치고 여행 잘 다녀왔다고 전화 한마디 없는 학생이 절반이 넘는다. 한 번 긴히 써먹었으니 더 볼일이 없다는 식이다.

도대체 그 부모들은 어떤 사람들일까? 내가 그들로부터 푸짐한 선물을 바란 것은 아니지만 이는 참으로 사람이 할 짓이 아니다. 그래서 주례를 한 다음에는 수없이 후회하고 다시는 주례를 하지 않겠다고 백번도 더 맹세를 했다. 그들을 보면서 내 자식을 다시 한 번 생각해 보게 된다.

게다가 산아 제한 이후 이제는 모두가 외아들이라서 이게 빗나간 사랑의 근원이 되었다. 그뿐만 아니라 여자도 돈 좀 만지게 되니까 남편을 우습게 알아, 생계가 걱정되어 이혼을 못하던 것은 옛날 얘기요, 걸핏하면 "당신 없이도 살 수 있다"고 기고만장하다. 직장에 나가면 비정한 생존 경쟁과 비인격적인 상사 밑에서 남자들의 모습은 무척이나 왜소해지고 움츠러들어 있다. 새벽에 나가 자정에 돌아오니 부모 자식 간에 마주 앉아 오순도순 얘기할 기회는커녕 눈 한 번 맞춰 볼 시간도 없다. 그래서 우리는 지금 어른이 없는 사회에 살고 있다. 이런 환경에서 자란 요즘 애들이 교수의 머리채를 잡고 차 안 비켜 주었다고 뺨을 때리는 것은 어쩌면 당연한 귀결인지도 모른다.

『논어』(論語)의 계씨편(季氏篇)에는 다음과 같은 일화가 실려 있다. 공자(孔子)의 제자 중에 진항(陳亢)이라는 분이 있었다. 그는 평소에 자기의 선생님은 자식을 어떻게 가르칠까 하는 것이 늘 궁금했다. 그래서 어느 날 그는 공자의 아들인 백어(伯魚)에게 혹시 아버님으로부터 남다른 가르침이라도 받은 적이 있느냐고 물어보았다. 이에 대해 백어는 그런 일은 없지만 다음과 같은 경험이 있었노라고 대답했다.

언제인가 공자께서 혼자 뜰에 계실 적에 백어가 허리를 굽히고 빨리 지나가니 "너는 시(詩)를 읽었느냐?"고 물으셨다. 이에 백어가 "배우지 못했습니다"라고 아뢰었더니 공자께서는 "시를 배우지 않으면 말을 제대로 할 수 없느니라"고 말씀하셨다. 그는 물러나 시를 공부했다.

다른 날 또 공자께서 뜰에 혼자 계실 적에 허리를 굽히고 그 앞을 지나가려니 "너는 예(禮)를 배웠느냐?"고 물으시므로 "아직 배우지 못했습니다"라고 아뢰었더니 "사람이 예를 배우지 못하면 바로 서지 못하느니라"라고 말씀하셨다. 그는 물러나 예를 배웠다.

백어가 그의 아버지인 공자로부터 배운 것은 이 두 가지가 전부였

다. 백어가 물러가자 진항은 기뻐하며 이렇게 말했다. "한 가지를 물었
다가 세 가지를 알았다. 시에 대해 들었고, 예에 대해 들었고, 또 군자
는 자기의 자식을 멀리한다는 것을 알았다."

위의 고사(故事)는 공자께서 뜰(庭)을 거닐며 자식을 가르쳤다(訓) 하
여 정훈(庭訓)이라 한다. 이 고사가 우리에게 주는 교훈은 진항의 독백
처럼, 군자는 자기의 자식에게 성화하지 않았다는 점이다.

그런데 우리의 아이들이 빗나가는 또 다른 이유는, 서구와는 달리
자식을 너무 사랑하기 때문에 빚어지고 있다. 이런 현상은 말이 사랑
이지 차라리 자식 성화요 빗나간 사랑이라고 말하는 것이 더 정확한
표현일 것이다. 자식 사랑일수록 냉정해야 한다.

중국의 고전 『한비자』(韓非子)에는 다음과 같은 얘기가 실려 있다.

옛날 중국의 춘추전국시대 노(魯)나라에 맹손(孟孫)이라는 세도가가
살고 있었다. 이 사람은 사냥을 몹시 좋아했다. 어느 날 그는 부하들을
데리고 사냥을 나갔다가 새끼 사슴을 잡아 진서파(秦西巴)라는 사람을
시켜 집으로 가져오도록 했다. 진서파가 새끼 사슴을 데리고 집으로
돌아오는 길에 어미 사슴이 슬피 울며 따라오는데 자식을 돌려달라는
소망이 그토록 간절할 수가 없었다. 마음이 약한 그는 어미 사슴의 모
습에 감동하여 새끼를 풀어 주고 빈손으로 돌아왔다.

진서파가 집으로 돌아오자 맹손은 새끼 사슴을 가져오라고 했다. 진
서파는 그간의 얘기를 말하고 어미 사슴의 슬픔을 뿌리칠 수 없어 새
끼를 돌려보냈노라고 대답했다. 그의 말을 들은 맹손은 크게 화를 내
면서 그를 쫓아내었다.

그런 일이 있은 지 석 달이 지나 맹손은 진서파를 다시 불러들여 자
기 아들의 가정교사로 삼았다. 많은 사람들이 의아하게 생각했다. 어

278

느 날 맹손의 마부가 "전에는 진서파에게 죄를 물어 몰아내더니 이제는 그를 불러 아드님의 스승으로 삼으니 그 연유가 어디에 있습니까?"라고 물었다. 이 말을 들은 맹손이 대답하기를, "진서파가 사슴의 새끼도 그냥 보아 넘기지 못했다면 항차 내 아들이야 더 말할 나위가 있겠느냐?"고 말했다.

이와 비슷한 예로 『이솝 우화』에는 다음과 같은 얘기가 나온다. 어느 날 한 사냥꾼이 사냥을 하러 산으로 들어가던 중에 뜸부기를 만났다. 뜸부기는 사냥꾼에게 자기 자식들을 잡지 말라고 부탁했다. 당신의 자식들이 어떻게 생겼느냐고 사냥꾼이 물었더니 그들은 이 숲속에서 가장 아름다운 새라고 대답했다.

사냥꾼이 사냥을 마치고 나오다가 어미 뜸부기를 만났다. 어미는 사냥꾼의 망태기 속에 있는 자기의 죽은 서끼들을 보고 왜 약속을 지키지 않았느냐고 울면서 항의했다. 사냥꾼은 숲속에서 가장 못생긴 녀석만 잡았는데 무슨 소리냐고 물었더니 그 뜸부기 말이 부모의 눈에 가장 아름답게 보이지 않는 자식이 이 세상에 어디에 있겠느냐고 하더라는 것이다.

맹손과 뜸부기의 얘기를 통해서 한비자나 이솝이 말하고자 하는 것은 소위 핏줄이라는 것이 어떤 것인가를 설명하려는 것이다. 인간이 자기와 가장 가까운 것, 자기의 분신이라고 할 수 있는 자식에 대하여 남다른 애정을 갖고 그것이 다소 정도를 지나쳐 편견이 된다고 하더라도, 잘한 일은 아니지만 크게 탓할 일도 아니다.

그런데 여기에서 우리가 꼭 유념해야 할 사실은 그 혈육의 정에 얽매이다 보면 할 일을 못하게 되고 안 할 짓을 하게 된다고 하는 사실이다. 이것은 결국 자식 때문에 인간은 죄지을 수 있음을 의미한다. 이것

은 우리가 진정으로 경계할 일이다.

우리는 주변에서 핏줄이라는 하나의 이유만으로 빗나간 사랑을 쏟다가 오히려 죄짓는 모습을 흔히 본다. 이것은 진실로 가슴에 사랑을 담고 사는 사람이 할 짓이 아니다. 이것은 진실로 배운 사람이 할 짓이 아니다.

자식 키우는 일은 뜻대로 안 된다는 푸념을 우리는 흔히 듣는다. 그러나 오늘날 이 사회가 이토록 어지러워진 것은 나와 내 자식을 포함해서 일차적으로 부모의 탓이다. 학교를 탓할 것도 없고 사회의 풍조를 비난할 것도 없다. 집안에서 보고 배운 것이라고는 부부 간의 천박한 언행, 의롭지 못한 돈벌이와 그 씀씀이, 그리고 사랑보다는 증오뿐이라면 그 자녀들이 사회에 나와서 무엇이 되고 어떻게 살아가리라는 것은 불을 보듯이 자명하다.

독일의 심리학자 프로이트(S. Freud)의 말에 의하면, 남자가 성장기에 빗나가는 것은 어머니로부터 상처를 받았기 때문이라고 한다. 그러나 가부장적 동양 사회에서는 이러한 학설이 그대로 적용되는 것은 아니다. 오히려 한국의 남자들은 아버지에게서 상처를 받는 경우가 더 흔하기 때문이다. 한국인에게 아버지는 축소된 신(miniaturized God)이며 신은 확대된 아버지(magnified father)이다.

따라서 아버지의 무너지는 모습은 우상이 무너지는 것과 꼭 같은 충격과 좌절을 주며 아버지로부터 입은 상처는 신의 저주처럼 확대되어 느껴진다. 그러므로 아버지로부터 "너는 내 자식이 아니니 호적을 파가라"는 질책을 들었을 때 당사자가 받는 상처는 살의(殺意)를 느낄 만큼 충격적일 수 있다.

그러니 처음의 얘기로 돌아가서 말하건대, 지금 이 사회가 해야 할 가장 시급한 것은 정치 안정, 경제 발전, 노사 문제, 통일 논의보다 먼저 잃어버린 아버지의 권위를 찾고 어른이 있는 사회를 만드는 것이다. 인간은 우선 부모를 통해서 세상을 알며 세상 살아가는 방법을 배운다. 그런데 그 근원이 이미 나약해지고, 부패하고, 움츠러들어 있다면 이 사회의 모든 것이 흔들릴 수밖에 없다. 그러므로 세상의 아버지들이여, 어깨를 펴자. 그리고 자식과 아내 앞에 아버지로서, 남편으로서 당당하게 서자.

(1989. 9.)

결혼 안하세요?

산을 몹시 좋아하는 어느 산악인에게 왜 산에 오르느냐고 물었더니 "거기 산이 있기에…"라고 대답했다지만, 막상 나에게 왜 결혼을 했느냐고 묻는다면 "거기 여인이 있었기에…"라고 대답할 수밖에 없다. 나는 대학 2학년 때 한 여인을 만났다. 그는 완전한 여인은 아니었다.

그러나 남자는 여자의 한 부분만 보고 애정을 느끼는 것이기에 나는 그 여인의 한 곳(남이 보면 별것도 아닌)만을 보고 금세 사랑하게 되었다. 그래서 두 번째 만나는 날 대학 2학년 주제에 "나는 당신을 사랑하니 5년만 기다리라"고 말했으니 얼마나 가관이었겠는가?

그 후 나는 일편단심으로 그 여인만을 8년 동안이나 쫓아다니다가 끝내 결혼을 했고 이제 결혼한 지 20년이 된다. 결혼 직후 인사차 한 선배를 찾아갔더니 그 형님이 근엄한 표정을 지으면서 "이 사람아, 나이 40 되기 전에는 그렇게 멋모르고 좋아 히죽거리지 말게." 하던 말을 잊을 수가 없다.

왜 그 형은 40이라고 하는 시한을 정했을까 하는 생각도 들었고, 우리의 결혼을 애들 장난으로 아나… 하는 생각도 들었지만 이제 결혼 20년에 지천명(知天命)의 나이가 되어 잔주름진 얼굴이며, 그 옛날에는 오동통했지만 지금은 물컹물컹한 데에 손이 닿을 때면 이제서야 "이 여인이 내 아내였구나…" 하는 생각이 든다.

생각하면 지난 20년의 결혼 생활이 꿈만 같다. 내 자신이 한 일도 내 마음에 들지 않는 경우가 허다한 법인데 남남끼리 만나 싸움은 얼마나 했으며, 퇴근 후 집에 들어서서 아내의 얼굴이 보이지 않을 때면 지난날 학교에서 돌아와 책가방을 마루에 내던지며 엄마를 부르다가 엄마가 없을 때 느끼는 그 허전함을 느끼며 그럭저럭 20년의 세월이 지나간 것이다.

이제 애비보다 더 큰 자식들의 얼굴을 보고 다시 아내의 얼굴을 쳐다보노라면 총각 시절에 몇 시간씩 다방에서 기다리다가 입구에 그녀의 얼굴이 나타났을 때 느끼던 그 짜릿함은 없어졌지만 그저 대견하고 푸근하다. 그러나 아직도 모르겠다. 이 여인은 과연 누구인가를….

부부라고 하는 정체를 인수 분해한다던 그 대답은 어떻게 나올까? 남들은 어떨지 모르지만 내 경우에 아내의 존재는 진정한 아내로서의 모습은 50퍼센트 정도이며, 나머지 30퍼센트는 친구이고 그 나머지 20퍼센트는 어머니와 같다. 나는 이와 같은 퍼센트에 대하여 제법 이상적인 배합이라는 긍지를 가지고 있다. 나보다 앞서 사신 분들은 고개를 끄덕일 것이고, 후배들은 고개를 갸우뚱하리라.

나는 나 자신이 결혼하길 잘했다고 늘 생각하고 살아가고 있다. 그렇다고 해서 내 아내가 당대의 재원도 아니고 절세가인도 아니며 열쇠 3개(내 주제에 그런 요구를 할 만한 인물도 못 되지만) 가지고 온 재벌

집 딸도 아니고 그저 평범한 앞산, 뒷마을의 갑남을녀들이요, 필부필부의 만남에 지나지 않는다. 그러니 자신의 결혼에 대하여 우쭐대며 떠들어댈 것도 없고, 주제 파악도 못하고 이런 글을 쓸 계제도 못 된다.

그러나 생각해 보면 물론 이 세상에는 나보다 더 똑똑한 사람도 결혼하지만 나보다 못난 사람도 결혼해서 떡두꺼비 같은 아들 낳고 잘만 살더라. 결국 이 세상에서 가장 잘난 사람도, 그리고 가장 못난 사람도 결혼을 하게 된다. 그러니 결혼한 것이 뭐 대단한 일이나 되는 것처럼 자랑할 건 못 된다. 오히려 결혼을 안하고 산 사람들(못한 사람이 아니고)이야말로 비범하다고 할 수 있다.

독신자 중에서도 신부님들처럼 어떤 계율에 따라서 안한 것이 아니고, 할 수 있었는데도 안한 사람도 다시 보인다. 그 엄청난 성(性)의 본능과 인간적인 고독함, 그리고 정(情)을 참으면서도 독신을 지킨 것이 어떤 목적을 위한 것일 때에는 더욱 그렇다.

역사적으로 그러한 예의 대표적인 인물로서는 칸트(I. Kant)가 있다. 칸트의 전기 어느 곳을 보아도 그가 학문을 위해서 결혼을 하지 않았다고 말한 적은 없지만, 후세의 역사가들은 그가 학문을 위해서 결혼하지 않았으리라고 단정하고 있고 또 그럴 만한 심증은 얼마든지 있다.

어느 날 쾨니스베르크의 백카 목사가 칸트에게 결혼을 권할 목적으로 결혼의 행복에 관한 책을 출판하여 기증한 적이 있다. 칸트는 그 책을 받고서는 사람 놀리지 말라고 정색으로 말하고서는 그 책의 값을 물어준 적이 있다.

그러나 칸트의 그와 같은 행동에도 불구하고 그가 결혼을 하지 않은 것은 참으로 놀라운 일이다. 어떻게 보면 그는 극기의 대표적인 인물이라 할 수 있다. 그는 파티에서 늘 젊은 여인을 자기의 왼쪽에 두었는데 이는 오른쪽 눈이 실명(失明)해서 오른쪽에 두면 잘 쳐다볼 수 없었기 때문이었다. 그런즉 그가 여자를 싫어했다고는 할 수 없다. 다만 참은 것이다. 그러니 더욱 놀라운 사람이다. 그럼에도 불구하고 나는 단언하건대 그만한 각오였다면 설령 결혼을 했더라도 그는 한 학자로서 대성했으리라는 것이 나의 생각이다.

역사상의 인물로서, 나는 참으로 장가가기를 잘했고 내 아내는 참으로 훌륭했다고 터놓고 주장한 팔불출의 하나가 밀(J. S. Mill)이다. 그가 아내를 처음 만난 것은 스물다섯 살 때로서 그의 아내는 그때 스물세 살이었다. 한 가지 묘한 것은 그때 그 여인은 이미 테일러라고 하는 약종상의 아내였다는 사실이다. 밀과 그 여인은 그 남편의 양해 아래 20년 동안 사귀다가 그 본남편이 죽어 주었기 때문에 밀은 마흔 다섯 살에야 드디어 그 여인과 결혼할 수 있었다.

밀은 그의 대표적인 저서 『자유론』의 앞에 실은 '아내에게 바치는 헌사(獻辭)'에서 "나는 한 여성의 사랑스럽고도 애처로운 영전에 이 글을 바친다"고 말하고 그 글은 아내가 쓴 것이나 다름이 없다고 말한다. 이들의 결혼은 7년밖에 지속되지 않았다. 이들이 프랑스를 여행하던 중 아비뇽에서 아내가 죽고 그 후 밀은 15년 동안 더 살았다. 밀은 그중 8년을 아내의 무덤 옆에서 살다가 끝내는 그도 그곳에서 죽어 아내의 옆에 묻히었다.

밀의 주장에 의하면 『자유론』의 탈고가 아내 덕분이라고 말하지만 그 여인이 그렇게 지성이었기 때문에 그들이 행복했다고 볼 수는 없다. 솔직히 말해서 내가 정치학을 전공하는데, 나의 아내는 대통령 선

거를 동회에서 하는지 장충체육관에서 하는지 모르고 민주 선거의 4 대 원칙 중 하나도 댈 수 없을 만큼 세속을 초월해서(?) 살지만 그것 때 문에 나의 학문 세계가 지장을 받았다거나 불편을 느껴본 적은 없다.

아마도 밀의 아내가 남편에 필적할 만한 정치적 식견을 가지고 있지 않았을지라도 두 사람은 행복할 수 있었을 것이다. 결혼은 결코 심포 지엄이나 세미나는 아니며 현학(衒學)의 경쟁 장소도 아니다. 원고 쓸 때 애들이나 쥐어박지 않고, 동창계에서 보고 들은 밍크 목도리며 다 이아몬드 얘기 좀 하지 말고, 밤이 이슥하도록 책을 볼 때면 따끈한 유 자차 한 잔에 찌그러졌을망정 귤이나 몇 개 쟁반에 들고 들어와서 "피 곤하지 않수?" 하고 애교를 떨면서 잠시 옆에라도 앉아만 있어 준다면 야 나도 밀처럼 내가 쓴 책머리에 '아내에게 바치는 글' 한 번쯤 못 써 줄 것도 없다. 그러니 칭찬받는 아내가 된다는 것이 얼마나 수월한 일 인가?

못 가네 안 가네 하지만 그래도 독신보다는 결혼한 사람이 더 많은 데 이것을 어쩌랴. 1961년도의 노벨 평화상 수상자인 함마슐트(Dag Hammarskjold) UN 사무총장은 "엘리엇(T. S. Eliot)의 『황무지』를 이해하는 여자가 없어 나는 결혼을 안했다"고 객기를 부렸지만, 그렇 다면 묻노니, 그대는 『황무지』를 이해한단 말인가? 아니면 우리는 『황 무지』도 모르는 머저리 같은 여자만을 데리고 사는 녀석들이란 말인 가?

결혼은 냉엄한 현실이지 엘리엇을 따지고 플라톤을 이러쿵저러쿵 할 일이 아니다. 그렇기 때문에 결혼에서는 사랑이 제일 중요한 것이 아니다. 옛날에는 사랑은커녕 얼굴도 못 보고 결혼을 했으면서도 행복 하게들 살았으며, 그 여자(남자) 아니면 죽네 사네 엉그럭을 떨던 끝에 가까스로 결혼한 사람들도 핏덩어리 버려둔 채 돌아서는 경우는 얼마든지 있다.

결국 인간은 사랑하기 때문에 결혼하는 것이 아니라 결혼했기 때문에 사랑하는 것이다. 사랑도 하고 결혼도 했으면 얼마나 좋을까마는 그게 어디 뜻대로 되는가 말이다. 그러니 결혼이라고 하는 연옥(煉獄)에 들어갈 때는 삼류 영화의 대본을 외워대며 찔끔거릴 것도 없고, 사랑이 어떠니 변치 말자느니 하는 신파극을 벌일 필요도 없다. 그저 담담하게 "들어가라. 그러나 너희에게 말하노니 뒤돌아보지 말지어다. 뒤돌아보는 자는 밖으로 되돌아 나가게 되리라."(단테의 『신곡』, 연옥의 장 9-29절)

그렇다면 결혼의 행복을 보장해 주는 요소는 무엇인가? 그것은 다름이 아니라 진실로 필요하다는 사실이다. 결혼은 애정의 산물이 아니라 필요의 산물이다. 더 가혹하게 프랑스의 문화인류학자인 게네프(Arnold van Gennep)의 말을 빌리면, 결혼은 경제 활동이다. 도덕적인 체하면서 "그렇다면 필요치 않는 부부는 걷어차여야 하느냐?"고 묻는다면 나는 비정하게도 그렇다고 대답할 수밖에 없다. 우리는 이 절박한 현실을 솔직하게 인정해야지 여기에서 조차도 위선을 부리다가는 첫 아이 백일도 되기 전에 베갯잇은 눈물로 적셔질는지 모른다.

진실로 사랑했으면서도 울면서 헤어진 부부는 얼마든지 있다. 심지어는 너무도 사랑했기에 헤어질 수밖에 없었노라고 웃기는 사람도 있다. 그러나 진실로 필요하면서도 찔끔거리며 가정법원에 간 부부는 없다. 진실로 필요한 가운데 애정도 솟아나고 행복도 보장되는 것이다. 굳이 사랑과 결혼을 연관짓자면, 남자는 자기가 사랑하는 여자와 결혼할 때 행복하고 여자는 자기를 사랑해 주는 남자와 결혼할 때 행복하

다. 그러므로 논리적으로 풀어보자면, 남자 쪽 사랑만으로 애정은 충분한 것이다.

또 한 가지, 결혼을 앞둔 젊은이나 신혼 부부에게 가장 진부한 당부를 하건대, 헤어지지 말라는 것이다. 내 이웃에 사는 젊은 여자는 혼수가 적었다는 이유로 애가 열 살인데 아직도 맞으며 산다. 그는 "이혼할 수 있는 것도 복"이라고 말하는 것을 보면 이혼이 결혼보다 행복한 경우가 있을 수 있다. 그러나 인생을 살면서 사랑하는 사람과 헤어지는 것은 절반의 죽음과 같다. 그러기에 창조주 여호와께서도 성경 전편을 통하여 "좋지 않다"는 말을 최초로 한 것은 『구약성서』 창세기 2장 18절로서, "아담이 혼자 사는 것이 좋지 않았다"고 되어 있다.

이런저런 생각을 하다 보면 결혼이란 참으로 골치 아픈 일이다. 속 편하게 혼자 살걸 왜 결혼했는지 모르겠노라고 푸념하는 사람도 있지만 소크라테스의 말처럼 어차피 결혼이란 해도 후회하는 것이고, 하지 않아도 후회하는 것이다. 그러니 결혼이란 도대체 뭐란 말인가? 그저 '찬란한 슬픔'이라고밖에는 말할 수가 없다.

(1989. 겨울)

어느 수위의 소망

　돈이 아무리 아깝고 놓기 싫은 것이라 할지라도 아깝지 않은 때가 있다. 그것은 자식을 위해서 쓸 때이다. 그런데 최근의 호경기로 갑자기 잘살게 된 사람들의 집안을 들여다볼 때마다 절실히 느끼는 것은 그들이 자식을 위하여 투자하는 돈에는 뭔가 석연치 않은 점이 있다는 점이다. 돈을 많이 쓴다고 해서 돈을 쓴 만큼 아이들의 학업이 일취월장할 수 있다면야 돈 많은 사람들이 얼마나 좋을까마는 공부란 돈만 가지고 되는 일은 아니라는 데에 안타까움이 있다.

　해방 직후에 이런 일이 있었다. 패전과 더불어 일본인들이 귀국 채비를 서두르고 있을 무렵 경상도의 한 커다란 기업체에서는 일본인 한 사람과 한국인 한 사람이 마주 앉아 사업을 정리하고 있었다. 사장과 일을 마무리 짓는다고 해서 그 한국인이 지위가 높았던 것은 아니고 그저 말단에서 수위 겸 잡부 노릇을 하고 있는 사람이었다. 그러나 그는 남달리 진실하고 부지런했기 때문에 사장은 그와 더불어 자기의 마

지막 일을 처리하고 있었다.

귀국 채비가 끝나자 그 일본인 사장은 수위에게 당신의 마지막 소원이 무엇인지를 물었다. 재산 반출이 불가능했던 당시로서는 그 한국인이 마음만 먹었다면 엄청난 재산을 얻을 수도 있었다. 그러나 그는 물욕에 사로잡히지 않고 냉정하게 자기의 소원을 일본인에게 말했다.

소원의 내용은 다른 것이 아니라 "나에게 어린 자식이 있는데 남에 비해 과히 못나지 않았으나 애비가 부족하여 뒤를 충분히 밀어주지 못하고 있으니 사장님이 일본에 돌아가는 길에 내 자식이 원 없이 공부나 할 수 있도록 도와달라"는 것이었다.

그 사장은 수위의 높은 뜻에 감동해서 그 경황 중에도 그 아들을 데리고 일본으로 건너가서 아버지의 소원대로 공부를 시켜주었고 아들도 아버지와 일본인 사장의 기대를 저버리지 않고 열심히 공부해서 금의환향했다. 그 학생은 지금 누구 하면 다 알 만큼 성공을 해서 명사록에 기록되어 있다. 생각건대 그때 그 수위가 돈을 탐내어 재산을 원했더라면 그 당대에는 그럭저럭 살 수 있었을는지 모른다. 그러나 그럴 경우, 재주 있는 그 아들이 이런 이야깃거리의 대상이 될 수나 있었을까?

넓게는 우리 민족이 겪은 오욕을 되풀이하지 않고, 우리 자신도 수모를 겪지 않도록 하기 위해서라도 이제 우리는 자식들의 교육과 문화에 과감히 그리고 옳게 투자해야 할 것이다. 그리고 우리의 주위를 돌아보자. 지금 우리가 경영하고 있는 회사의 수위는 이 입학철에 입학금이 없어 종종걸음치고 있지는 않은지….

(1979. 2. 15.)

난 엄마가 창피해

비둘기의 생태를 보면 그들의 새끼 사육법은 특이한 데가 있다. 여느 새들은 어미가 먹이를 물어다가 새끼를 먹이지만 비둘기는 어미가 먼저 먹이를 먹은 다음 그것을 소화하여 토해서 새끼의 입에 넣어 준다. 물론 그들의 생태가 새삼스러운 것은 아니지만 그 어미의 고통이 어떠하리라는 것을 우리는 가히 짐작할 수가 있다.

이와 같이 어미가 음식을 토해서 새끼에게 먹이는 조류를 통칭 반포조(反哺鳥)라고 하는데 특수하게는 중국에 살고 있는 까마귀를 의미하는 경우가 있다. 이 까마귀도 물론 비둘기처럼 어미가 창자를 토하는 아픔을 겪으며 새끼를 양육한다. 그런데 이 까마귀는 늘그막이 되면 눈이 먼다. 야생의 세계에서는 눈이 먼다고 하는 것은 곧 죽음을 의미할 수도 있다.

그러나 이 반포조의 경우는 그렇지 않다. 그때부터 행복한 노후가 시작되기 때문이다. 어미가 눈이 멀게 되면 새끼 까마귀는 그때부터

효도로써 부모의 사랑을 보답해야 한다는 것을 잘 알고 있다. 지난날 그 어미가 자기를 키우기 위하여 어떠한 고생을 했던가를 그 새끼는 기억하고 있는 것이다. 그리고는 눈먼 어미를 위하여 먹이를 물어다가 봉양하고 잠자리를 보살펴 준다. 금수(禽獸)의 세계에서도 천륜과 보은이란 이토록 무서운 것이다.

조선시대의 한 시인은 나이 60세에 자기 노모의 생신을 맞아 이렇게 노래했다.

일중(日中) 금(金)까마귀 가지 말고 내 말 들어라.

너는 반포조라 조중(鳥中)의 증삼(曾參)이니,

오늘은 나를 위하여 장재중천(長在中天)하여라.

여기에서 증삼이라 함은 공자(孔子)의 제자로서 효성이 지극하여 제자백가(諸子百家)의 반열에 오른 증자(曾子)를 의미하며, 장재중천이라 함은 중국의 전설에 반포조가 곧 해를 뜨고 지게 한다는 데에서 연유된 것이다. 그러니까 "반포조 네가 내 효심을 이해한다면 오늘 어머니의 생일날에 해를 조금이라도 더 길게 하여 기쁘게 해주기 바란다"는 뜻이 이 시에 담겨 있는 것이다.

오늘날 우리 사회에서는 효도의 문제가 매우 무겁게 다루어지고 있다. 유교의 생활 철학이 우리의 삶을 지배하고 있다는 사실을 생각할 때 효의 문제는 아무리 강조해도 지나칠 것이 없다. 그러나 효란 과연 자식들만이 일방적으로 지불해야 하는 의무인가 하는 의문을 가져보지 않을 수 없다.

『삼국유사』에는 이런 얘기가 있다. 옛날 신라 서라벌의 모량리라는

마을에 사는 손학산(孫鶴山)이라는 사람에게 순(順)이라는 아들이 있었다. 학산이 죽자 손순은 생전에 아버지에게 효도하지 못한 것이 늘 마음에 걸렸다. 그는 편모나마 여생을 편안히 모시고 싶었다. 그러나 손순은 너무도 가난했다. 그는 노모를 위해서 아내와 더불어 날품팔이를 해서 어머니의 음식을 장만해 드렸다.

그런데 그럴 때마다 손순에게는 또 하나의 애로가 있었다. 그것은 다름이 아니라 철없는 어린 아들이 눈치도 없이 노모의 반찬을 빼앗아 먹는 것이었다. 이 세상에 그 누구인들 자식이 소중하지 않을까마는 손순에게는 자식보다 부모가 더 소중했다. 궁리 끝에 손순은 자기 아들을 버리기로 결심했다. 자식은 다시 낳을 수 있지만 어머니는 한 번 가면 그만이라고 생각했기 때문이었다.

드디어 손순은 하나밖에 없는 자식을 들쳐 업고 서라벌의 취산으로 올라갔다. 손순은 아들을 생매장할 작정이었다. 그는 괭이로 땅을 파 들어갔다. 그런데 얼마쯤 파 들어가니 괭이 끝에 무언가가 닿는 소리가 들리는데 그 음이 매우 아름다웠다. 손순은 이상히 여겨 그것을 파내어 보니 그것은 석종(石鐘)이었다. 손순은 하늘이 아들을 버리지 말라는 뜻으로 알고 아들과 석종을 거두어 산을 내려왔다.

집에 돌아온 손순은 그 석종을 처마 밑에 달아 두고 아침 저녁으로 치니 그 아름다운 소리가 서라벌에 울려 퍼졌다. 그 종소리를 들은 왕은 그 종이 어느 절에 있는 것인가를 알아보도록 했다. 그 종에 대한 사정을 들은 왕은 손순의 효성을 가상히 여겨 집 한 채와 벼 50섬을 내림으로써 손순으로 하여금 노모의 여생을 편안히 모시도록 해주었다. 이 종은 그 후 후백제 사람들에 의해 도난되었다고 전해지고 있다.

이 얘기에서 우리가 기억해야 할 것은 이것이 단순히 손순의 효심만

을 강조하기 위해서 인구에 회자(膾炙)되는 것은 아니며 또한 그래서도 안 될 것이다. 이 얘기는 바꿔 말해서 그 부모가 얼마나 훌륭했기에 그 아들이 그토록 효성이 지극했을까를 생각하게 해주는 일이기도 하다. 오늘날 우리는 누구네 집 자식이 참으로 효자라는 말을 듣는다. 그러나 그 집안의 내력을 살펴보면 그 자식들이 효자이기 이전에 그 부모들이 효도를 받을 만한 인물임을 우리는 알게 된다.

이런 점에서 본다면 효도라는 것은 부모의 처신과는 아무런 관련이 없이 자식에게만 일방적으로 부과되는 의무는 아니다. 우선 부모가 자식 앞에 부끄럼이 없어야 한다. 애비라는 사람은 부정 공무원으로 물러나 골목에 앉아 화투치기로 세월 가는 줄 모르고, 엄마라는 사람은 계 바람이나 아파트 투기로 날이 새는 줄 모른다면 아무리 천륜이 중요하고 그 덕에 자식에게 천금을 물려준다 한들 어찌 효심이 우러나겠는가?

아가멤논의 아내 클리템네스트라는 정부(情夫) 아이기스토스와 함께 남편을 암살한다. 이런 사실을 어렸을 적에 목격한 딸 엘렉트라와 아들 오레스테스는 성인이 되어 아버지의 복수를 하기 위하여 칼을 빼어 들고 어머니에게 덤벼든다. 그때 클리템네스트라는 젖가슴을 펼쳐 보이며, "이것이 너희들이 어렸을 적에 빨던 젖이야"라고 말하면서 살려줄 것을 애원하지만 그 두 남매는 부덕한 엄마를 용서하지 않았다.

반포조는 내장을 토하는 듯한 아픔을 삼키며 자식에게 어미로서의 할 도리를 다했기 때문에 그 자식도 또한 눈먼 어미를 위하여 지극한 효성을 보였다. 이것은 단순히 금수의 얘기가 아니다. 인간에서도 마찬가지다.

만약 당신이 "나는 친구들이 집에 오면 엄마 때문에 창피해요"라는

말을 자식들에게서 들었다면 천륜 이전에 그 자식에게 효도를 요구할 수 없다. 오레스테스나 엘렉트라가 그랬던 것처럼, 우리의 자녀들은 "내가 네 어미다"라도 말해 봐도 소용없다. 자식을 버린 모정이 "어머니라고 불러다오!" 하며 오열해도 그 딸이 얼마나 냉랭했던가를 우리는 이산가족 찾기 방송에서 보지 않았던가?

(1985. 5. 1.)

신복룡

충북 괴산에서 출생하여 건국대학교 정치외교학과와 동대학원을 수료하고 정치학 박사 학위를 받았다. 미국 조지타운대학 객원교수와 건국대 중앙도서관장 및 대학원장, 한국정치외교사학회장을 역임하고 현재 건국대 정외과 교수로 재직 중이다.

주요 저서로 『동양사상과 갑오농민혁명』, 『한국정치사』, 『전봉준평전』, 『한국정치사상사』, 『한국의 정치사상가』, 『한국분단사연구』, 『한국사 새로 보기』, 『이방인이 본 조선』 등이 있고 역서로 『입당구법순례행기』, 『정치권력론』, 『외교론』, 『한말 외국인 기록』(전 23권) 등이 있으며 한국정치학회 학술상(2001)을 받았다.

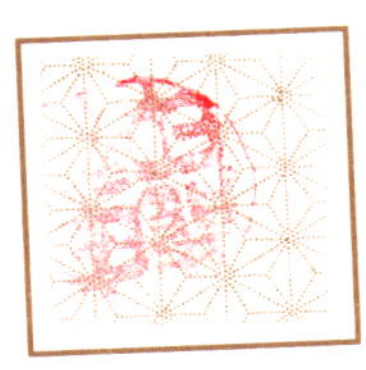

서재 채워 드릴까요

지은이　　신복룡

1판 1쇄 발행　　2006년 11월 25일
1판 1쇄 인쇄　　2006년 11월 30일

발행처　　철학과현실사
발행인　　전춘호

등록번호　　제1-583호
등록일자　　1987년 12월 15일

서울특별시 서초구 양재동 338-10호
전화번호 579-5908
팩시밀리 572-2830

ISBN 89-7775-609-X 03800
값 9,000원

●잘못된 책은 교환해 드립니다.